U0585050

恭请牢记

杨少衡 著

作家出版社

《目录》

短篇小说

//恭请牢记//

一

邵坤副省长明日驾到，关之强决定"走路"。"走路"为本地土话，其"走"读为"找"，并非指徒步行走或者不慎迷途，其意思接近于"落荒而逃"。

关之强向市长请假，说要到高速公路指挥部去安排一下。市长说去吧，明天傍晚前赶回来，参加向省长汇报。关之强说情况不太好，他还是盯在指挥部比较稳当。汇报会就不一定来了，有书记、市长汇报，有市里头头脑脑陪着，还有那么多中层干部与会，济济一堂，已经够热闹了。

"七巨头到场，"他开玩笑，"不缺关老八一个。"

关之强在政府班子里排第八，为本市一位市长七位副市长的最末一位，所以市长们打趣时管他叫"关老八"。关之强自嘲说，他主要是姓不好，他这个"关"上下有八，所以注定是老八的命，想排个老七都没道理。

市长却不同意关之强请假。市长说，邵省长难得一来，在家的市长们都应参加汇报会，出差在外的还得尽量赶回来，怎么可以跑？关之强说，非要他赶回来凑个数当然也可以，但是他真有些不放心，他担心邵省长这回来者不善，就冲着高速公路。比较而言，让他待在指挥部以防万一，可能更好一些。

市长沉吟片刻，说："也好，你看着办。"

关之强立刻"走路"，落荒而逃。当然也不能止于逃跑，他也得随时掌握动态，才能有备无患。上路前他做了安排，让李健留下来，守在市里。李健是政府办副主任，跟随关之强工作，关之强下乡上工地，通常由他跟着，这一次留守，别有重任。

高速公路指挥部驻地离市区有百余公里，路况不太好，轿车得走一个半小时。在车上颠到半途，关之强接到了张涛的一个电话。

"老关你怎么跑了？三十六计走为上策?!"

关之强说哪里呀，工地上有些事急，一旦出问题不得了，所以不是逃跑。

张涛发牢骚说："你关老八跑得快，把个大省长留给我们受用。这么干可不行，再怎么说也得同甘共苦。"

关之强笑，说："我是把机会留给别人，让你老人家好好关心一下领导。"

张涛说："瞎话。别让该领导太关心就谢天谢地。"

两人都笑。

张涛主管财政，当年关之强跟他在同一个县班子里共过事，彼此熟悉。张涛提得早，在副市长里排名靠前，财权在握，举足轻重。他打电话找关之强，是想商量一笔公路贷款的事，知道关之强在路上，他说："行了，先对付省长，完了咱们再说。"

关之强关了电话。他在那一刻感觉兴奋，带挑战感，有些莫名其妙。关之强想起古时候一位很著名的乡巴佬，该老乡在一株树下拾到一只兔子，这只兔子因为一个什么事奔跑，慌不择路在树干上撞昏了头。此后，该老乡每日兴致勃勃地守在树下，准备再拾一只兔子回家清炖，因此有了"守株待兔"这一段佳话。

关之强与张涛在电话里谈论的所谓"关心领导"需要做点解读。一般而言，上边有大领导来，下一级的小领导们总是很自觉地簇拥过去，即所谓"关心领导"，这种"关心"于礼节于沟通而言都还是需要的。但是特殊情况也有，例如邵坤副省长就比较特别，碰上他倒也不见得都要四散而逃，主动凑过去却不一定是上策。邵省长是常务副省长，又是省委副书记，位置特别重要，该领导个性鲜明，作风硬朗，眼光敏锐，记性还特别好，谁要是一不小心让他逮住，多半有苦头。这方面有一些经典传奇。

据说有一回这位大领导到一个县级市调研，当地主官做常规工作汇报，大小数十干部与会。大领导听了几句汇报就让小领导住嘴，说："别给我念稿子，用自己的话说。"小领导额头上毛毛茸茸即渗出一片细汗。那种场合当小领导的离开稿子很难说话，因为给大领导汇报不是吃饭劝酒讲段子，那很严肃，牵涉到给领导留下什么印象问题，开不得玩笑，总得一二三四一套一套有理论有实际有观点有例子，没有几十张稿纸搞不下来，又有谁能把几十张稿纸都背个滚瓜烂熟？偏偏这位大领导不喜欢听人念稿子，哪怕你抑扬顿挫、深情朗诵那般也不行，他就要你说，考一考你的背诵功夫。你要是情况掌握不好，或者反应迟钝，你就只好出丑吧。那一回撞到省长枪口上的小领导经验不足，水平不够，省长让他弃稿汇报，他结结巴巴说上两句，感觉有些紧张，情不自禁又低下头念稿。省长当即敲桌子，说："把稿子给我，我帮你念。"真叫人无地自容。

类似事情颇表现邵省长风格。省长当然也不是不分青红皂白一味骂人，这位领导颇亲民，经常下访，足迹遍及城乡各地，对下岗工人、孤寡老人和贫困山区农民关怀有加，对级别相对高一点的官员也注意掌握分寸，不至于当场没收稿子让人下不了台，但是该打就打，从不计较是否让人难堪。有一次省里开会讨论扶贫问题，一位设区市分管市长说错了一个数字，邵坤副省长一摆手问该同志的秘书叫什么名字，说："你没有错，是你的秘书错了。"体谅备至，却让人尴尬到家。

所以，对这位大领导不宜多关心，尽管他非常值得关心。

二

关之强到了高速公路指挥部，指挥部设在工地旁的一个小村子里，使用一座旧日粮站的库房。关之强到达时，旧库房外的晒谷场上已经黑压压停着十数辆小车，市、县、乡镇头头，有关部门领导和施工单位各路诸侯汇集一地，恭候关副市长光临。

关之强开了个紧急现场会，主要干一件事：让与会各头头调集力量修路，不是修高速公路，是修进出高速公路施工现场的通道。关之强要求，把能调集的人员和施工设备全部调来，能调多少调多少，把力量集中到这一带，用两天时间，务必把有关通道上的主要破损尽数补上。这些通道的主体为省道，也有部分是县道、乡村道，因为高速公路施工机械和运输车辆的高密度使用而到处破损。此前已经进行过一次大整修，也是关之强亲自组织的，现在他又来了，让大家再干，狠干。会上关之强让大家谈问题，提到的几乎全是经费不足。

"钱我来想办法。"关之强说，"首先我要看你们怎么上。"

处理完辅助通道事宜，关之强又专程上了高速公路施工现场。这里的施工队伍比较专业，场面比较宏大。关之强让随员注意看表，测算从指挥部到附近几个工地的时间，在工地上来回跑了两趟，一心一意琢磨。没人知道他在筹划什么，他也什么都不说。末了他指着一个山头，确定此为重点："我估计就是它，八成把握。"

这山头属于要害地段，正在挖隧道，从山两头往里打，总工程量完成未及一半。关之强亲自钻隧道，隧道里轰隆轰隆响着空气压缩机的吼叫，洞底有水，通道坑坑洼洼，凹凸不平，一些水洼处铺着模板。施工队长说，这个洞打在岩石层上，岩石特别坚硬，施工强度大，地质情况却也比较稳定。关之强领

着一行人蹚过泥水，踏过模板一直走到洞尽头的工作面上，用了二十分钟，关之强表示满意，说："这个时间合适。"

他提了一个要求，让施工单位调设备和人员加强这个点的施工，必要时，暂时把隧道另一头的挖掘停下来，集中力量到这边打。施工队长面有难色，说洞里空间太小，人多了没用，摆不开。关之强不听，说："没叫你总这么干，需要的时候就得这么干，别让人看你这里稀稀拉拉不像个样。"

他左看右看，没挑出什么毛病，便摇头。

"有那么简单吗？那么简单？你们说。"

没人接茬，大家面面相觑，没有谁知道关副市长讲的什么事。

关之强领着大家从洞里走回洞口，一路考虑。到了洞口时，他把头上戴着的安全帽摘下来递给随员，忽然灵机一动点了点头："有了。"

他让施工队长准备一把剪刀，说时候到了有用。

当晚，关之强在指挥部过夜。第二天一早，高速公路沿线各有关地段全面升温，按照关之强的部署高速运转，关之强坐镇指挥，全力督促。

李健打来电话，报称邵省长已经到了，定于当晚开会听取汇报。关之强颇感叹，邵省长果然有风格，下午到，晚上加班

开会，就这样，爱你没商量。李健还跟关之强说了些细节。李健跟随关之强有些时间了，知道关之强的特点，清楚他关注什么，包括细节。李健说，省里只来了四个人，两部车。晚间，书记市长陪邵省长一行吃饭，接风晚餐安排葡萄酒，省长没动那酒，让沏一杯茶，就用茶跟主人碰杯。邵省长看来喜欢喝茶，他拿那杯茶不光碰杯，他真喝。服务员不停地给他续茶水，他就不停地喝，还对市长说："这茶不错。"

关之强立刻吩咐，让指挥部人员准备茶叶，要好一点的。

当晚十点半，向省长汇报的会议刚结束，市长气也顾不着喘，立刻给关之强打了一个电话。市长说，邵省长定了，看高速公路，明天一早去。市长要关之强做好一切安排，加了一句话："还真给你算准了。有些诸葛亮了嘛。"

"不是有那批示吗？"关之强说，"我听说他的记性特别好。"

关之强告诉市长，他在这边盯着，工地情况还行，但是也不是非常理想，怕到时候还有麻烦。市长说："可不能再出问题。小心一点，邵省长你知道的。"

市长话里有话。关之强不急着问，他耐心等候。不一会儿有人报告了，是李健。关之强这才知道，原来是张涛在刚结束的汇报会上出了点丑。向邵省长汇报时，市长谈到了今年财政

收入情况，省长认为，本市财政收入增幅与 GDP 增幅比例有问题，他问哪位分管财政？张涛站起来自报家门，省长让他分析一下这个问题，张涛支支吾吾说了半天，该说到的一句都没说到。省长一摆手让他别再瞎扯："你讲得吃力，我们听得比你还吃力，都免了吧。"

当时全市中层干部列席台下，张涛副市长挺没面子。

关之强颇觉同情，当然他也觉得张涛有些活该。该同志是个胖子，发福得太过分了一点，不容易让人感觉良好。张涛这个人对工作缺乏应有的研究，他管财政的要诀不是怎么理财，怎么开源节流，是怎么从上边搞到钱。他还真能搞到钱，因为他擅长拉关系，敢送会请，上头熟，有几个还特别铁。所谓"关心领导"就是张涛的一句名言，他总说我们应当关心群众，我们更应当关心领导，因为钱都在领导那里，在上边。这个人的观点当然不登大雅之堂，但是他总能从上边拿到项目拿到钱，所以，越发注意拉关系而不研究具体工作，一朝碰到邵坤这样的领导，他不出丑才怪。

关之强还是那种感觉：挺兴奋，有挑战感。以守株待兔自比，居然把邵省长视为野地里的兔子，关老八的兴奋相当恶劣。当然，他也有若干兴奋的资格，因为推断正确，如市长所言："有点诸葛亮了嘛。"

事实上，关之强猜测邵省长此行调研将造访本市高速公路工地并非凭空想象，他有根据：两个月前，本省一家新闻单位在送交省领导的内参材料上披露了本市高速公路建设的一些情况，对工地沿线道路失修、交通混乱、影响高速公路工地机械和材料进出、造成施工进度缓慢的问题提出批评。记者们点到的确是实情，那段时间恰逢雨季，雨水集中，持续时间较长，相关施工通道让无尽的雨水浸泡得极其脆弱，大型施工车辆的高密度使用更让那些路破烂得不成样子。严格来说，那已经不是一段段道路，是一线线大小泥塘，工地施工机械进出和地方来往车流都大受影响，各方反应强烈。记者把这些情况捅出来后，邵省长有一段批示，言辞严厉，要求"认真查一下，看看是认识不足，还是工作不力"。批示一到，市里压力很大，因为说自己认识不足不行，工作不力更不行。事实上，高速公路施工通道失修问题很复杂，牵涉的因素很多，有地方市县的问题，也有施工单位的问题，其中一些问题还牵涉到省里的重要部门。这里边有些话却是不好说的，只能由关之强忍痛吞咽，如生吞活蛆一般。

为了回答邵省长"认识不足，还是工作不力"之诘问，关之强在高速公路指挥部坐镇两个月，协调市县两级政府和交通、公路、财政、金融部门，用尽吃奶的气力，想方设法对通道进行一次整修，缓解其恶劣程度。这时恰逢老天开恩，雨水渐息，工地施工进度开始上升，局面好转。关之强让指挥部整理一份情况汇报上送有关部门，抄送邵省长，报称本地各级政府及领导"高度重视，措施有力"，有关情况已经扭转。

关之强猜测，这位省长仍在关注本市高速公路施工，他估计省长希望能亲自了解一下情况，也用某种方式推进这项工作，这条路邵省长一直非常重视。

所以，关之强"走路"，他这一行径纯属"精心策划"性质。如果他不到工地来，待在市里恭候邵省长大驾到，可能在汇报会上当场出丑，如张涛一般。因为所传省长记性特好，关之强在政府班子名列第八，以往无接触，邵省长对关老八不会有什么印象，但是他对那份内部通报及自己的批示肯定牢记于心，说不定他会在汇报会上再次追问，让分管副市长解释一下"认识不足"还是"工作不力"，或者真是"高度重视，措施有力"，也就是省长完全官僚主义批评错了？关之强拍拍屁股"走路"，邵省长就不好拿这样难以回答的尖锐问题"拷打"书记市长，人家毕竟是大领导，他再厉害也不会失去分寸。关之强还考虑一条：邵省长的记性可能并不像所传的那么优秀，他可能根本没把这条高速公路当作此行的主要目标。但是，有一种方法可以唤起他的记忆：市长在汇报会上向邵省长说明，政府班子八位领导今晚来了七位，关之强副市长缺席是因为高速公路工地有一些急事需要处理。这时，邵省长肯定会做有关联想，没准他立刻就打定主意要上高速公路看上一眼。

所以，关之强这回不仅是"守株待兔"，他完全是有意识地精心诱导，把高速公路当成一根胡萝卜，要把邵省长一行引到工地上去。此举有指挥领导、操纵领导之嫌。他这么干很危险，领导固然需要关心，邵省长这样风格的领导却不是可以一般对待的，张涛那般热情洋溢、擅长关心领导的老手都恨不得逃之夭夭，关之强还要引火烧身，这不是什么好主意。

关之强却要干，他还为之兴奋，有一种挑战感，状态特佳。

关之强觉得还有必要了解一些细节，以往不了解可以，现在需要。他所要了解的细节有相当大的敏感性，不宜委托他人，只能自己干。

他给省政府办公室一位处长打了电话。该处长姓周，数年前跟关之强在党校同学过，两人关系挺好，至今时有往来。关之强对周处长说，邵省长来了，定于明日到高速公路施工现场视察，挺难得的。他只怕处理不好，因此想了解接待该省长有什么需要特别注意的？处长提到，要把汇报情况吃透，别念稿子。关之强说没问题，自己干过的工作，还能吃不透？他不放心的主要是接待。他问邵省长有什么特别的喜好？处长说这还真不好说。

"需要不需要准备一点小礼品啊什么的？"

处长笑了，他说："想挨一顿臭骂吗？"

关之强也笑："他是好领导。秘书呢？司机怎么样？需要不需要稍微注意一点？"

处长说："邵省长曾经开掉过一个司机，因为下乡时拿了乡镇一箱水果。"

"行了，我放心了。"关之强说，"谢谢。"

三

第二天一早，邵坤副省长一行隆重驾到，市长亲自陪同。关之强在指挥部外的晒谷场上恭候，下车时市长向省长介绍关之强，省长了无反应。后来市长加了一句："他分管交通这一块。"邵省长才认真看了关之强一眼，眼光极为锐利。

关之强明白，此刻邵省长大概想起那句话："认识不足，还是工作不力？"

这位大省长却不听汇报。只说："看吧。"一行人即上了路。他们看了工地沿线的施工通道情况。关之强坐镇两个月抢修道路，特别是刚刚安排的紧急增兵效果比较明显，道路状态不算优良，也还过得去，基本符合施工机械和运输的需要。省长没有过多挑剔。关之强便把领导往工地上引，问省长是不是看看高速公路施工点？邵省长即把他一眼盯住。

"你打算让我看什么？"

关之强说看什么都行。

"你安排了几个点？都怎么安排的？"

关之强说每一个点都安排，都可以看。邵省长问是不是有几个重点推荐参观点？关之强承认说，确实安排了几个重点，主要考虑了路况、环境等问题。他想请省长看一个桥梁工地，那里场面大一点，空间大一点，路也可以，比较好看。

"什么东西不让看？比如说隧道？"省长追问。

关之强说："哪有不让省长看的？不过隧道不看为好，车开不进去，地上又是泥又是水，不好走。空间小，洞里照明也不好，噪音特别大。"

"就看这个。"

邵省长不知道自己又被关之强准确算中。关之强在工地走过几个来回，掌握了准确时间，他知道该领导不可能在这里待太久，只能选择比较重要比较关键的施工点看，桥梁隧道当为首选。关之强决定把邵省长引向隧道，因为相对容易安排。指挥部附近有三条隧道，一条很短，已经挖通，一条距离远，要跑近两个小时，时间上不允许。只有一条比较适合参观，就是关之强曾经重点视察并狠加布置的那个洞子。两天前关之强就曾推测省长会选这个点，他说的"八成把握"就是指这个。

他们进了那条隧道。邵省长踏着脚下吱吱作响的模板，蹚过泥水，在空压机震耳欲聋的噪声中一直走到洞尾的施工面上。施工面一片繁忙，机械高速运转，人员紧张来去，工作节奏紧凑有序，一眼看去，似乎无可挑剔。

但是任何事情都不可能无可挑剔。所有呈现完美或者接近完美的状况都特别值得怀疑，在许多情况下格外会引起注意，事物往往经不起注意，稍微留心一下，总会发现无可挑剔的表象下隐藏着漏洞，弄不好还会是些重大毛病。问题是漏洞常常防不胜防，你找到七个八个，很可能还有第九第十个藏在某个地方，你根本不知道它会怎样被发现，企图消灭一切漏洞的努力通常事倍功半甚至劳而无功。在这种情况下可以逆向思维，不是被动挨打而是主动出击，不事防范而行呈现。也就是有意识地留下一些破绽，把人们的注意力引向预设的这些破绽，让他们没有工夫注意其他问题。留下的这类破绽应当不是要害，是细枝末节，足以被发现，却是些小毛病，可供痛打，却不至于伤筋动骨，造成不利后果。这是一种聪明的办法，运用它却也需要相当的水准。

邵省长在隧洞里果然发现了问题。这位大领导不是工程师，他是农业大学出身，尽管后来因工作缘故接触了许多工程知识，毕竟不是本行，他也从不对过于专业的问题发表不成熟的意见。但是他是一位大领导，他在视察工地时应当有自己的发现和自己的指导，这体现了领导的水平，也是实施领导的需要。

"这是怎么回事？"

邵省长发现的问题是一顶安全帽。进入隧道工地的所有人都戴安全帽，是一种橘红色、高强度树脂材料的帽子，在工作面强烈的光照下闪闪发光。在一片发光的安全帽中，有一人光溜溜地露着一头黑发晃来晃去，鹤立鸡群般扎眼，不让人注意都办不到。

邵省长问这个人怎么不戴安全帽？该工人像刚出道的扒手在掏包时被当场捉住一样慌了手脚，支支吾吾："我是，我是，没有。"

原来，这个人不是不戴帽子，这个人从来都没犯过错，因为指挥部对安全生产的要求一直非常严格，进出洞子都要严查，这一天有些特殊情况：他的安全帽系带在洞里断了，齐崭崭有如被剪刀剪断。断了系带的安全帽很不好戴，头一低就掉。于是，他索性把帽子摘下来丢在一边，准备等换班后再修理。

邵省长握起拳头："要是刚好有这么大一颗石头砸过来，那怎么样？"

施工队长做了回答，这是一句错话：

"这个洞地质情况很好，很少有这么大的石头从上边掉下来。"

邵省长眼睛一瞪："立刻找个帽子，给他。"

他们出了洞子，上车回指挥部。邵省长在指挥部发表重要讲话，特别强调了安全生产的重要，强调要防患于未然。关之强代表指挥部表态，特别提到那顶安全帽，还有施工队长的错话，承认安全意识大有漏洞，务必痛加纠正。邵省长没有再说什么，提供廉价建议肯定不是这位领导的风格，但是可以感觉到他比较满意，因为进度确实上去了，工地上热火朝天，而且发现了一顶安全帽的问题。他只是不知道，这顶安全帽属关之强有意安排，以帮助领导有所发现。

本次视察活动至此功德圆满，效果不错，这时应当见好就收。但是关之强不，他居然跳出来冲了过去。

关之强给邵省长出了个题目。他说，市县两级财政为抢修施工通道耗资巨大。这条通道主体是省道，自高速公路动工之后，通道承载的运输量大增，维修难度倍加，省里有关部门非常关心，给予了大力支持，市县更是竭尽全力。但是困难太大，还希望省领导更多关心。目前，通道情况虽有所改观，工地大型车辆频繁使用，很快又会让它再次成为"破布"，还得修了再修，直到高速公路全线贯通，因此还需要大量投入。市县财政已经难以支撑，希望省长指示省有关部门给予支持，否则还可能出问题。

省长当即表态："出问题打谁？你第一个。"

对钱的问题他说："按程序办。"

关之强碰了一回鼻子，但是没有出丑。

四

离开高速公路指挥部后，邵省长一行去看一个开发区。领导走后关之强一口气没歇，守在指挥部安排各有关事项，组织他的下属紧张动作，准备一份应急文件。

当天傍晚，李健打来电话，说省长一行正在返回市里，晚饭在宾馆吃，将于明日一早返回省城。李健还汇报了一个细节，就是省长习惯在晚饭后回房间擦一把脸，然后在宾馆院中散步一小会儿。省长散步时不让人陪，只有秘书跟着。因此，陪省长用餐后，主人把他送到他所住的九号楼楼下电梯旁便告辞，该干什么干什么去。

　　关之强饭都不吃，立刻往回赶。一个半小时后回到市区，直接去了省长下榻的宾馆九号楼，掌握的时间是晚饭行将结束之机。他乘电梯直上省长一行所住的八楼。该楼层电梯间外过道上摆有一对沙发，他决定在这里等候。根据李健的汇报，晚饭结束后，乘电梯回房间擦一把脸，然后去散步的只有省长及其随员，本市其他人不会跟上来，这样比较好，不致引起过多的注意和联想。

　　不料已经有人捷足先登，守株待兔于楼层电梯间外。原来是张涛，真是英雄所见略同。两人见了面都笑，关之强说："这哪是关心领导？这是伏击领导嘛。"

　　张涛说，他要送一份材料给邵省长。关于本市财政收入增幅问题得解释清楚，让这么大的领导误解了可不好。关之强对张涛说，他也是来送一份材料，今天邵省长视察工地时，他向省长要钱，省长让他按程序办。如今的事情只按程序办总是很难办成，有关施工通道维修的问题，以往跟省里部门交涉过多少次，寻求支持，总是没有解决。否则，情况何至如此糟糕，吃的还是哑巴亏，说都不能说。所以想解决问题，不找省长还真是不行。邵省长那么大的领导，跟他关之强离得太远，以往实在够不上，有心关心领导，哪得缝隙可入？这一回倒好，心有余悸，三十六计走为上策——"走路"，落荒而逃。哪想领导会跟踪追击，亲自前来接受关心，你想跑还跑不掉。既然省长发话了，文件材料不赶紧跟上还行？给省里部门打报告，送一份呈省长参阅，这不是程序要求，也不违反程序。

张涛不禁紧张："你是不是向省长告哪家状了？"

关之强说哪里能告状，省里部门是可以告的吗？这一次告了以后还找不找？

"再三强调省里各有关部门一向大力支持。"他说，"天底下就我最笨，还有老天爷最坏，老给我们下雨。"

张涛问关之强跟省长预约了没有？关之强摇头。张涛便劝关之强不要找，说："你这不是关心领导，你是给领导找麻烦。我管财政我还不知道？最烦的就你这种，追着屁股要钱，吃饭散步都不放过，跟黄世仁似的。你别自讨没趣。"

关之强说："我知道。试一试吧，要不还怎么办？"

他当然知道自己在干些什么。

他们闲聊以打发十分无聊的等候时间。张涛说，关心领导其实是一件很累人的事情，但是你不关心行吗？这就像请客吃饭累死人，但是你不那么来拉关系，能从上边搞到钱吗？你不跟领导说清楚，他还以为你尽喜欢吃喝玩乐不干活不掌握情况呢。关之强开玩笑，说你这种老手都发愁，我怎么办？你看我连预约都不敢，唯恐省长不让关心，一口回绝，事情办不成，横下一条心只好来伏击领导。

这时，电梯口"叮"的一声轻响，红灯闪烁。两个人不约而同，一起从沙发上直挺挺站起来。电梯门一开，正是邵坤副省长，还有他的秘书。

邵省长扫了他们一眼，没有特别的表情。关之强想，看来也不是所传的那样，该领导的记性不一定果然那么好。可能也就感觉眼前两人面熟，不一定真就一眼认准。大领导下基层调研见的人多，特别是满眼官员，东一个"长"西一个"长"，所到之处，大大小小站几排，都是黄皮黑毛，间有少许白发，没有特别接触，实不易记牢。

邵省长问："干什么？"

关之强说："我们按省长的要求赶了一份报告，想呈省长参考。"

邵省长把手一摆，没让他往下说，回头先对付张涛："东西呢？"

张涛赶紧从包里取出他那份材料，双手捧着递上前。事前他已经有过预约。

"行了，你走吧。"邵省长说，"汇报免了，不浪费你的时间。"

这领导还真是会说话，通常下属的时间不怕浪费，不浪费领导时间就行。该领导不光会说话，他还厚关薄张，居然表现鲜明。打发完早有预约的张涛，他掉头一指："关之强，你来。"

关之强这才感到佩服，该领导果然记性好。

关之强没有太浪费自己的时间，因为领导是那般善解人意，如此替下属的时间心痛。关之强进了邵省长套房的会客室，从包里取出一个档案袋放在茶几上。他解释说，这是要经费的报告和附件，昨天省长视察指挥部发表了重要讲话之后，他和市里几个部门一起紧急拟定的。希望省长能抽空浏览一下，不用太多时间，几分钟足够。他已经根据省长的要求，以最快的速度，按程序将报告上送省有关部门，并将随后跟进，全力努力。如果事情顺利，就不敢再麻烦省长，如果有问题，自己实在解决不了，可能还得求省长帮助。说完关之强即告辞，说自己没有预约，挺冒昧，请省长原谅。

邵省长笑，很难得。他一句话也把关之强打发了："行了，走吧。"

关之强出了省长房间。电梯间外，张涛不屈不挠还坚守在沙发边，没走。看到关之强出来，他颇自知无趣地摇摇头："有几句话，不跟他说说还真是不行。"

关之强"哎呀"一声道："关心领导太累人了。"

从宾馆出来，关之强直接去了交通局，市公路、交通、财政几个部门的头头已经集中到位。关之强跟他们碰头后，连夜加班开会。他让与会者全部关掉手机，同时拔掉办公室电话插头，切断与外界的一切联络，声称是排除干扰。深夜里会议结束，关之强把手机一开，铃声几乎是立刻响起。

来电话的竟是市长："你去哪儿了？邵省长到处找你！"

关之强连叫糟糕，他向市长做了解释。市长说，现在太晚了，明天一早去见省长，不要耽误，邵省长早饭后就回去了。

第二天关之强如约赶到，邵省长问他："昨晚干什么了？找不到人！"

他如实说明。

"你这是怎么回事？礼品？"

邵省长指着茶几，茶几上放着关之强送来的材料和档案袋，一旁还有几个小袋。小袋绿色，也就拇指粗细，是几袋真空包装的精品茶。

关之强拿起小袋看，然后立刻检讨，说明白了，是自己疏忽。他说，前天在高速公路指挥部听说邵省长要来，他就想借领导视察的难得机会，争取反映有关问题。因此，交代市政府办把一些材料送到指挥部，同时让他们弄一点好茶备用，因为指挥部的茶叶很次，平日大家对付还行，招待大领导不宜。办公室把茶叶跟材料一起送到指挥部，可能是谁图省事塞在档案袋里，又粗心大意没有全部取出来。

邵省长说："拿走。"

关之强没有二话，说："好的。"

离开宾馆，关之强心里又是那种感觉：兴奋，挺有挑战感。

他知道自己已经被邵省长彻底记住了，跟省长有关的事情哪里会有疏忽的？那几袋真空包装精品茶是关之强亲手放进去的，其功能不是供省长用沸水冲泡以品尝，只为加深领导之印象，恭请牢记。邵省长可能把关之强送的档案袋丢给秘书，看都不看，他也可能在翻阅材料时注意到几小袋茶叶，顺手扔在一边，毕竟这玩意儿太小，不值得认真对待。如果是这两种情况也就罢了，一番操作无效，有些遗憾，却也没有什么损失可言。但是没准省长看到了，发现了，还较起真来要问个究竟，表明自己的原则立场，深刻教育下属，这样最好。邵省长当然可能心知肚明，一眼看穿这就是一些小伎俩。

关之强"走路"，细致揣度，精心安排，特备一顶安全帽以供领导批评，用几小包茶叶做道具，然后躲到一边，关掉电话，连夜加班开会，以便一有机会可以表明自己工作相当努力。这都一回事，小伎俩。

关之强自己都如此清楚，邵省长哪会看不透？但是不要紧，位高权重的大领导想不领教下属的百般关心还真是很难。与张涛相比，关之强这种方式毕竟不伤大雅，相对好接受。总之，必须给该领导留个比较深刻的印象，这种印象不能过于完好，因为那肯定不真实。但是绝对不能太差或者太严重，否则就没有下文了。

关之强需要什么下文呢？很多，必须有一条路能够通达。没有这样的通道实在不行，包括办正经事也是，情况就是这样。

五

一个月后，省城新闻媒体报道：邵坤常务副省长荣调，离开本省，另有重用。

关之强只觉当头挨了一棒，兴奋感荡然无存。他"哎呀哎呀"地摇头，心里觉得特别可惜！

这么好的大领导好不容易刚记住一个关之强，怎么说走就走？归别的地方小领导们关心去了？

真是人算不如天算。

//坐立不安//

案子发生于星期五下午四点出头，市区繁华路段。

当时，受害者刚从商业大厦一层品牌服装店走出来，那辆摩托车就跟了过去。受害者为一位三十六七岁的女士，个头高挑，打扮入时，右肩上挎着个精巧女包，悠然自得，独自行动。她从品牌服装店出来后顺着步行道往前走，步行道高出马路一个台阶，不利于机动车上下，所以女士后边的摩托车没有贸然进攻，只是缓慢跟随，伺机而动。女士未曾注意到身后的歹徒和作案车辆，因为当时是下午时分，闹市街头，机动车辆很多，各式轿车轰隆来去，没有奔驰、宝马，也有马自达、桑塔纳。一辆很不起眼的摩托车介于其间太过平常，容易让人看不见。女士逛街通常兴味盎然，眼中只有沿街铺面各式鲜丽女装，还有丰富多彩的换季打折告示，这时候注意力很分散，极易忽略正在步步进逼的险情。在类似场合下别说女士，男子的眼睛都不太管用，只有贼的墨镜在灼灼生光。

女士走下人行道时遭到了攻击。那时，有数位年轻女子并列一排从人行道反方向走来，女士不假思索，下意识地跨下台阶避让。摩托车看准机会突然加速，向前冲击，飞快地从女士身边擦过，坐在摩托车驾驶位的骑手掌握方向和速度，后座上的人眼疾手快，实施作案。只一眨眼，女士右肩上的小包被拽脱，落入贼手。

这是一起常见的飞车抢包案，两个贼搭档敢在光天化日之下，于闹市街头公然抢夺，除贼胆嫌大外，作案手法并无独创。如果不是一个意外，该案将了无新意，转眼就混同于时而发生的同类案件，跟两个飞贼的旧摩托车一起消失得无影无踪，迅速被当事者之外的人们忘记。不料，意外发生了：遭受攻击的女士猝不及防，被突如其来的抢夺吓蒙了，小包被贼拽离肩头时，她没有任何动作，声响全无。女包落入贼手后因惯性甩了一下，刚巧甩到女士手边，女士在那一瞬间突然有了反应，一把抓住包的带子，动作完全是下意识的，除了揪住包带，依旧未出一声。当时摩托车还在往前冲，女士跟着摩托车往前跑，紧紧拽住包带，死不松手。飞车贼加速逃跑，女士跟不上，被摩托车拖倒，拽行于马路上。这时，她居然还坚持不放手，不惜被拖在地上翻滚，其顽强程度连盗贼都始料未及。骑于后座实施作案的家伙舍不得放弃已经到手的女包，拉拽中一时大意，不幸被女士拽下座位，身子后仰，重重摔到地上，后脑勺一叩，砰地发出一声巨响。如果不是尚能遵守交规，头上戴有摩托头盔，该贼只怕当场被水泥路面磕个脑袋开花。前排驾车的贼一看不好，未能顺利得手，搭档意外落马，这时顾不得其他，立即紧急刹车，转弯掉头，倒扑回来。

当时，案发现场有十数位目击者，四散于周围，以女士居多。因为事发突然，加上受害女士慌乱中只顾以命相搏，没有放声呼救，目击者于四周目瞪口呆，都未能及时反应。众目睽睽之下，受害女士气喘吁吁，与被她拖下摩托的飞车贼在马路上爬，谁也不放手，继续争夺那只女包。飞车贼的头盔掉在地上，滚得老远，该贼侥幸没把脑浆砸出来，毕竟摔得不轻，年轻力壮，居然抢不过一位女士。当时周围开始有人发喊，毛贼情急，知道耗不起时间，跟跟跄跄地从地上爬起来，即凶相毕露，掏出一把匕首往女士身上扎，公然行刺。

这时，恰好同伴骑摩托转至，毛贼抓起女包，跌跌撞撞醉汉般爬上后座，摩托车飞驰而去，眨眼间跑得不知去向，留下一个破头盔还在地上摇晃。

有目击者报案。警察和救护车迅速赶到，受害者被抬上救护车时悄无声息，已经不省人事。十几分钟后，女士在市医院急救室里醒了过来，看着围在身边的医生、护士和警察，女士表情茫然，似乎还没从恐怖经历的极度紧张和震惊中恢复。

她终于开口说话了，表明其语言能力正常，不是哑巴。

"包，包?"

警察告诉她飞车贼已经逃逸，有目击者看到她的白色女包在贼手里。

女士当即沉默，神色沮丧。警察询问女士的姓名和身份，要求女士提供相关情况，协助警方破案。女士一声不吭，不予答复。警察告诉女士，类似案件的最佳破案时间是在发案之初，受害人和目击者于第一时间提供的情况，对及时抓捕嫌犯非常重要。女士还是不回答，犹如聋哑。

"手机?"她问。

警察不知道女士的手机在哪里。女士自己想起来了，是在包里，在她未能有效抓紧包带之后，该手机已由飞车贼接管，连同包里的其他物品。

"我要电话。"她要求。

警察为她拨了电话，问她找的是谁？她告诉警察，她找自己的丈夫，叫邵国梁。

"哪个？邵国梁？"

她点头，说是的，就是他。

警察立刻意识到事情大了。邵国梁是谁？飞车贼不一定懂，警察却知道。

两分钟后，邵国梁接到了警察的电话，那时他在某表彰会会场，坐于主席台上。

"邵副市长吗？"

"我是。你是谁？"

得知对方是个陌生民警，邵国梁询问是什么事："我现在在发奖。"

警察说："请领导谅解，事情比较急。"

半小时后，邵国梁赶到了医院。这时，受害女士已经再度昏迷，医生、护士正围着伤员紧张忙碌，医院院长和市公安局一位副局长也分别闻讯赶到。

根据医生检查，副市长夫人身上挨了歹徒两刀，但是均只刺破皮肤，未能扎入体内。估计当时歹徒高度紧张，加上已经摔伤，气力不济，无法有效伤人，最终只把副市长夫人紧抓的包带割断，完成其抢夺作业，即仓皇逃离。医生说，从外观看副市长夫人身上主要是擦伤，包括头部、腹部和腿部，有几个部位伤得比较厉害，初步断定是被摩托车拖拽于马路路面造成的。她现在昏迷可能与医生给的镇痛药物有关，案发时女士头部曾撞击水泥地面，需要检查是否导致脑震荡。如果没有发现其他严重内伤，已知的伤情不至于危及生命，应当也不至于留下终生残疾。

警察认为，作案歹徒的行为不是一般抢劫，已经涉嫌未遂杀人。案犯气焰嚣张，手段残忍，严重伤害市领导夫人，他们已调集足够力量，迅速投入办案。

邵国梁当即为警察降低调门。他指出，自己老婆没在衣服上钉一张名片，哪怕有也不可能在上边注明本女已婚，配偶现任本市副市长，本市为县级市。所以，两个飞车贼并不计较受害者背景级别，人家就是伤人抢东西。警察也不必因为受害者的具体身份感到压力，案子该是什么就是什么，该怎么办就怎么办。

警察报告了已知的案情，特别是案发时副市长夫人追着摩托车跑，被拖摔于地还不松手，把歹徒拽下摩托车后，依旧坚持不懈，反复争夺的情形。警察称，飞车抢夺案他们处置过不少，类似场景却极难闻见，尽管最终失手并自身受伤，副市长夫人表现出来的勇敢和顽强令人惊讶。

领导绷紧的脸面这时略略放开。他居然开了句玩笑，向站在一旁的公安局领导发问，说以其夫人在案发时的突出表现，一旦案子告破，嫌犯归案，她是否有资格参评下一届"见义勇为"先进个人？

局领导表示他们会认真研究考虑，副市长立刻表扬："你真聪明。"

他的口气实际上近乎挖苦，他说自己的夫人恐怕没有这种荣幸。如果她挺身而出，试图从歹徒手中夺回的是旁人的包，而不是自己的私人物品，那么自当别论。

"她最多可以去参选'感动本市'人物，虽然不一定能评上。"副市长说，"但是，她确实把自个儿丈夫感动得坐立不安。"

副市长自嘲，说他在表彰会颁奖现场听到消息后，手心顿时冰凉。但是当时还不能走，必须把奖发完，真是坐立不安，担心不已。有一位女性先进个人领奖时跟他握手，忽然叫了一声，情不自禁立刻把手往回抽，像是不留神触摸到了冰块。估计该女先进不待感动，已经先被吓着了。

"为了一个包几乎把命搭上，让大家这么感动，值得。"

显然是说反话，该领导对其夫人的英勇行为很有保留，称其妻的模范事迹也许可以在中下级领导干部配偶的范围里广泛提倡，目前还不宜在全社会普遍推广。

由于受害者陷于昏迷，无法配合警方办案。警察急于掌握必要情况，只能恭请领导原谅，以受害者亲属身份提供帮助。邵国梁告诉警察其夫人名叫陈丽，供职于地区电业局，他和夫人的家庭住址不在本市，在地区，他本人是三年前从地区调本市任职的，住在此间市政府管理科提供的领导周转楼里。因为他工作较忙，双休日经常不能回家，夫人有空的话，就从地区到市里来，帮助洗衣服、拖地板、搞卫生，通常周五晚上到，周日下午走。本周恰好夫人单位里无事，她请假一天，提前于昨晚到达，哪想不提前没事，一提前就赶上了飞车贼，真是赶得早不如赶得巧。副市长夫人对此间道路不熟，今天下午是驾驶员送她从机关大院去市中心商业区的。夫人逛街是想为女儿看件衣服，他们的女儿去年初中毕业，考取了一个学生交流名额，去新加坡读高中。虽远在国外，她的衣服依然很让母亲牵挂。

"邵副市长记得夫人用包的样子吗？"警察询问。

邵国梁弄不清楚，因为他一向没太留意。他只记得其妻喜欢把包挎在右肩上，而不是像一些女士斜背于身，估计后一种方式更能防贼。印象中其妻的包似乎是白色的，并不太大，质地可能是牛皮。

"包里都装些什么？"

邵国梁摇头："这个我说不上。"

"会不会有些那个那个，"警察字斟句酌，"重要的东西？"

邵国梁反问："什么叫重要的东西？"

警察有些发窘。他解释说，副市长夫人与飞车贼搏斗的情节让他印象特别深刻。通常如果包里有重要的东西，受害人会格外尽力拼抢。

邵国梁表示理解。当事人以命相搏，表现得这么突出，她自己不一定有意识，旁人却不免生疑，引发联想，觉得可能有些特别原因。例如，包里是不是有些很要紧的东西，不容歹徒抢夺，也不能落入他人之手。人都有些东西不能舍弃，需要维护，有些东西足以让人不惜以命相搏，尽全力维护。那东西可能就在包里。

"你是这个意思吧？"他问。

警察说明，弄清楚包里的物品有助于他们破案。

邵国梁称自己听到消息后已经坐立不安，当时只是担心妻子伤情。现在这么一谈，得到提醒了，感觉更是坐立不安。公众人物总得顾及外界影响，他本人虽然老在主席台上握手发奖，一向还很注意，比较低调。他这种人的老婆表现得这么引人注目、令人感动未必合适，是不是叫作"教育不够"？

站在一旁的公安局领导立刻插嘴，说副市长夫人勇斗歹徒，这是楷模。

"看来你是被感动了。"邵国梁点头，"阿弥陀佛。"

他向警察声明自己已经说过，他不知道夫人包里有些什么。警察需要了解的话，可以等她苏醒之后询问清楚。有一点他可以肯定，包里有钱，一个出门逛街的女士不可能身无分文。但是估计也不至于携巨款满街游逛。

"不管多少钱都是些纸。"邵国梁说，"有些东西比钱重要，例如生命。"

警察说："是这样。是的。"

邵国梁对医院和公安局领导分别做了交代，希望他们目前守口如瓶，不要扩散本案及其妻住院的情况。他说，以时下风气，知道消息后，会有很多人前来探访慰问，带着花篮、果篮，可能还带来个把信封，内装慰问金若干。这不光会让伤员无法休息养伤，难以承受，也会让他不堪骚扰，费心费神，得为慰问金登记造册，事后再一一奉还。想必来人一多也不利于办案。所以大家说好了，警察只管悄悄抓贼，医院只管悄悄救命，波澜不惊，默不作声，这样最好。

警方和院方均表示理解。院方表示他们会千方百计为伤员考虑，警方强调他们会全力以赴搜捕嫌犯，一定要尽快破案。

邵国梁评价道："两个毛贼中大奖了。"

在场人员都很吃惊，不知道领导说的是什么。邵国梁解释说，盗窃这种行当不是正当职业，通常行事必须偷偷摸摸，躲躲藏藏。今天肇事的两个飞车贼明火执仗，街头抢人，胆子虽大，也还少不了戴头盔，加墨镜，跑得比兔子还快，表明他们很了解自身处境，内心十分虚弱。作为盗窃从业人员，小偷们都明白偷窃属高危行业，很不安全，警察要抓，失主要夺，人人喊打，为什么他们还前仆后继，屡抓不绝？因为心存侥幸。被警察捕获的小偷总是大大少于作案得手的小偷，这就好比中大奖者总是大大少于买彩票的。中大奖需要机遇和运气，两个飞车贼今天也算赶上了，一抢抢到本市副市长的夫人，这种机遇不说千载难逢，真想碰上也不太容易，所以该给大奖。

办案民警明白了，邵副市长说话行事一向自有风格，他是反话正说，在激励警察抓贼，表达殷切期望。此刻，两个小偷在逃，暂未中奖，如果不能落实该奖项，把他们抓捕归案，让领导期待落空，岂不显得警方太过无能。领导夫人的抢劫案都破不了，百姓老婆被抢还能指望个啥？

当天晚间，邵国梁以伤员亲属身份，住在医院的特护病房里，亲自陪护夫人。根据院方规定，允许危重病人亲属以陪护人员身份住进病房就近照料，由院方管理部门提供统一规格的折叠床，供陪护人员晚间休息，必须逐晚缴纳床具租金。邵国梁身份特殊，不同于一般陪护人员，院方予以优待。当晚，其夫人的特护病房为两床位间，其中一床归伤员，一床给陪护，不要求支付额外租金。医院特为副市长夫人加强了护理力量，病房外还有两位警察值班守候，准备待伤员苏醒后及早了解案情，寻找破案线索。当夜，另有大批警员连夜行动，根据目击者的描述，在市区各个角落追风捕影，试图捉拿两个飞车毛贼，搜缴匕首、摩托车等作案工具。

一夜过去，病房内外情况如旧。警察未曾查获嫌犯，副市长夫人昏睡于床，至第二天清晨也未曾苏醒。守在病房外，盼望能从受害人嘴里问出点线索的警察无事可干，坐立不安。守在病房里的邵国梁情况好些，人家毕竟是领导，嘴上坐立不安，现场表现镇定，锲而不舍，一动不动，于伤员床边坚持守候。

有若干细节透露了该领导内心的焦灼。当夜值班护士曾数次查房，检查伤员挂瓶点滴和身体伤情变化情况。她们注意到伤员之夫彻夜未眠，全时段密切守护，可能希望不错过夫人苏醒的第一时间。副市长曾数次追问护士，吊瓶里的药水是否还有镇静剂成分？为什么其妻总是不醒？护士安慰他说，此刻让伤员休息充分非常重要，有利于她迅速恢复。领导始终未能释怀。

第二天上午，邵国梁有重要会议需要出席，无法继续密切守候。离开病房时其妻尚未苏醒，他特意把护士长找来，给了她一个手机号码，要求她及时通报情况。他说自己对妻子的伤情非常在意，守了一夜，一句话都没说上，他很担心。如果妻子醒来，或者情况突然恶化，都希望护士长能以最快的速度打电话告诉他。

"我直接拜托你。"他说，"这里你最大，大过市长、院长和局长。"

护士长请邵国梁放心。她说今天自己当班，会格外注意。院领导特地交代过，警察也交代了，都要求在伤员醒来的第一时间报告。

邵国梁说："首先应当告诉人家老公。"

护士长笑，说她明白。

"记住我在等你电话。"邵国梁说，"十分焦急。"

护士长说应当不要紧的，伤员的体温、血压、生命体征都还平稳。

"不只因为这个。"邵国梁强调。

上午十时许，邵国梁在会议室接到了护士长打来的电话。

"市长！您夫人醒了！"

"情况怎么样？"

"看起来还稳定。"

邵国梁当即表扬说，很好，这个护士长很称职。谢谢！

"市长要过来吗？"

邵国梁说："现在开会呢。"

"那我报告警察了？"

邵国梁有几秒钟没吭声，末了说："当然。"

此刻他没法走开，今天的会不一般：省里一位副书记率队在本市调研，今天上午召集市级班子领导座谈，在家人员不得缺席。来的这位省领导分管干部，地位特殊，对很多官员的升迁流转能起到重要作用，对各类问题官员的处置也能够管得着。他来到本市绝非小事，随同到来的有若干省里大部门要员，还有地区主要领导。这种场合，哪怕家中突然失火，邵副市长也必须正襟危坐坚持于会场，哪里走得脱。

有一个人盯住他了，是本市市长，邵国梁的直接上级。医院护士长打电话，邵国梁悄悄跑出会场接电话，仅仅离会两三分钟，就让市长看在眼里。邵国梁回到会场，在座位上坐下来，摊开笔记本，当时省领导正在讲话，场上官员都在埋头记录，邵国梁也赶紧提笔动手。坐在一旁的市长忽然给他推来一张纸条，上有市长亲笔批示一句："为何坐立不安？"

邵国梁不动声色，会场上不能说话，他拿笔在市长的纸条上回复，只有四个字，写在市长批示的下方："喜获大奖。"以此解答自己为何坐立不安。

市长可能注意到了什么，也可能已经知道一点儿什么了。如今是信息社会，各类消息传播速度很快，当事者主张悄悄抓贼救命，只属一厢情愿。某女士于公共场合与飞车贼拿命相搏，其英勇顽强让警察印象深刻，不说感动全省，足以感动一市，自然有广大爱好者乐于传播消息，争相开展人肉搜索。事涉堂堂副市长，消息迅速传到市长那里并不奇怪，却不免让当事人更加坐立不安。

一小时后座谈会结束。邵国梁没急着动身赶往医院探望夫人，他拉住市长报称有急事："给几分钟时间吧。"

市长点头，留在会议室跟邵国梁谈话。市长坦陈自己已听到邵副市长夫人陈丽的一些情况，很关切，也想找邵国梁问问。但是不凑巧，中午他得跟书记一起，陪省领导用餐，只有饭前这一点时间。

邵国梁说，既然市长已经清楚，他就不多说了。碰上这种事也算运气，这两天他可能有些分心，请市长谅解。

"别着急。"市长安慰，"需要帮点儿什么吗？"

邵国梁谢谢市长关心，说自己处理就可以了，不必惊动其他人。现在他夫人已经苏醒，估计没大事。这次碰上的是意外，也属必然，今后汲取教训吧。市长问他怎么忽然说起教训来了？邵国梁即开玩笑，说因为自己平日里教育不够，所以搞得这么轰动，市长都受到骚扰。他这个人为人处事一向比较注意，十分小心，但是老婆陈丽有些毛病，她比较贪财，曾被他屡次批评。陈丽看起来挺光彩，其实出自寒门，娘家是城市下层居民，父母都没有固定职业，收入很少，早年家境很差，从小精打细算，省吃俭用，过惯了紧日子。而后时来运转，天翻地覆，变成了副市长夫人，虽然景况根本好转，本能却是根深蒂固。一分钱人民币在她眼里比得上一个美元，能看得她两眼放光，哪里舍得放弃。人都有些东西需要维护，能让他夫人情不自禁舍身维护的会是什么？以他猜想恐怕就是钱。昨天她的包里肯定有点钱，突然遭劫那一刻，她脑子里一定没有别的，丈夫没有了，女儿没有了，自己的命也没有了，只有那些钱。一个女人如此奋起搏斗，当然靠本能，也需要充分理由和强大动机。

"你夫人包里能有多少钱?"市长好奇了。

邵国梁笑,说真要多装一点儿还比较对得起观众。恐怕没几个子儿,让小偷很失望,让警察很没成就感,大家听了肯定也会好笑。

他这是在提供一个说法,以应对他人可能产生的疑问。类似疑问不仅旁观者有,警察有,市长以及很多相关人士也可能有。副市长夫人的包里怕是藏了什么价值连城的稀世珍宝吧?所以英勇顽强,舍命拼抢?不是的。她就是小心眼儿,贪财,精打细算,要钱不要命,舍不得丢几个小子儿。女人嘛,哪怕身为副市长夫人,她就是个女人。

邵国梁刻意自贬,试图降低事件敏感度,说得其妻有如下岗女工,身上现钞只够买几包泡面。其夫人遭劫现金其实并不像他说的那么渺小,至少也有一两千元。

这个数据是副市长夫人自己让警察笔录的。当天上午她在医院醒来,警察告诉她,根据目击者及其丈夫邵国梁副市长提供的情况,警察已在整个市区范围里展开搜索,目前尚无结果。警察请受害人提供更多案情,包括被劫女包里的贵重物品清单。副市长夫人为警察开列的贵重物品包括手机、钥匙、防晒霜、女用卫生巾等等,很女性很私人化,但是贵重程度一般。警察询问被抢女包里有多少现金，她说不多，可能有几百元。警察不解，受害者毕竟不是暂时就业无门的应届大学毕业女生，怎么可能为了一包卫生巾、几百块钱与飞车贼死命相搏？警察让她再认真回忆一下，她很努力地想了想，改口说也可能多一些，有一两千块钱。她的语气不太确定。

"还有其他贵重物品吗?"

她说现在能想起的就是这些。

警察要求受害者再反复想想，想起什么请及时告诉他们。受害者点头应允。

当天中午，副市长邵国梁于会后匆匆赶到病房。

医院院长告诉邵国梁，副市长夫人的伤情已经基本查清，未发现足以威胁生命的严重内伤，左胸有两处肋骨骨折，幸好没有祸及心肺。目前伤员情况基本稳定。

邵国梁当众表扬其妻："你厉害，排骨两根。"

副市长夫人不禁放声大哭，很委屈。她说自己出事之际脑子里一片空白，只知道拽着东西不放，哪里想到会弄成这样。邵国梁安慰她，说还好保住了一条命，这是运气。飞车贼不是谁想碰就能碰上，碰上了也算运气。不是说吗，运气到了，城墙都挡不住。这叫喜获大奖，权当买彩票中了头奖。

夫人已从护士那里知道其夫昨晚守候于病房，彻夜未眠。邵国梁调侃说，跟勇斗歹徒的事迹相比，一晚上不睡觉算什么？他问妻子，昨晚梦中是否还与歹徒继续搏斗抢包？其妻说她只记得噩梦不断，其他的想不起来。邵国梁称自己虽然一夜没有合眼，同样也做噩梦，因为特别担心，坐立不安。

"除开两根排骨，咱们还缺了什么？"邵国梁问夫人。

夫人说，警察已经问过包里的东西了。

"都跟他们报失了？"

夫人点头。

"那就好。"

副市长夫人看着丈夫，似乎还有话，欲言又止。

这时候身边另有旁人，不适合说私房话。在邵国梁到达之前，政府办已经奉市长之命，派来两位年轻女干部，帮助邵副市长照看伤员。她们尽心尽责，忙前忙后，端水送饭，让邵副市长插不上手，也插不上话。邵国梁表扬了两位女干部，吩咐她们尽管走人，这里有医生、护士，还有伤员的丈夫，不劳她们一直现场办公。两位不从，说是市长亲自下的命令，她们不敢只听副市长，不听市长的。于是，邵国梁拿电话找市长表示感谢，请市长亲自吹号，招呼两位女干部撤退。市长发笑，问邵国梁是不是放纵夫人贪财，伙同精打细算，害怕人家年轻姑娘参与瓜分大奖奖金？邵国梁称奖金他说了算，别人可以贪财，副市长不宜。这笔大奖随时准备捐献，不怕谁分。

"那就多分她们两个。"市长哈哈大笑。

人家是好意。副市长的老婆与歹徒搏斗断了两根肋骨，市长有必要表示关怀。他告诉邵国梁，下午省领导将视察本市新城区，城建这一块是邵国梁分管，只好让邵国梁把伤员暂时放在一边，参与陪同领导。所以，市长考虑除了请院方关照，还必须找两个会来事的女干部，让邵副市长放心托管夫人。

这有什么办法？有幸喜获大奖，只好坐立不安。当天中午副市长夫妇未得机会私下交流，深入探讨与失窃女包、英勇搏斗相关的敏感事项，只能在众人面前，一边开玩笑一边欲言又止，彼此拿眼睛看来看去，情深意切。

下午，邵国梁又忙去了，案件忽有突破性进展。

黄昏时分，邵国梁接到警方急报：副市长夫人遭劫女包在郊区一处偏僻角落被发现。白色女包包面多处破损，估计是抢包时剧烈争夺造成的损害。警察在包里发现了一张副市长及夫人、女儿的合影照片，确认为其夫人丢失物品。包里还有钥匙及一些女士用品，与受害者描述情况基本相当。

"抢劫犯把手机和钱取走了。"警方说。

邵国梁说:"他们当然不会把钱留在包里。"

被案犯留在包里一起丢弃的还有两张银行卡,副市长夫人未曾提及。没有密码,银行卡取不了钱,对盗贼无用,所以盗贼不要。受害者未提,可能是一时没想起来。

邵国梁说:"这么看不止断了两根肋骨,脑子怕也受到损伤。也许,还有其他要紧东西她没想起来。"

根据排查线索,警方已经初步锁定数个嫌疑人,正在深入搜寻,他们表示要尽快将案犯抓捕归案,届时就能查清全部被抢物品,全数追缴。

"很好,感谢。"邵国梁表扬,"我和我夫人都在期待。"

他交代,以受害者亲属的身份,更以本市副市长的身份希望警方及时向他通报案情进展。他会一直开着手机,二十四小时保持联络。

接电话时,邵国梁正忙于陪同上级领导视察,无法发布更多指示。视察结束后,邵国梁随同市长,陪省领导一行用便餐。饭后还有会议,由省调研组反馈情况。邵国梁直到夜间十一点多才离开会场,再返医院。

副市长夫人已经睡了。守在病房陪护的政府办女干部报称,伤员整个白天都感觉左胸肋骨疼痛,无法休息。晚间情况好点儿,刚睡下不久。邵国梁把外衣一脱,吩咐女干部即刻走人，回家睡觉。他说，病房之夜夫妻同眠，不免要办点私事，是不是请勿打扰，谢绝参观？女干部这次听话了，匆匆离去。

夫人睡得很沉，邵国梁没有手软，即着手弄醒。此刻夜深人静，室无旁人，警察不再守候于外，已经全数上阵抓贼，值班医护人员也在工作站里打哈欠，夫妻俩独占私密空间，机不可失。邵国梁不容伤员再睡，不停摇撼，直至其苏醒。

她喊胸口疼，说要喝水。邵国梁给她水喝，告诉她警察找到包了，该包严重损坏，再也无法使用。如果当初她拽的手劲小点儿，也许现在还能挎上肩膀。夫人闻讯眼睛一亮，立即追问包里的东西在吗？邵国梁问她是否指望小偷把好东西全都给她留着？夫人的眼泪又掉了下来。她说自己当时整个人慌了，只想着别让贼把包抢走。

"因为两张银行卡？"

她发愣，末了想起来，确实有两张银行卡，一张是她的工资卡，一张管家里的煤气和电费划账，两张卡怎么还装在包里？好在都不要紧，贼想要就送给他们吧。

"人家不要。"邵国梁追问，"包里还有什么？"

她告诉丈夫她吓坏了，知道不能让贼把包抢走，所以死死拽着不放。那个贼拿刀子割断包带，她一看手中啥都没有，这就昏了过去。

"包里到底有什么？"

有一个小袋子，内装成人用品，两个安全套。

"这个不要紧，非成人都懂。"邵国梁追问，"钱呢？人民币也带了一堆？"

她跟警察报了两千，估计没那么多，反正没指望讨回。

邵国梁当即松了口气。

他给老婆讲了一个故事：某官员夫人到丈夫任所探亲，于逛街时被飞车贼抢了包。警察破案，意外缴获飞车贼从所抢女包里找到的一个信封，内装两万美金。这就成为疑点。老婆来看丈夫，带这么多美金干什么？为什么被抢后没有如实报失？是不是心中有鬼？于是就查了，原来是一笔贿金。该官员完了，喜获大奖。类似官员好比小偷，知道私下里那类勾当高度危险，为什么还干？因为心存侥幸，认为那么些人那么高危都没事，中大奖还得运气好。给不给运气是老天的事，老天爷高高在上，什么都管，眼睛东看西看，难免有看不到的，所以，不必总是替老天爷操心眼睛不够用。要是忽然发生意外，不幸给看住了，中奖了，怎么办呢？那是命中注定，没办法的事。

老婆"哇"地一下，哭出声来。

"怎么？排骨又疼？"

她抽泣，当时她整个人真是吓坏了，满脑子就是这个信封，是不是美元不知道。

　　原来，她的包里也有一个信封。当天下午，副市长夫人出门逛街之前，有客人敲门拜访。客人为中年陌生男子，衣冠齐整，自称来自某下属单位，多得邵副市长关照，一直想表示感谢，只是邵副市长为人很小心，一向很注意，让他不知道该怎么表示谢意。恰好听说领导之女小小年纪，独自去新加坡求学读书，很辛苦，副市长夫人拟于近期出国探望爱女，他恰好有亲戚在那边，家里有几个外币，就拿过来了，也许可以帮助急用。不多，小意思。陌生男子的小意思是一个相当饱满的信封，信封上写有名字，他特意指着信封，说领导一看名字就知道是谁。他不顾副市长夫人一再推辞，硬把信封塞进她的包里，起身就走。这时候能怎么办？只好等丈夫回来后交其处置。副市长夫人曾想取出信封看看究竟，不料没待打开，门铃已经响了，是驾驶员到达，要送她上街。仓促之间她拎起包就走，后来就撞上了飞车贼。事情因此变得十分怪异：只记得一个信封挺饱满，什么外币不清楚，多少数目不知道，哪个送的不明白，光知道去哪里很明确：让小偷抢了，在贼手里。

　　邵国梁看着夫人，面露笑容。

　　"瞎扯吧?"

夫人大哭，这种事哪敢乱讲。

邵国梁不由得感叹，眼见得有的人一贯大胆，成万成十万拿，一点事没有。有的人一向小心，没敢贪财，倒有好事不请自到，意外中奖。

"真是老天有眼，"他摇头，"运气到了，城墙都挡不住。"

夫人心知麻烦大了，害怕不已。没跟丈夫商量，她不敢告诉警察。现在她能怎么办？坚持不说，只当没想起来，还是想起来了，赶紧追加报失？邵国梁认为记忆丧失没有意义，等警察逮住小偷，起获信封，那叫人赃俱获，到时候可不管你是不是摔成脑震荡，有没有想起来。夫人就急着要去报告，这个信封来历不明，数目不清，跟丈夫一点关系都没有，纯粹是她的事情，如实报告不行吗？邵国梁帮老婆深入分析，指出她丈夫要不是副市长，不会有人给她送钱，这种事情当丈夫的哪里撇得清，东西让贼抢了，报告已嫌不及。人们一定会问，要是没碰上贼呢？要是邵副市长夫人身手好一点儿，把带子拽紧，小偷未能得手，是不是就默不作声，落袋为安？被贼抢了才不得不报告，以往没碰上贼，所以拿千拿万，从不吭声？

夫人不服，因为说人拿钱总得有个证据。邵国梁指出证据就在包里，里边有个信封，信封写有名字，厚厚的一沓钱，居然是外币，折合人民币一定让人很惊喜，不是证据是什么？夫人连称不公平，这些钱来历不明，邵国梁不知道，她也不敢要，小偷一抢倒抢成他们的？邵国梁让她不要不服，谁叫她碰上了？这是现实，环境就是这样。细论起来还真是运气，两个贼要是抢了一个普通女子，案值只有一部手机、一两千块钱，警察也许不会紧追不放。偏偏抢了个现职市领导的夫人，该夫人还如此英勇相搏，逼着案犯拿刀行刺，涉嫌杀人，如此案件不破还行？这一破自然连带出信封里的巨款，哪里只是一部手机、一两千块钱？

"这就死定了？"夫人发抖。

邵国梁告诉夫人，他一听说老婆勇斗歹徒，要包不要命，就料知情况异常，感觉很不好，坐立不安，没想到不幸而料中。他发觉老婆为了一个信封如此英勇顽强，表面看是贪财，为了那厚厚的一沓钱，深究起来不是。老婆其实是在维护他，显然丈夫比钱重要，值得以命相夺。这一发现让他感到很欣慰。

夫人哭了起来，因为左胸的两根"排骨"在一阵阵抽痛，比让贼拖在地上还疼。她让丈夫不要再逗，都这种时候了。邵国梁问夫人这种时候不逗，难道"如丧考妣，向隅而泣"？夫人听不懂丈夫在讲什么。邵国梁解释，这指的是有如死了爹娘，躲在角落抱头痛哭。这种时候哭有用吗？得沉住气。邵副市长不是只会吓唬老婆、坐立不安，他也在多方考虑对策，面对最坏的可能，拿出若干办法，选择最佳方案。确实有些东西比钱重要，值得他以老婆为榜样，拽紧不放，英勇顽强，尽全力维护。

"好在平日不太贪财，不然必死无疑，碰上这种事哪里还有救。"他说。

夫人顿时振奋："你是有办法了？"

他摇头。这种事不太简单。

深夜里，副市长的手机铃声突然响了起来，很刺激很激动人心。半夜三更，通常不是祸事不登门。病房里，低着嗓门窃窃私语的夫妇俩面面相觑，副市长夫人当下脸都白了，邵国梁给妻子比了个手势，让她别出声。

他接了电话："是我。"

警察打来的。邵副市长曾要求及时通报破案进展，他们来报告。警察锁定了两个嫌犯，已经连夜对其住处实施突袭，缴获了嫌犯作案的摩托车，是一辆被盗车。警察在查获的赃物里发现了案犯未及时处置的一部手机，正是副市长夫人报失的物品。

"很好，人呢？"邵国梁追问，"两个贼？"

嫌犯已经携盗款分头潜逃。警方掌握了案犯的基本情况，都是外省流窜人员，警方正在联系当地公安部门协助破案。如果发现案犯没有逃归，而是流窜到其他省市，他们考虑将进行网上通缉。

"咱们欢迎嫌犯自投罗网，估计人家不傻。"邵国梁发布评论，"但是贼就是贼，不管跑到哪里，藏得多深，免不了还要作案，那就还会再冒出头来。"

放下电话，夫人追问情况。邵国梁告诉她案情还在发展，目前未曾中奖。

"是暂未中奖。"他强调。

现在怎么办才好？邵国梁断定现在怎么办都不好，暂时无计可施。昨夜彻夜未眠，今日坐立不安，忙碌一天，很累人的，睡觉吧！在没有办法的时候，睡觉是个办法。

"也许老天有眼，"他说，"梦中给个惊喜。"

//酒精依赖//

一

柳志明柳大主任于凌晨猝死于家中。

消息传来，我们深感悲痛，倍觉震惊。彼此打电话报信之际，每一个初听消息者都感到难以置信。

"怎么会？前两天还打过电话啊！"

"他说了些啥？临终遗言？"

"你不是搞笑吧？"

"这种事能开玩笑吗！"

　　这种事真是不能开玩笑。问题是柳志明一个大活人前几天眼见得还好好的，年纪不算大，身体没啥大毛病，也没碰上空难、车祸，怎么一眨眼间，说牺牲就牺牲了？真是突然得让人不敢相信。初听消息，我们都感觉不像是真的，基本没有例外。另外还有一个反应几乎也完全一样，有如条件反射：几乎每一个人都在第一时间下意识地发问："这是在哪里喝的？"

　　这不尽是玩笑。

　　据我们事后了解，柳志明死于凌晨五点来钟，黎明之际，不是一个特别适合牺牲的时间。该同志死亡之前并无特别征兆，当晚他睡得很好，一如既往地鼾声如雷，没有任何气短。柳志明是个瘦子，个头细长，这种身材的人通常不太打鼾，他却例外，其深度睡眠状态下的噪音指数决不逊于任何胖子。柳志明的妻子伴夫而眠，早就习惯了他制造的夜间音响，当晚她丝毫没有从他的鼾声里听出异样，该同志没有暴露任何准备牺牲的蛛丝马迹。凌晨时分，柳志明的鼾声突然停止，其妻虽然还在睡眠之中，却意识到了，只是没有引起足够的警惕。

　　那时候柳志明依然活着，并未停止呼吸。鼾声骤止，只是因为他醒过来了。柳志明与我们差不多，虽然年纪还不算大，也早过了尿床的时代，到了我们这个时候，无论是否领导，级别高低，正职还是副职，通常都需要在夜间暂时中止睡觉，起床上一上卫生间，具体情况彼此有别。根据各个人膀胱容量和前列腺的状况，有的人夜间需要解决一两次个人问题，有的则要求更多一些。出事那天凌晨，柳志明从沉睡中苏醒，不打鼾了，翻身从床上爬起来，显然是要上卫生间解手。这是正常情况，属于生命及新陈代谢的需要。

当时天还没亮，因为是初冬季节，夜长昼短，凌晨时分，天边蒙蒙有点亮意，屋里还黑洞洞的。柳志明没有开灯，摸黑起床，穿过卧室走向卫生间。自家地盘轻车熟路，闭着眼睛也能走，实在不必计较有无灯光。柳家住在市区东北的兴隆小区，三室两厅，有两个卫生间，厅边一个公卫，主卧里还有一个。他自然不会舍近求远跑到厅里去应急，起床后他就近进了卧室里的这个卫生间，算来只有三五米距离。

那卫生间忽然传出异常声响："砰！"然后又是一下："嗵！"

他老婆给惊醒了。

"志明？"她叫了一声。

柳志明没有回答。

柳妻当时睡意未消，她在床上愣了好一会儿，不知道自己听到的声音是个啥，具有什么特别意义。当时下意识里，她还有些埋怨，丈夫怎么可以搞出这么大的声响？不知道儿子在另外房间里睡着了吗？儿子今年初三，再有一个学期就要中考了，不让他晚上睡好，叫他拿什么精神读书、考试？几分钟后，卫生间那边一直静悄悄的，柳妻才意识到情况不大对头，她掀被下床，慌慌张张，跑过去查看情况。一看地板上黑乎乎倒着一团，当时就吓坏了，赶紧把电灯开关打开。灯火通明，她整个儿呆了：柳志明蜷成一团，脸面朝下，趴在卫生间的瓷砖地板上抽搐不止。

"啊啊啊啊……"

柳妻惊叫，赶紧俯身去翻，想把其丈夫弄起来，扶出卫生间，搬回床上。柳志明人虽瘦长，脂肪不多，毕竟是个男子，骨头偏重，不显山露水，也有六七十公斤重量，比得上一蛇皮袋地瓜。加上事出突然，当时整个人动弹不得，无法配合行动，其妻娇小，实在对付不了。搬了几下，连柳志明的身子都翻不过来，其妻不知所措，一时不知如何是好，这时她才注意到柳志明老老实实倒在地上，没有一点声响，其实人还清醒。他说不出话，但是嘴角在动，眼睛紧紧盯着她，似乎竭力要表达一个什么意思。

"你说什么？啊？"其妻开始抽泣。

她发现柳志明在眨巴眼睛，就像打电报——SOS。

"啥呀？啥？"

她发觉其夫不简单，当时说不出话，却有肢体语言。除了眨巴眼睛，他还另有动作：他右手掌在晃动，不是下意识，是有意识地摆动，竭力表达。

柳妻个头不大，人却聪明。这人在市教育局幼教办工作，属教育界人士，并不具有卫生界背景，但是毕竟同属知识界，知道一些急救常识。柳志明右手掌一晃再晃，她明白了，这是在告诉她：别动，别动。

"不能动，是吗?"她喊。

柳志明眨巴眼皮，予以认定。

他很明白，如他这样突然倒地不起者，随便搬动可能更加危险。

"那……那怎么办?"其妻讨计。

柳志明吃力地握起右手拳头，他的手掌晃个不停。

"要什么？要什么？"

他还握拳，再握，其妻终于明白了。

"打电话？电话?"

他眨巴眼皮，表示肯定。

其妻当即冲出卫生间，打了120急救电话。

后来有人发表看法，说柳志明这个老婆也太迟钝了，发现老公倒在地上，喊什么叫什么动什么？应当在第一时间报警急救，这是常识，谁都知道，为什么她不懂？我们不赞成这种意见，认为怪不得柳妻。女人嘛，凌晨时分，正当好睡，卫生间里扑通一响，丈夫黑乎乎一团倒在地上，她没有当场昏倒已经很了不起了，不能要求人家有个突发事件应急预案，事情一出立刻一声令下，领导干部似的。应对这种事情实在需要一点经验，缺乏经验难免一时慌张抓瞎。有过这么一次，今后再碰上就不怕了，就知道怎么办了，只可惜柳志明没机会等到下一次。

当时为凌晨，大家都还在睡梦中，这时候突然牺牲确实比较麻烦。还好本市120急救中心值班人员尚能坚守岗位，接柳妻告急电话后，及时派出了急救车。凌晨时分交通状况良好，救护车没有受到任何阻滞，以最快速度赶到了兴隆小区，急救人员扛着担架冲进电梯间，直上柳宅。

已经迟了，柳志明死于自家主卧卫生间的地板上。

二

我们跟柳志明遗体告别，彼此同僚，物伤其类，很震惊很悲痛。我们对柳志明的遗孀、儿子两个泪人儿表示慰问，希望其遗属节哀顺变。

"柳主任英年早逝，太可惜了。"我们一再表示，应当说是发自内心。

柳志明任职于本市口岸办，为该单位第一把手、主任。口岸办是政府的一个办事机构，我们各部门单位有时会有公务与该办业务相关，我们与柳志明本人也都有各自的个人交往，彼此相处愉快，节假日免不了要互相发条短信，共同祝贺快乐，同时传播若干幽默段子。因此，一朝获知该同志突然牺牲，从此从我们的短信群发名录里完全删除，感情上真是难以接受。

当时有一则幽默见解在我们中间流传。说的是柳志明出事当时，凌晨之际，其妻坐地于柳宅主卧卫生间，泪流满面，大呼小叫，不知如何是好。惶惶不安等待救护车飞驰救命之际，柳志明虽然不能言说，头脑却非常清醒，能够用其肢体语言清晰地表达意思，就其本人的急救事项对其妻加强指导。可惜柳妻缺乏经验，惊慌之中，只知道"不能动""打电话"，未能更深入一些，充分领会其夫的肢体语言。如果她的认识水平更高一点，也许柳志明还有救，能够挺过这一关，让其妻积累一次宝贵经验，可以应对下一次惊险。

根据该幽默之见解，柳志明嘴角一再抖动，手掌始终半握，那其实是在强烈传递一个意思，该意思用一个字可以表达，那就是"酒"。

这个提法有所调侃，却也相当传神。

柳志明能酒、好酒，在我们中被戏称"酒仙"，足与唐时李白媲美，差的只是人家写诗，柳主任从不读诗。但是，他跟传说中的李白一样，有着许多与酒共同创造的典型事迹，颇让我们津津乐道。

柳志明生前为柳主任，是其所在单位的第一把手。柳主任当然不是生于口岸办，落地就当主任，人都有一个成长过程，领导也不例外，无论起点如何，谁都得一步步起来。柳志明还没当主任之前曾经在县里工作，从基层起家，经历相当丰富。当年他在县里当副县长时，有一个著名的故事，涉及十几个"深水炸弹"。

什么叫深水炸弹？那是一种海军作战武器，通常用于猎潜，也就是攻击潜水艇。深水炸弹不是什么新式武器，其问世历史恐怕接近百年，在第二次世界大战中于太平洋和大西洋各海域发挥过巨大作用，让战争双方许多潜艇带着无数水兵冤魂沉入海底。柳志明虽贵为领导，却不在军人之列，他当副县长时，所在的县四边有山，境内有若干河流、湖泊和小水库，其中没有任何一处水面可供潜水艇通行利用，他怎么可能与深水炸弹发生关系？原来，这里所谓的深水炸弹不是装满炸药去炸潜水艇的钢铁容器，而是一大一小两个玻璃杯子，大的为啤酒酒杯，小的为白酒酒杯，号称"啤加白"。在两个杯子里各自倒满酒，把白酒连酒带杯沉入大杯啤酒中，大杯套小杯，啤酒加白酒，从喉咙一口气灌下，让它们联袂去轰炸胃部，这就是深水炸弹。

我们不知道这种深水炸弹是谁发明的，有段时间它挺流行，各类酒桌不时传来其爆炸声响。挨这种深水炸弹需要啤酒肚，还需要白酒量，如玩笑说法，很考验干部。柳志明迎难而上，英勇战斗，堪称投弹高手。那一回在县里，为了热情待客，他上了深水炸弹，而且不炸则已，一炸就是十几个，居然还有创新。除了通行的啤加白式深水炸弹，还搞洋加白，拿洋酒加白酒做新式深水炸弹，中西合璧，土洋结合，一起爆炸。事后大家笑话，说他这种炸法，别说什么潜艇、核潜艇，只怕是航空母舰也给炸个粉碎。

我们说柳志明迎难而上，英勇战斗，有调侃之意，却无恭维之嫌。柳志明是个瘦子，缺乏大肚子优势，对付深水炸弹，压力确实不小。特别是那一回，他碰上的客人比较牛，双方拿深水炸弹干杯，柳志明把自己这杯炸进肚子里，居然还得把对方那杯接过来，接着往自己的胃里炸。这种喝法谁受得了？可惜他表现如此之好，人家客人还不满意，不想轻易放他过关。席间柳志明起身，要上洗手间方便，客人一把将他揪住，当场宣布一条纪律：当晚酒间，不允许个人行动，凡上洗手间，外出接手机、电话，一律需要由对方人员陪同，提供友好协助。这条纪律很严重，比那十几个深水炸弹还要厉害，柳志明让它给弄个半死。

原来柳志明驰骋沙场，上了酒桌，敢喝能喝，其中一个重要原因，是他拥有独门秘方，有如秘密武器。该秘密武器不是电视广告里天花乱坠什么解酒药、化酒片，只是他自己的几个手指头。柳志明有一大本事，俗称"勾掉"，他在酒席间离席上洗手间，就是去干这种事：佯称是去洗手，进去后把门一关，趴到马桶前，把手指头伸进自己的喉管里去勾去抠，刺激喉部神经，使之恶心、反胃、呕吐。把肚子里的食物连同酒精呕吐一空，直到把胆汁都吐出来，以此减轻负担和压力，这才有可能继续战斗。

柳志明的秘密武器不是什么核试验核心机密，大家都清楚，只不过说起来容易，做起来很难。我们都知道有这种"勾掉"之术，却很少有谁能够熟练应用，让它真正成为战斗武器。把自己的手指头伸进喉咙里去抠，直到把肚子里的东西呕吐出来，试一试就知道，很刺激，很痛苦，很难做到。如柳志明那样，能够下决心去"勾掉"，不惜把胆汁都吐出来，然后继续战斗，无疑要有足够的勇气。

那天很不幸，客人知道柳志明有这一招，决定制止其秘密武器发挥作用，宣布禁止个人行动，派员盯紧，这就把柳志明制住了。类似"勾掉"这种勾当，通常只能个人实施，有如个人隐私，无法公之于众。当天客人不让柳志明暗中施展绝活，着意让他当众举手投降，柳志明率几位部下艰苦奋斗，深水炸弹一颗又一颗下去，偏又始终无法"勾掉"，终于到达极限。柳志明能力不支，于酒桌上"现场直播"，即当场呕吐。主人吐个满桌满地满身，客人们尽兴而起，酒席终于宣告圆满结束。

柳副县长给送到县医院挂瓶，打点滴，住院两天，这才佝偻着一个瘦长之身，一脸苍白，返回领导工作岗位。他声称很值得，十几个深水炸弹，给该县某一项目争得了四百万的经费，性价比很高。原来，那一天几位客人非常了得，来自上级权力部门，为首的是位处长，到柳志明那里了解审核某一项目的情况。要害部门这些处长们可不得了，手中掌握几万几十万的权限，更大额度的钱不能直接处理，却也能通过提出看法和意见，直接影响上级首长及机关的决策。所以，柳志明需要把他们奉为上宾，千方百计做好服务，让客人尽兴，包括自己给自己深水炸弹，再接过人家的炸弹轰炸自己。

时下文化很多，例如饮食文化、洗脚文化之类。有一种文化被称为"酒文化"，堪称丰富多彩。以酒论之，柳志明这人显然很文化。该同志在我们面前经常拿酒说人，表扬自己。他有那么几句酒话，什么"酒品见人品，酒性见人性，酒德见人德，酒格见人格，酒力见人力，酒气见人气"之类。他还有一句"酒风见人风"，或称酒风见作风，以自己酒风纯正，勉励我们认真学习。我们承认，柳志明深水炸弹的战绩确实表现出该同志的若干特点，其良好酒风确实从某个侧面反映其秉性为人比较实在，其在酒精问题上的一流表现，足以让我们送他一个"柳大主任"的雅号。但是柳志明与酒之间的关联，已经不是十几颗深水炸弹与四百万款项可以全部解释的。

我们觉得，他已经显示出某种酒精依赖症状。

柳志明有无数的酒要喝，上级来了要接待，下级来了要关怀，同僚请客要去表示友好，然后必须另找时间回示情意。办事要请客，事成要感谢，考核前要联络感情，提拔了要共同祝贺，节假日要一起快乐，非节假日也不能相忘。名目如此繁多，供柳志明大量接触酒精，如他自己所嘲，叫作"酒精环境浓厚"。类似情况，我们大同小异，也属感同身受。有一句名言叫"科技是第一生产力"，时下有人照虎画猫，号称"关系也是第一生产力"。因为关系好了，处理到位了，要项目有项目，要钱有钱，要位子有位子。处理关系免不了都需要若干酒精，因而酒精环境确实浓厚，酒精依赖症适应范围很广，不只柳志明一个人需要依赖。

问题是柳志明柳大主任性情有特点，酒风太好，比我们都强。他那种喝法，很容易把持不住，不知不觉之间，会从需要喝、敢于喝开始，发展到想要喝、喜欢喝，再到有酒必喝，每喝必醉，没有酒不行。而后就是嗜酒、酗酒，沉溺其中，进入病态，陷于酒精依赖症。

柳志明早有症状，所以听说猝死，我们不约而同，都问他是在哪里喝的？

三

据医院死亡诊断书，柳志明死于大面积心肌梗死。

医生的诊断非常重要，柳志明突然死了，大家需要一个说法。他死于心肌梗死，这就是说，不属于非正常死亡，不是他杀或自杀，不需要警方立案追查，没有牵涉腐败窝案，也不会让人联想到情色、财产等当下热门事项。柳志明不是一般人，为政府官员、主任、市口岸办第一把手，这种人突然死亡，免不了总会让好事者浮想联翩。

我们知道，大面积心肌梗死能够在短时间内致人死亡。据我们了解，柳志明以往并无心脏病史，因此柳宅主卧的抽屉里，可能没有心脏病的急救药物，例如硝酸甘油、救心丹、救心片之类。没有心脏病史的人突发心脏病并不奇怪，逻辑上完全成立，任何人都是在第一次心脏病发作之后，才拥有了相应病史。柳志明不幸发作得比他人要猛烈，所以一次就够了，没容他像他人一样活下来，从此享有心脏病史的资格。我们理解医生的死亡诊断只涉及柳志明的直接死因，至于其间接因素，例如是什么导致柳志明的心脏变得如此脆弱，以至于大面积心肌梗死突发，那不太需要医生给出专业说法。

我们不免有些非专业非正式的探讨。根据我们的见解，柳志明的直接死因是心肌梗死，间接原因应当就是酒。显然，酒精依赖足以以慢性方式摧毁人的心脏，以及健康。

但是情况令我们非常惊讶：居然没有谁知道，柳志明最后是在哪里喝的。

有一位朋友提供了一个令我们极其意外的发现。

前些时候，这位朋友与柳志明相聚于酒桌，该朋友与柳志明曾于省政府行政管理学院同期培训。当晚相聚，是因为来了他们共同的一位同学，该同学是省直单位人员，不久前刚获提升，前途耀眼，此刻率队来本市调研。无论只以过去的名义，还是兼顾未来，同学们都应一聚。聚会由柳志明安排，当晚共有十来个人，开席之前，柳志明吩咐开箱取酒，拿出了十几瓶茅台，每人面前立一瓶，作为当晚任务。柳志明宣布说，他的茅台绝对可靠，是通过内线直接从贵州茅台镇进货的。为了大家的友谊，为了祝贺老同学荣升，今晚要特别讲真情，一人一瓶，各自包干，喝完了还有，保证满足。

于是，真就那么喝，大家举杯，各管各的。

我们那位朋友与柳志明座位相邻，他发觉柳志明有些奇怪，特别在乎别人喝酒。柳志明与他干杯，非得看着他把一杯酒喝个干净，自己才喝。有几回朋友只喝半杯，没有一饮而尽，柳志明不允许，一定要他杯子里倒不出一滴酒，这才算数。

朋友不服，已经说好总量包干，一人一瓶，何必再一杯杯计较？柳志明笑，解释说是他看不下去，这么好的酒，不喝光真是不好受。

酒到后场，大家都有几分醉意，几个酒劲差的已经快不行了，下酒进度明显放慢。闲聊请劝间，朋友意外发觉柳志明有个奇怪的动作，情不自禁之际，总是斜着眼瞟别人的酒杯，瞟时还有喉头动作，像是在吞咽。这分明是在馋酒。朋友非常不解，注意看了看柳志明手边的那瓶茅台，已经下去了四分之三，毕竟还有小半瓶。柳志明自家有酒，何须还要看着别人？

朋友多了个心眼儿，趁柳志明暂时离开之际，偷偷品尝一下柳志明酒杯里的酒。这一喝明白了，假的，不是假茅台，是百分之百的假酒。柳志明给大家上茅台，给自己上的却是矿泉水。他不知怎么做的手脚，他手上的酒瓶货真价实，出自贵州茅台镇，里边装的东西却不对，连一丝酒精都没有。

朋友没有声张，不动声色地把自己与柳志明的酒瓶对调了。柳志明再入席后端杯，第一口就察觉出来，与朋友对视一眼，明白怎么回事了。彼此一声不吭，心照不宣。而后朋友目瞪口呆，看着柳志明情不自禁，连杯子都不用，直接把酒瓶口对着喉咙，非常热烈地把换给他的小半瓶烈酒喝了个干净。

原来他真在发馋。喝着自己的矿泉水，看着别人杯里的酒，情不自禁做喉头吞咽动作，那个馋啊，真是无以形容。

既然是这么馋，为什么还要暗中作假，逼自己喝矿泉水呢？

几天之后，朋友与柳志明在一个会议上相逢。朋友开了句玩笑，说大家都知道柳大主任作风优良，看起来好像有些变了，这是暗讽柳志明酒桌作假，作风不再优良，不说狡诈嫌小，起码不显大气。柳志明心里有数，他打哈哈，称自己还是柳大主任，作风依然优良，只是不幸身体情况有些变化，情不得已。朋友不免紧张，问柳志明身上哪个地方有问题了？柳志明提到了胃和肝，还指着自己的喉头说，这地方很不行了，比较迟钝，以前一下子可以"勾掉"，现在不太容易，有时把血都勾了出来。

"哎呀，少喝点吧。"朋友不禁动容，赶紧劝告。

柳志明表示不是少喝点，是不能再喝了。这么依赖酒精怎么得了？不说个人身体受不了，国家也受不了。但是已经依赖上了，怎么办呢？国外有一种"酒精依赖互助组织"，同病相怜者自愿参与，大家介绍自己情况，真诚坦白，深刻检查，开展批评与自我批评，互相支持，共同努力，戒除依赖，据说效果不错。可惜咱们这里还没推广，至少在局长、主任们中尚未推广。想克服依赖，只好自己对付，做手脚，拿矿泉水充茅台。问题是喝着自己的白水，馋着别人的白酒，实在很难受。天天这么忍受，真是很痛苦。他盼望能够宣布禁止各种酒席，至少禁止酒席摆酒，这肯定有助于戒除依赖，免除他馋酒之苦。当然，这纯属瞎琢磨，根本就不现实。要是把酒席上使用酒水的款项一律从个人工资里扣除，如果这也能行，谁还敢那么喝？但是估计也不容易做到，所以还得依赖，否则馋啊。

如此看来，柳志明已经不是酒精依赖，是"后酒精依赖"了。他已经承受不了，千方百计想要摆脱，努力试图于酒精依赖中自拔，这个过程一定痛苦，不在于缺乏"酒精依赖互助组织"，而在于他身边的酒精实在太多，没完没了。酒桌上一坐，酒香扑鼻而来，那个馋啊，情不自禁，难以把持，无力自拔。

据我们了解，柳志明发病死亡之前，接连数日，天天都有酒席伺候，有时一个晚上有两三摊相请，其中有单位公务，也有私人交谊。有意思的是，这些酒席柳志明居然无一出场，或谎称出差在外，或谎称另有接待任务，或谎称家里有事，以各种理由，非常抱歉，全部谢绝，予以逃避。出事前三天傍晚，有一位朋友请检察院一位副检察长吃饭，饭前该朋友两次给柳志明打电话，请求柳志明无论如何要于当晚赞助。该朋友是个局长，部门领导，其亲属涉嫌某案，需要检察院领导关心关心。柳志明与该朋友是老交情，接到电话后当即表态，当晚一定出场，别的任务承担不了，喝酒没问题，肯定要帮助创造良好氛围，配合做好工作。当晚，柳志明果然如约按时到场，不料一杯未饮即仓促撤退，为什么呢？来了一个电话：分管领导找他，有紧急事项，要他立刻到政府大楼去汇报研究工作。

这个电话是假的。当晚该分管领导刚好离开本市，动身前往省里跑项目。

显然，柳志明是在以其全部智慧和勇气抵抗酒精依赖，防备馋酒之痛。以他死前数日逃避酒精的记录看，该努力尚属卓有成效。

可惜出事当晚他没能坚持住，终于打破纪录，因为无法坚持。

市里有一个重要项目正在推进，事涉口岸事务，请了省里相关部门领导前来视察、会商，当晚市里宴请，主要领导隆重出场。项目很重要，关系本地发展，柳志明作为地方部门领导，需要做好各种配合，包括宴会上的配合，这种场合他是逃不脱的。

我们的问题终于有了答案。

"他在哪里喝的?"就在这里。

但是很意外，这是个伪答案，真实答案依然不知所在。

根据我们的细致了解，当晚宴会上，柳志明居然也做了手脚。柳大主任手脚伸得很长，居然于事前买通了大酒店的相关服务小姐，该小姐用两个酒壶给客人们倒酒，所有客人喝的都是真酒，包括酒宴主人、本市市长以及省上来的领导。唯有柳志明例外，假的，矿泉水。

当晚，他一如既往地关注旁人喝酒，热切地看着人家把杯里的每一滴白酒喝光，自己馋得眼光发直，喉头发紧，却始终坚持，自始至终，都来假的，滴酒不沾。当晚的酒宴气氛很好，持续了两个多小时，酒精度极高。毫无疑问，越是气氛良好，越是酒精度高，柳志明越是馋得难受，越是难以自拔，越是需要格外努力于自拔。那两个多小时对他有如酷刑。

几小时后，他于凌晨时段死在家中。

如此看来，他不是喝死，是馋死的。

四

柳志明死后，有人调侃，称其妻没有深刻领会他的意思，不知道他是在要酒。这调侃是不是有些道理？假如当时其妻不是去搬他，去打电话喊救命，而是当机立断给他灌酒，情况是不是会好一点？据说酒精有助于扩张血管，让柳志明血液里含有足够的酒精，也许他的血管就给扩张了，心肌的大面积梗死是不是就会缓解？

这肯定是无稽之谈。但是柳志明死后，确实有人发表怪论，认为如果他不是那么英勇，那么馋着忍着，努力自拔，而是继续依赖酒精，可能他至今依然健在。

谁知道呢！

//酒精测试//

我说:"妈的,现在什么时候,敢搞这个?"

林江面露难色,支支吾吾:"这个,这个……"

我伸出右手大拇指追问:"这个的意思?"

他一眨眼睛,不做直接回答,意思却很清楚。

林江是秘书长,职位比我稍低一点,彼此算是同僚,我要想骂他,自己还得长大很多才行,眼下尚缺乏资格,所谓"妈的"只是自我感叹而已。此刻引发我特别感叹的东西其实不算稀罕,就是酒,一溜六七盒摆在桌上,均为飞天茅台。

"听说客人只喝这个。"林江说,"窖藏十年以上的。"

我摸摸喉头笑："酒是不错，今晚咱俩该谁死？"

林江也笑："刘副，我哪能跟你比酒量。"

"酒量不是问题。"我再次把右手拇指伸出去询问，"这个知道吧？"

"知道什么？"

"暗访。"

林江点头："所以才安排在这里。放心。"

我说："林秘一言九鼎，别说屁话。"

他笑："妈的，真是没办法。"

他也一样，不是骂娘，纯粹感叹。

林江出去安排点菜，包厢里剩我一个人，没有他人，我毫不耽搁，立刻掏出手机找小黄了解动态。小黄报告说，宾馆八号楼没有动静，别克商务车还在楼前车位上。我交代他不要大意，有动静立刻报告。他表示明白。

小黄是市委办一个科长，分工配合我，相当于秘书。通常情况下他跟随我行动，今晚比较特殊，我对他另有重用。所谓今晚特殊，指的是我与林江在这个包厢里承担的任务，关键词为接待、喝酒。今晚，我们接待一位贵客及其随员，该贵客对于我完全陌生，以往从未有幸认识，迄今不知道他是什么身

份、为何光临。只知道他自京城而来，非常有分量，到本省公
干，路过本市，给王国力打个电话，然后赫然光临。王国力是
市委书记，第一把手，我跟林江交谈时伸出右手大拇指询问
"这个"如何如何，该拇指即代表王国力，我需要知道王国力
的态度。此刻，王国力与市长两巨头去省城开会，时间不凑巧
赶不回来，他给我打了一个电话，指令我负责当晚的接待。因
为我是市委副书记，于两巨头离开时在本市临时牵头负责，私
下场合我自嘲为"临时拇指"。王国力告诉我来客在上边很有
分量，必须接待好，规格要够，具体安排他已经交代林江，我
只管出场。王国力没有多谈贵宾情况，我也一句不问，因为电
话里不便多说，且类似事项不该问的不要问，那是规矩。虽然
一句不问，接受该重大任务时我还是心头一跳，预感有麻烦，
脑子里冒出的两个字十分不祥：死了。

　　如此凶险有缘故：今天上午，我从省里一位朋友那里得
知，有一批不速之客一早从省城出发，赴我市"开展工作"。
得到消息后，我立刻要求市里相关部门紧急布置，悄悄告知在
家各位领导多加注意，避免发生问题。中午时分，我得知不速
之客如期到达，住进我市宾馆八号楼普通客房，包括司机在
内，一共来了六位，坐一辆省直机关牌照的黑色别克商务车，
车子是旧车，停在车位上很不显眼。这辆车和它的乘客可不像

表面那样寻常，他们属于省里责任部门下派的"暗访组"，其暗访内容为相关地方违规事项，当下主要目标是公务接待。该暗访组近来频频出击，省内已有若干地方官员被他们当场捉拿于宴席桌边，连同桌上的山珍海味和名烟名酒一起涉案。被暗访组查到的案例，无一例外都被迅速曝光并加以处理，涉案负责官员均先行撤职，理由是上级层层发布规定，禁止超标准公务接待，相关官员置若罔闻，顶风作案，必须严厉处置。

有鉴于此，加之目前本人在本市临时牵头，我不能不密切注意暗访组的动态并早做防备。我相信，我的同僚们个个知道厉害，今晚不会有谁在市区各大酒店包厢里晃荡，不到万不得已，大家都会躲在自己家里喝粥，哪怕吃泡面。所谓万不得已，即碰上不能不接待的客人，例如今晚光临的这位。类似客人堪称扫帚星，该来不来，不该来时偏来，让你一点儿办法都没有。碰上了该怎么办？林江的策略是转移阵地，不在宾馆酒店设宴，转到外围合适场所。他安排的这个饭馆号称"农家山庄"，位于市区边缘，地点比较僻静，档次却不低，料理各种野味，颇具地方特色，适合接待京城贵宾。

但是我依然感觉凶险，难以释怀。据我所知暗访组都是高手，他们对我们太了解了，知道我们会往哪里去。今晚我们暂避的山庄伪称"农家"，实大有文章，并非乡间小吃铺，否则难以拿来接待贵宾。我早听说本山庄老板大有实力，交道很广，高薪请的厨师，菜也确实不错。以我的观察，这里恐怕是林江亲自掌握的据点之一，他在此安排的应急接待肯定不是第一次，这就带来了一定危险性。本山庄有可能已经名声在外，为暗访人员所掌握，没准他们今晚哪儿都不去，就打算深入基层，造访农家，掀一掀老乡家里的锅盖。我不能不有所防备，小黄被我临时派驻宾馆，即为举措之一。

当晚，我和林江提前到达农家山庄等候贵宾，相关事项尽由林江负责安排，包括点菜和备酒，我除了表示感叹，并不插手。因为林江直接受命于王国力，本次接待不归我掌握，我只管出场招呼，无须多嘴。候客期间，我还是不动声色稍做打听，询问今天来的是何方神仙？跟咱们这个大拇指什么缘分？林江与王国力靠得近，应当比我多知道些情况。但是他口风很紧，并不多说，只是证实贵宾身份重要，很有影响力，与王国力关系特铁。这一次路过本市，王国力请求他们多待一天，等他从省里赶回来见面，但是客人另有要务，时间紧，不能留，晚饭后必须离开。王国力不得已，只能命我们代为接待，他不能到场，接待尤需热情。

半小时后，贵宾及其随员如约到达，一行五位，三男两女，其中四位来自京城，一位陪同者来自省城。五个人我都不认识，见了面他们不递名片，陪同者不做深入介绍，我也不问，因为不必打听，该说他们会说，肯定是点到为止。从言谈举止看，这一行人确实来历不凡，男的有派头，女的有气质，个个都不是等闲之辈。为首的贵宾是一位中年男子，头发稍白，陪同者介绍他姓刘，称刘主任。我当场表示欣喜，因为自己也姓刘，高攀一下，与刘主任五百年前是一家，因此很荣幸有这个机会，受王国力书记委托，代表本市接待刘主任一行。

刘主任挺大气，不乏幽默，看到桌上摆的茅台酒，他即开玩笑："这是真的假的？"

林江保证所提供的酒来历纯正，从贵州茅台镇直接进的货，肯定是真的。

刘主任拍拍林江的肩膀："不要紧张，真的算你功劳，假的记王国力账。"

他当场指定同行一位青年男子负责测试，称该男子百炼成钢，比茅台酒厂的王牌品酒师还牛，真的假的一试便知，一锤定音，从不出错。

"他是茅台牌酒精测试仪，质量过得硬产品。"刘主任打趣。

我跟着开玩笑，当场讨教，询问该青年男子用什么方法测试茅台？舌试法或抽血法？是不是需要像醉驾司机那样对着警察的测试仪吹气？男子大笑，说他是小巫见大巫，这里边刘主任才是大师，从没见谁比得过。刘主任拿鼻子一嗅，真的假的，什么年头，酒精度多少，全有了，绝对正确，任何测试仪都做不到。

林江即招呼："快开酒测试。"

这时我的手机铃声响了。我一看是小黄的电话，赶紧向客人道歉，起身离开包厢接听。

小黄报告："他们出动了。"

"别克？"

"是的。车开出宾馆大门，往东大路方向走。"

我感觉手心儿里的汗一下子冒了出来。

我们所在的农家山庄位于城东，距宾馆接近十公里。我市宾馆大门所临大街为东西向，从宾馆出来，不是往东就是往西，没有第三个方向。暗访组出门东行，未必就是直扑农家山庄，如果他们往西，也未必不是假动作，没准会在中途杀个回马枪。仅仅根据他们出动的最初方向，尚难推测他们的最终目的，以常识分析，他们特意冲着本山庄一桌酒菜而来的概率并不很高，但是我还是感觉忐忑。

我交代小黄继续密切注意动向，有情况随时报告，而后关了电话，回到包厢。

桌上的酒杯都已倒满，林江报称该酒初步测试合格。

那位年轻男子即举手说明："我说了不算，刘主任还没有表态。"

刘主任却不急着测试酒精，他盯住我看："这位刘本家怎么啦？脸色不太对。"

我感叹："刘主任真是明察秋毫。"

我告诉他外边有些小情况，没大问题。地方上七七八八事多得很，眼下在基层当个小官不容易，连尽心尽意陪领导喝一口酒也不容易。

"听说你酒量不错？"他问。

"刘主任不要听林秘瞎说，他那是要我死。"我说。

林江当即分辩，关于酒量他并未多嘴造谣，该评价为王国力书记亲口提供。此前王书记曾告诉刘主任，今晚由刘副书记出面接待，刘副酒量好，可以代表他多喝几杯，对刘主任一行光临表示热烈欢迎。

刘主任点头，肯定情况属实，林江并未造谣。他还开玩笑："别是王国力拿你哄骗我们？今晚要测试测试。"

我自嘲："不必测试，我先投降。说起来愧对领导，早几年酒量还马马虎虎，现在已经废掉，实在不行了。"

他询问为什么？我说早几年身体好，胆子大，遇到重要场合，要钱要项目，接待领导联络感情，一听召唤就上，杯子一端就干下去，久而久之就有了点儿坏名声。如今情况不一样，身体也不比从前，胃溃疡，不敢再那么喝了，酒量不进则退，日渐萎缩。

刘主任有洞察力，眼睛一眯即敲打："还有什么情况？不只是胃溃疡吧？"

我承认确实还有情况，例如规定一条条出来。据说胃肠疾病与精神因素有关联，有些溃疡不是喝出来的，是吓出来的。

刘主任脸容一正，当即指着林江吩咐："这位秘书长，把你的酒收起来。今天咱们不喝，免得吓死我这个刘本家。"

林江即当堂请示："刘副书记，这怎么办？"

我表态："胃溃疡是小事，吓死也是小事，辜负领导才是大事。"

刘主任发笑，脸色顿显亲切。

"态度是真是假还要进一步测试。"他宣布。

而后共同举杯，开局气氛良好。

当晚桌上的酒确实不错，无须刘主任和他身边的茅台测试仪细加鉴别，我就足以评判，不愧国酒之称，真假无须怀疑，年份应当也无问题。但是酒虽上好，喝下去却不是味，从第一口起，我的胃里就有一种烧灼感。随着酒液经过喉头、食道、胃部迅速扩散，连消化系统之外的心口也发出阵阵刺痛，不断加强，非常不适，挥之不去。随着酒桌气氛越发热烈，该感觉越发强烈灼人。

我得承认这不仅是胃溃疡，更多的是担忧，我无以摆脱它。在我们热烈举杯之际，暗访组已经出动，可能正在赶往此地。虽然该概率并不是特别高，有如买彩票中大奖，我却不能不把它作为最坏的一种可能加以考虑。万一暗访组掌握了某些内情，有备而来，真的一头撞到这里，事情就大了，我无法想象将如何收拾。桌上这几瓶酒对刘主任一行有何影响我不得而知，毫无疑问，它们足以把我毁于一旦。但是面对这一巨大安全威胁，我只能指望自己杞人忧天，暗访组一行将到一旁玩去，与我们失之交臂，除此之外我无能为力，似无其他办法。

应当说，我还是本能地进行了防范，以当晚的情况，最好的办法是让客人为我解困除危，那其实也是为他们自己除去危险。我有意在席间提到相关规定，拿所谓"有些溃疡是吓出来的"说事，隐隐约约略加暗示，实指望提醒刘主任一行，让他们主动拒酒。那时我就可以顺势而为，以不强客人所难之名，把那些酒收起来，这样既免除一大险情，也不失客情，对王国力能够交代。不料此计未成，刘主任虽然发话收酒，其意纯粹是调侃我，让我没有得逞之机。我对刘主任无法提示得更为深入，如果我直接报知暗访组及其行动，那就不是有意劝饮，而是公然逐客，客人会认为我拿暗访组当稻草人，把他们当麻雀吓唬，没准当场拂袖而去。该后果会非常讨厌，不是说我无法承担，至少我应当尽量避免。值此两难之际，没有更好办法，我只能硬着头皮上，一边留意外部动态，一边心怀侥幸，于热情接待中忍耐阵阵烧灼。

我发觉刘主任喝得并不多，很节制，他似乎并不热衷喝酒，更多的是在享受酒桌上的支配权以及众星捧月的气氛与感觉。他喜欢看身边人喝酒，多多益善，谁敬他谁必须喝干，他只抿一小口，他回敬也一样，他一口，别人必须喝光。如此双重标准，却没有人敢于抗议，因为他说了算。他带来的几个客人酒量参差不等，我和林江是他们共同攻击的目标，特别是我，王国力推荐我"酒量不错"，他们有所怀疑，需要测试验证。刘主任乐此不疲，反复追究，让我疲于应对。

大约半小时后，小黄报来一条最新动态：暗访组的别克车刚刚经过城东环岛，而后顺迎宾路折转南行。我顿时觉得额头汗津津一片。

那时我已经喝了不少，但是头脑依旧清醒，这与酒量大小

无关，纯粹出于危机反应。当晚情况比较特殊，我不能不保持
高度警觉，以防意外。小黄报告的新动态让我倍觉危险：城东
环岛位于我市东郊，是城区东部交通枢纽。我所在的农家山庄
位于环岛东南侧，距离近三公里。按照正常通行推算，暗访组
离开宾馆到达城东环岛，花费的时间似乎过长，这里边可能有
一些异常因素。例如，驾驶员道路不熟，走了弯路，或者开行
缓慢，同时也不能排除是有意绕道，采用若干迷惑性假动作。
无论是什么缘故，这辆车和车上的人已经迫近，离我们欢宴的
农家山庄近在咫尺。问题是，从现在开始我将面对完全的不确
定性。别克车离开城东环岛之后我就进入了盲区，无法再得知
其下一步行踪，只知道最终会是两种结局：一是我在此间一边
接待贵宾，一边满心烧灼忐忑，或可自嘲"心怀鬼胎"。末了
平安无事，虚惊一场，人家到附近某处暗访去了。另外一种可
能就是，夜幕下静悄悄，安详和谐，包厢里诸位热烈举杯，然
后门被推开，他们走了进来，尘埃落定，没有丝毫可供紧急应
对的时间与空间。

　　之所以如此不确定，是因为地方官员有些事可为，有些实
不能为。上级下派暗访组到本地"开展工作"，地方官员只能
在人家需要时给予配合，绝对无权插手干扰。哪一个官员胆敢
动用警力及相关设施对之暗中跟踪、监控，无异于自己找死。

即使我胆大包天试图使用相关资源，无论明动还是暗动，都必须拥有足够的权力。这就望尘莫及了，本市除了"这个"大拇指，没有谁能行。我只能在自己可为的范围内采取有限措施设法自保，可以把小黄派到宾馆"了解"情况，却不能命他开车尾随目标，那样风险太大，一旦为人所知必死无疑。除了宾馆一个点，我还让小黄在城东环岛安排可靠人员驻守观察，把住一处，放开其他。暗访组今晚怎么活动我无须多了解，我只要知道，他们在我接待贵宾的两个多小时时段内未在城东环岛出现就可以了。

　　除此之外，我无法做得更多。我非常盼望所做的安排纯属脱裤子放屁——多此一举。人家暗访组累了，今晚按兵不动，至少没往东走，本城区南北西有那么多个角落可以暗访，干吗不去呢？

　　结果怕什么偏偏来什么，一听说他们过了城东环岛，我就预感大祸临头。

　　但是刘主任不依不饶，他批评我："今晚刘本家发挥不好。"

　　我表示："今晚为刘主任赴汤蹈火，已经勉为其难。"

　　他断定我做假。他不需要酒精测试仪，拿眼睛一瞧就知道哪个人血液里酒精度有多少，哪一个真的不行，哪一个偷偷留了一手。

林江帮腔："这可不好，刘副赶紧发挥！"

这家伙知道底细，他找来几个喝啤酒用的一口杯，满满倒一杯让我发挥。这种时候该谁谁躲不掉，我稍做抵挡，随即接受，端起酒杯一口喝光。

刘主任却还摇头："不够，还有潜力。"

我只觉得浑身烧灼，难以抑制。

我决定给王国力打电话，有必要让这个大拇指清楚正在发生的状况。遵照他的指令，本人在此间认真发挥，酒宴正酣，气氛良好，但是有一辆别克商务车已经从城东环岛折转南行，或许十来分钟后将到达本处。现在已经是紧急反应的最后时刻，这时放下酒杯，动身撤离，或许还来得及，否则一桌人可能全部栽在这里，无论主客。王国力本人远离现场，不会直接有事，却也将难辞其咎，因为害了刘主任一行。

电话迅速接通，王国力在电话里询问："怎么样？刘副？"

"这里有些状况。"我说。

没等细述，刘主任就在一旁发问："是谁？"

我伸出右手大拇指回答："这个。"

他一听就明白："给我，我跟他说。"

我把手机递给刘主任，刘接过电话即严肃批评。

"王国力，你这个大拇指不合格。怎么看人用人的?"
他问。

手机里咕噜咕噜，一定是王国力询问看谁哪里错了。

"你们刘副书记不怎么样，汗出得多，酒喝得少，测试通
不过。"他说。

刘主任表情严峻，语调却带调侃，虽半真半假，给我的压
力很大。

我感慨道："今天没救了。"

刘主任把手机还给我："你跟他说。"

王国力在电话里没多说话，只有一句："刘副，替我敬主
任一杯。"

"已经敬过了。"

"再敬，满杯。"

不劳我多讲，他把手机关了。

我把手机收进口袋。这时候决定豁出去了，管他的。

刘主任问："王国力电话里怎么交代?"

我没回答，只在自己面前摆下三个一口杯，一一倒满。

刘主任伸手拍了一下桌子，脸容带笑。

"这才对。"他说，"继续。"

我把那三杯白酒一一喝下，奋力接受测试。到了这种程度，三杯五杯差不多，其感觉以一句话形容，有如跃入熊熊烈火。

我得说，赴汤蹈火的感觉并不好受。本人如王国力所表扬的那样，确实酒量不错，哪怕眼下号称胃溃疡，其实酒量未减，只不过加以隐蔽而已，刘主任洞察无误。事实上我绝非酒徒，决不好酒，某种程度上甚至相当厌恶，任何酒都让我感觉烧灼，本能地希望回避。离开宴席我几乎从不喝酒，家中一瓶除夕围炉开的茅台，到来年除夕还可继续使用，由此可见缺乏热爱。以我的喜好，能不喝最好不喝，因此，我对各相关禁酒令由衷地欢迎并拥护。我自感血液里的酒精浓度近来已大为降低，窃以为它们能让我轻松许多，或能多活若干年。可惜即便如此，即使在眼下，在一些场合，例如此时此刻，尽管内有烧灼，外有暗访，搞得我坐卧不安，浑身冒汗，却还得硬着头皮，一杯加上一杯。

这里边有些具体情况。

王国力曾在多个场合屡次当众表扬我的酒量，其完整口径是："听说刘副以往酒量不错，为什么到我手上就不行了？"解读这一表扬必须有些历史感：王国力担任本市书记还不满一年，此前本市另有一位大拇指，他跟我比较投缘，对我相当看重，把大量工作交给我，在他的力荐下，我也从副市长几番挪位直到副书记。我在前任书记手下事干得多，酒也确实喝得多，所以才有了"酒量不错"之名。前任书记后来调任他市，王国力从省直下来接替，如他所表扬，到了他手上我的酒量就不行了。自我检讨一下，我把原因归为上级层层发布严格规定，以及本人胃溃疡了，这么说其实比较表面，更深原因还在于与王国力间的距离。我所担任的副书记一职很具弹性，信任的话可以把很多事情交给你，否则可以让你尽量靠边，关键在于第一把手的认可度。我在前任书记身边时位于权力中心，到了王国力手上逐渐边缘化，王国力是上级大机关出来的，城府很深，心思较重，行事用人自有一套，到任后身边很快形成一个核心圈。我不在其列，很多事情我甚至不如林江知道的多，这种状态下酒量难免相应递减。我这人虽然还算看得开，却也达不到完全免俗境界，身在此中，深知边缘化不是一件好事，已经有朋友提醒我注意协调关系，称王国力对我似乎看法不佳。这个人很强势，在上级那里有影响力，他要是认为谁不是一条心，谁就接近出局，搞不好还更严重。

因此十分无奈，今晚奉命喝酒，实难以推托，无处可逃，不得不喝，无论我心里如何烧灼、担忧。事实上，正所谓"皇上不急太监急"，暗访组光临本市的消息，王国力肯定知道，会有若干人在第一时间里向他报告，这并不妨碍他在电话里命我代他向贵宾敬酒。本次暗访难以撼动农家山庄的热情接待，或许，此刻恰在近侧神出鬼没的那辆黑色别克车还给这一桌盛宴增添了特殊滋味，令其参与者有如婚外偷情般格外刺激。

但是我依旧无法释怀。所谓酒壮人胆，三满杯让我周身燃烧，意识有所混乱，我却依然坚守于桌边，使尽吃奶之力抵抗血液里酒精的控制，努力集中全部注意力，小心堤防意外状况。我无法摆脱那个大祸念头，它似已迫在眉睫。

我注意到包厢门忽然被推开，有人在门边一晃，而后林江赶出门去。几分钟后林江从外边匆匆进来，跑到我的位子边。

"刘副！刘副！"他在我肩膀上推了两下。

我感觉自己舌头大了："怎么，啦?"

他指了指门口，要我到外边去说。我看着他一脸死白，忽然明白了：大事不好。

我站起身，觉得不行，动作很困难。

"直，直说。"我问，"外边，怎么?"

"这个，这个……"

"暗访组，驾到?"

他张了张嘴，不再刻意掩饰。当着刘主任等人的面，他告诉我，一辆黑色别克商务轿车刚刚开进农家山庄，停在楼下车场。

刘主任在一旁插嘴："什么暗访？"

我往桌上一拍："不管，他们。咱们，欢迎。"

我硬是拽住林江，倒了两杯酒，要他和我一起继续战斗，恭敬刘主任。

"再次代表这，这个。"我把右手大拇指再次伸了出去。

这时包厢门被推开，两个男子走进门来。

当晚记忆就此终止，以后的事情我全然不知，因为意识忽然完全丧失。后来他们告诉我，我把那杯酒弄倒在桌上，自己身子一缩滑到桌子下边，即不省人事。

走进包厢的两个男子是上菜小弟，不是暗访人员。当时非常侥幸，黑色别克车直接开进农家山庄停车场，几位暗访人员下车察看停在周边的车辆，幸而林江事前有所防范，我们的车早已开走，没有留在那里暴露目标。暗访人员在一楼略做检查，而后准备上楼，走到半路却又停步，下楼登车离去。

他们为什么忽然撤离？原因至今不得而知。当晚终于有惊无险，本人得以劫处逢生，后怕窃喜之余，我对他们感激不尽。

第二天下午王国力回到本市，隔日上午开会传达上级精神，我们在市委小会议室见了面。按照排位规则，我的座位在书记的右侧，当着大家的面，有关刘主任、喝酒以及暗访惊险等事项我们一句未谈。见面时，我只跟王国力打了声招呼，他点点头回应，面无表情。落座之后，他忽然伸出右手，抓住我的左胳膊用力捏了捏。

这是大拇指以示亲切的动作，本人首次享受该重大礼遇。

如此看来酒精测试通过。

此刻血液中已无酒精，我的心里还是一片烧灼，感觉非常复杂，担忧甚于窃喜。

//一〇八号文件//

一

晚八点，魏杰副市长赶到宾馆。

我在大堂恭候。魏杰大步进门时一眼看到我，他拿右手指头一比，示意我跟上。我赶紧迈步，可自嘲为"屁颠屁颠"，跑过去按住电梯键。而后我站在一旁，等电梯门开，魏杰进电梯，我才跟之入梯，随梯上行。

电梯里就我们俩人。

他问了一句："有什么情况？"

我答："他们还在他的房间。"

"他松口没有？"

"好像没有。"

魏杰眼睛一瞪："好像什么？"

我立刻更正："没有。他没有松口。"

魏杰其人脾气大，他近来看我甚不顺眼，对我脾气尤大。我在市政府办副主任里排名倒数第一，管一摊杂事，跟魏杰分管的工作交叉不多，平日里基本可以绕着走。这两天没办法，很不幸撞到他的枪口上，只能硬着头皮顶枪子。

我们上到六楼，许奕霖主任一行下榻于此。许本人住611室，这是一个套间，有一个会客室，眼下作为督查组的小会议室。这些天他们天天晚上开会，今晚也不例外。

魏杰带着我打上门去，给我们开门的是许奕霖手下的黄处长。

"有事明天谈好吗？王副主任。"一见面他就给我一个逐客令，"许主任今晚开碰头会，谢绝来访。"

我指着魏杰说："这位是我们魏副市长，他特地赶回来看望许主任。"

魏杰与许奕霖级别相当，又是本地领导、主人，是否也应归于驱逐之列？黄处长不敢擅自做主。他让我们稍等，自己跑去报告。几分钟后，许奕霖从里边快步走了出来。

"好久不见，魏副市长。"他跟魏杰握手，"其实真用不着劳驾。"

魏杰说："许主任这么操劳，我探望一下算个啥？"

"怎么不先打个电话？"

魏杰笑："先打电话还能见到许大主任吗？"

那时，屋里除许奕霖外还有四个人，有的坐沙发，有的坐椅子，围在茶几边。茶几上摆着各种材料和报表，每个人面前都放着笔记本和笔，所谓碰头会其言不虚。此刻魏杰到了，会议只能暂停。许奕霖摆摆手，那四个人即收起本子和笔走人，其中一个手脚麻利，把茶几上摊开的材料收进一只手提箱里，合上箱子放在墙边，而后掩门离去。

许奕霖问："魏副市长有什么事？"

魏杰称，确实有很多事要跟许奕霖商量，但是今晚不谈，以后有机会说。今天晚上是来探望，特意尽一尽地主之谊。本来应当请许奕霖一行吃顿饭，知道许奕霖很注意影响，加上眼下比较敏感，什么吃什么不吃挺复杂，请的吃的都有压力，只好算了。但是无论如何，地主之谊不能免，探望一下，共同学习学习也还是需要的。

许奕霖问："共同学习什么？"

魏杰说，他给许奕霖带来两份文件，供许奕霖学习参考。这两份文件，一份是通字第五十四号，另一份是综字第五十四号，合起来就是第一〇八号文件。

他从口袋里掏出两副扑克放在茶几上。

许奕霖显出惊讶："这是干什么？魏副市长？"

魏杰不回答，只是打开一盒扑克，取出一副牌放在茶几上，建议许奕霖拿手摸一摸。魏杰介绍说，这两副扑克是美国名牌，叫"蜜蜂王"。去年，他率团出访美国时带回来的，得自著名赌城拉斯维加斯，堪称世界第一流的扑克牌，其质感与手感都无与伦比。两副扑克是他的收藏品，舍不得用，今天特意拿出来与许主任共同欣赏。一〇八号文件家喻户晓，广大干部群众、大人小孩个个都认识，但是咱们身边学习过"美国文件"蜜蜂王的人却不多，基本上屈指可数。

许奕霖摇头："听说过蜜蜂牌，没听说过蜜蜂王。"

"有蜜蜂就有蜜蜂王。"魏杰说，"是蜜蜂还是蜂王，试一试就知道。"

"现在不合适吧？"

魏杰称现在正合适。他刚从北京回到本市，听说许奕霖一行到来后日夜操劳，白天检查，晚上开会，没有片刻放松，感觉很过意不去，分外愧疚。本市工作没有做好，让许奕霖一行如此费心，确实需要认真检讨。但是今晚，他打定主意只学习不检讨，专题学习一〇八号文件，绝对不谈一句工作，唯一目的就是帮助许主任略略放松神经。他感觉，许主任也有必要通过学习加深对基层的了解，进一步与基层干部深入沟通，有助于全面掌握情况开展督查，所以，学习一〇八号文件也是为了工作。

许奕霖说："理由这么充分啊？"

魏杰笑道："其实主要是过意不去。"

他表示歉意，许奕霖一行已经到来几天，自己因公在北京，没能及时赶回来配合工作，想来心里不安。所以特地找出蜜蜂王，邀请许主任拨冗学习，共同欣赏，略加弥补。他决定今晚一定要把许主任打个落花流水，否则不足以充分表达心意。

许奕霖问："这个叫钓鱼法，还是激将法？"

魏杰笑："总之，许大主任今晚在劫难逃。"

我在一旁装聋作哑，有心建议许奕霖谢绝邀请拒不参加学习，但是只能一声不吭。

二

许奕霖率组来到本市，督查内容是水源地污染。

　　半年多前，省城一家报纸发表了一篇批评文章，称本市位居省城上游，是省城主要水源地。本市近年工业发展忽视环保，重污染企业众多，废水直接排入江河，造成严重水污染。本市市区自来水水质严重下降，导致癌症等恶性疾病高发，威胁居民身体健康，更危及下游省城数百万人的饮水安全。这篇文章在媒体、网络上广为传播，致全省惊动，省长亲率各相关部门领导和专家到本市调研、现场办公，责令加强整改。其后本市确定目标，推动污染整治，费尽九牛二虎之力，基本达到预定目标。事态渐告平息之际，有人给省长发信举报，称本市整改弄虚作假，糊弄上级，江河污染问题并未得到有效缓解。省长对该举报非常重视，做了大段批示，责成本市深化整改，务必达到要求。省长批示让本市又是一番忙活，而后来有一份电报，称省政府办公厅即将派人员前来本市，督查省长重要批示落实情况，许奕霖一行随之迅速驾到。

　　许奕霖是省政府办公厅副主任，兼办公厅督查室主任。督查室各项职能中，有一项是督查落实省政府领导相关指示、批示。由于领导的指示、批示多，无法逐一细致督查，通常多采用书面方式，请各相关地方、部门报告情况，再整理反馈给省领导。这一次由许奕霖亲自带队实地督查，表明本事项非同小可，列为重点督查内容。

与省政府办公机构相对应，市政府办设有督查科，这个科归我分管，因此必须由我负责配合许奕霖一行。一得到许奕霖一行将至的通知，我就给魏杰打电话报告情况，因为魏杰管工业和环保，水源地污染整改由他负责。魏杰在北京跑项目，一听电话就发火了："这是怎么搞的？有完没完？"

我据实回答："上回完了，这回没完。"

他直截了当地问："谁捅上去的？你吗？"

我说："不是。"

魏杰盯着我不放有原因：早在媒体炒作水源地污染话题之前，曾有群众来信反映本市江河污染严重，危害市区饮水安全。我看到这封信后，让信息科整了一个呈阅件，拟送各位市领导参考。呈阅件还没送出去就让魏杰知道了，他非常恼火，把我叫去好一番训斥，问我是不是存心捅娄子？该呈阅件只好立刻销毁，未能上送。不久，媒体、网络上铺天盖地全是水源地污染，从此魏杰看我格外不顺眼。我猜想他嘴上不说，或许心有疑问，认为是我执意捅娄子，呈阅件没搞成，就在私下里把相关情况捅给媒体，当了内鬼。得领导如此看重，我并不感觉特别荣幸，因为自己胆子不够大，干不出那种事，只觉无功受禄，很是惭愧。

对于许奕霖一行督查，魏杰给我下了一个指令，务必全力配合，确保完成任务。

我问魏杰："领导有什么具体要求？"

有的，魏杰说，许奕霖一行督查完毕返回省政府时，需要向省长提交一份督查报告。这份报告里必须充分肯定本市前阶段的整改，对所查核的举报事项予以否定，不写"纯属诬告"，也得写上"查无实据，不予认定"。

"没有这八个字，就是你工作不力。"他警告说，"到时候要处理你。"

我回答："我知道了。"

我清楚自己在电话里说什么都没用，只会招致领导的更强烈反弹，因此不说也罢，走着瞧。魏杰要在许奕霖的督查报告里塞进那八个字，别说我不敢视为己任，魏副市长本人亲自出马也未必能够做到。许奕霖是省政府办大员，不是我们可以控制的。据我所知，该领导还特别不好说话，比魏杰有过之而无不及，他会根据自己了解的情况行事，肯定不会按照魏杰的八字方针表态。因此，这回魏杰的任务我无法确保完成，我在他眼中注定会是"工作不力"，无以逃避。但是他所谓"处理"我则更多是警告，毕竟魏副市长的权力还没有大到那个程度，不足以不由分说把我灭掉。因此，我决定将该领导的严重警告视为对本人的亲切爱护与关怀，以免搞得自己惶惶然坐立不安。

许奕霖一行人说到就到，迅速投入工作。我奉命带政府办督查科几个人配合，为他们提供材料，调查核实相关情况。那几天，魏杰在北京遥控指挥，除了指挥我在前台认真配合，也指挥工业、环保、城建等相关部门紧急应对。在大家的共同努力下，提供给许奕霖一行的材料丰富翔实，数据报表完整周到，非常说明问题。例如，针对举报所称"市区自来水水质不达标"，相关部门提供了数月来的检测数据，表明水质绝无问题，且持续向好。这些数据如此具有说服力，让我感觉难堪。以我浅见，凡是过于完美的东西很可能都有编造的痕迹，凡是编造的东西都很难编得天衣无缝，总会在某个地方露出马脚。我这么一个小主任尚且有此高见，许奕霖那样的大员无疑更能洞察，因此，我有一种公然造假被捉拿于现场之感。

我得承认自己根本不相信那些数据，虽然我不拥有任何证据支持这一怀疑，却有一些现实情况足以提供联想。我市市区的现实情况的数据确实很完美，但是桶装水销量大增，且身边这个人那个人突患恶病，情况确有迅速增多之势。魏杰副市长认定有人捅娄子胡搞，但是他的办公室与其他市长们一样，最近都装上水质净化器，使用桶装水烧开水沏茶。我本人号称"水牛"，习惯于每日大量饮水，我感觉大量使用桶装水除了成本过高，还有令人不放心之处，比如过于完美的数据。因此，我对市区自来水水质有一种本能的关心，窃以为许奕霖主任一行如果能够有效推动整改，对大家可谓好事。这也是当初我试图给领导们送那份呈阅件的动机。问题是此刻我必须按照魏杰的指令行事，拿他的八字方针让许奕霖一行无功而返。我的相关观点只能私下持有，不能公开表露，尤其不能让魏杰副市长有所察觉。这位领导强势而敏感，非常在乎自己的政绩，哪个下属胆敢捅娄子给他抹黑，尽管未必会让他立刻灭掉，后果总归很严重。

我注意到督查组内部有些微妙的区别。他们研究察看了我们提供的数据报表，由我们领着实地察看了几座新建的排污设施的工厂，开了几个座谈会，由于大家在魏副市长掌控下工作得力，给督查组提供了足够的合适资料和感受，令人感觉尚好。我在私下里询问随许奕霖前来的黄处长的意见，他表示情况搜集了不少，他认为可以了，关键还看领导的意见。许奕霖的态度则始终比较严峻，他一直板着张脸，高深莫测，对我们提供的数据和现场均比较挑剔，不时发问追讨，存有怀疑。我发觉他看得很准，凡是他追问之处，似乎隐隐约约都含有破绽。

魏杰从北京返回前夕，我通过电话向他报告情况，他很不满意："为什么总是搞不定一个许奕霖？"

我承认自己能力不够，官也小了点儿，不足以搞定上级领导。

"你怎么跟他接近的？怎么沟通感情？"

我报称自己与许奕霖限于工作接触，并无其他。

"你这样能办成什么？"魏杰张嘴就批，"你了解他多少情况？爱吃什么？口味轻重？知道不知道？"

"这个真不清楚。"

"赶紧去搞清楚。"

我明白魏杰所说的"爱吃什么"与许奕霖的饮食无关，指的是人家的喜好：这位许大主任工作之余好哪一口？字画？古董？奇石？工艺品？高帽子？盆景？钓鱼？跳舞？唱歌？或者是钱与女人？我表示自己不清楚，其实并不诚实，我对许奕霖多少有些了解，只是不愿意亲自向领导举报。因为耳闻未必就是准确，且我情不自禁还在暗中希望许奕霖此行能取得成效，不被我们一举搞定。

但是我算不过领导，魏杰回到本市，即命我当晚随同"探望"许奕霖。到了 611 室，一听魏杰要跟人家一起学习文件，我就知道魏杰胸有成竹。魏杰本人早几年从省里部门下派我市任职，他与许奕霖一定早已相识，互相知情。

因此，魏杰对自己的八字方针或许早就了然于胸。

三

一〇八号文件有多种学习方法，其基本特点为两副扑克合在一起打，通常每个学习小组四人相互学习，特殊情况下三人六人亦可凑合，那时需要减牌。

据我所闻，许奕霖喜欢常规学习法，也就是四人小组学习，该领导没有更好哪一口，唯喜欢借扑克游戏放松情绪、缓解压力。听说他对一〇八号文件的学习出神入化，平时不常打，一旦坐下来，必学深学透而后快。他还有一个特点，对扑克牌的质地要求很高，拒绝接触卷边、缺角、疲软摸起来黏糊糊的那类牌，对印制精美、崭新、挺括的好扑克则爱不释手。这位领导日常很严肃，不苟言笑，仅从学习风格看，其实却是性情中人。

显然魏杰很清楚许奕霖的喜好，试图通过扑克沟通感情，施加影响。或许因为魏杰是地方领导，身份相当，如此盛情邀请，让许奕霖很难拒绝。还可能因为许奕霖有意通过共同学习深入了解一些情况，看看魏杰究竟想干什么，也不能排除是魏杰拿出的所谓"蜜蜂王"以及激将策略调动起许奕霖的性情。

总之，他决定奉陪。

于是，魏杰在 611 室给方敏打电话，召她到 611 室来，吩咐她带几包烟，还有零钱。

方敏是市政府接待处处长，年轻貌美、能说会道，而且懂得来事，很适合搞接待。她对魏杰的交代心领神会，动作异常敏捷，不到十分钟就赶至 611 室报到。她带来几包中华烟供学习使用。许奕霖抽烟，学习一〇八号文件时尤其要抽。魏杰偶尔点一支，我和方敏则以抽二手烟为主。方敏还带来四条零钱，也就是银行用纸套捆扎好的硬币，每一条内含一百枚一分硬币，合一元人民币。会客室角落里有一张牌桌，既可打扑克，也能搓麻将，魏杰称之为"赌具"，命我和方敏将它移到厅中间，并把椅子搬好。安排清楚赌具后，方敏在每个位子前各放一条零钱，准备工作至此基本完成。

许奕霖一声不吭，坚守于沙发上抽烟，面带沉思。方敏向魏杰使个眼色，魏杰便请许奕霖上桌，还开了句玩笑："许大主任放松一点，不要总担心输。"

许奕霖把烟头一按，起身入席。

这时需要选边，四人学习小组必须分成两对。魏杰声称要将许奕霖打个落花流水，自然各自占山为王，我和方敏需分配给两位领导当下手。方敏很主动，立即踊跃申请与许主任配对。许奕霖略微犹豫，抬手指了我一下。

魏杰随即提醒："许大主任不要后悔啊。"

许奕霖说："他还老实。"

许大主任惜言如金，拿四个字把我敲定，我很荣幸获此评价。但是确如魏杰所提醒，许奕霖很快就悔不当初了，所谓牌桌无父子，这里不讲究老实。魏杰和方敏可称男精女鬼，他们搭档学习似有默契，摸耳朵、眨眼睛有暗通之嫌，因而所向披靡。我和许奕霖合作则困难得多，我自认为牌技尚可，一上场就发觉与许奕霖差了多个档次。许大主任一张脸高深莫测，他的牌路也让我摸不清楚，或许加上心理障碍，发挥失常，配合始终有问题。几个回合下来，我们面前的零钱流失了不少，一起堆到对方的桌面。

我不知道拿一分硬币计数是魏杰的喜好，还是许奕霖的喜好。打牌需要刺激，粘纸条、钻桌子、脱衣服是刺激，挂钩人民币更是刺激，与一局几万几十万输赢相比，几分钱进出的刺激感自然平淡得多。问题是有时候这些硬币相当于筹码，一枚代表若干钱，其刺激性就有若干倍增长。我不知道两位领导今晚拟拿这些硬币当什么，一分是一分，或者以一当百？他们不说，我也不问。有一点我心里还算有数：两位领导不会不知道公安局治安管理有关规定，魏杰到611室的目的不是聚众赌博，而是沟通感情，促进落实八字方针。他有求于许奕霖，因此当晚我的发挥再差，局面当不至于过于出格。

问题是许奕霖很生气，对他亲自挑选的搭档极不满意，随着硬币的迅速流失而越发不满意。出于近乎热爱之情，他难以忍受游戏中对规则的漠视与失误。虽然该领导有涵养，很内敛，不吭声不骂人，不像魏杰那样动不动训斥，但是依然也会生气。许奕霖生气的表现是摆一张臭脸并喘粗气，其状发自本能，却也相当克制。如果克制多了实在受不了，他会眉头紧锁，瞪眼睛，情不自禁拿脚踢一下桌脚。如果我的失误太大，让他无法原谅，他会下意识地举起右手掌，用力拨一下左手掌上捏的一把牌，那动作大约表示深恶痛绝。尽管许奕霖长于克制，以臭脸为主，发作不多，我还是感觉到莫大压力。他越是压抑不快，越让我感觉沉重，于是越发出错，导致许奕霖越发生气。当晚，这场游戏别说是放松压力，对我们两人而言其实是折磨神经。我在穷以应付之际阵阵走神，巴望魏杰发话收摊，谈点正事。不料魏杰咬住不放，果然如他事前声明，只打扑克，不谈工作，务必把许奕霖打个落花流水。

午夜过后，我感觉自己完全乱了，怎么出牌都错，许奕霖终于抑制不住，来了一次大发作：他把满手牌用力扣在桌上，两脚一蹬桌腿，其力之大，竟然整个人随着靠背椅后仰，背摔倒下。通常人在这种时候会本能地拿脚尖钩住桌底，把身子和椅子稳住，不知道为什么他没有及时自救，让整个身子随着椅子，仰面朝天摔倒于地。

我们三个人一起丢下牌，跑过去扶他，不料竟扶不起来。他两眼紧闭，嘴角抽搐，胳膊抬不动，也无法翻身。左手掌紧握着一把牌晃动，竟无法松开指头让我们取下。我们把他抬到沙发上，他忽然陷于昏迷，方敏懂点急救，当即喊："不要动他！"

魏杰下令："王文明，快打电话！"

我立刻打 120 叫了急救车。

救护车到来之前，许奕霖一直处于昏迷状态。魏杰命方敏立刻打电话给市医院院长，通知他们做好急救准备。魏杰还命我赶紧通知许奕霖随员过来协助处理，待救护车赶到，立刻送许奕霖入院急救。

"情况随时报告我。"他说。

他本人由方敏护送先行离开。

现场情况很严重。一○八号文件学习过程中突发意外，许奕霖倒地不起，事情大了。此刻魏杰留在现场做不了什么，只会陷身尴尬，无从周旋。因此，他做完相关安排后暂时隐身，现场这一摊先交给我处理，他视情况发展而应对，以此争取有个退路。

　　我没有退路。这一摊本来就是我的，加之当晚学习表现欠佳，此时无可逃避。

　　我打了邻室电话，把黄处长从睡梦中唤醒，叫来一起应急。黄处长赶到611室一看，大惊失色："这是怎么搞的?!"

　　我说："出了点儿意外。"

　　当晚，黄处长等人本在611室与许奕霖主任开碰头会，因我们到来而休会。后来，许奕霖决定亲自试用魏杰那两副美国名牌，曾打电话通知黄处长等人休息，当晚不再开会。他们得以放松一宿，却不料半夜三更领导出了如此大事。

　　黄处长立刻跑去叫醒督查组其他人员，集中到611室紧急碰头，交代大家留在各自宿舍等待通知，可能需要到医院轮班看护病人。这时急救车赶到，大家七手八脚把许奕霖抬上车，其他随员先回各自房间休息，我和黄处长两人跟车去了医院。

　　许奕霖被送至急诊室，医院院长和主治医生已经在那里等候。经过检查，医生断定许奕霖是突发中风，即脑溢血。许主任的块头大，偏胖，有高血压，加上性格较真、压抑，都是中风高危因素。当晚，它们被他的情绪波动所引发，这就出了事。我不知道该领导的脑子是在学习一〇八号文件之际被我直接气出血了，或者是不慎倒地时后脑磕地而致？总之，我于其中发挥了重大作用，实在无法自我漠视。

许奕霖于昏迷中被推进手术室。我和黄处长守候在手术室外等待进一步情况之际，魏杰的电话来了。

"情况怎么样？"他问。

我报告说："情况相当严重，医生正在抢救。"

几分钟后，他到了手术室门外。当着黄处长的面，他大声追问我："这是怎么搞的？到底怎么回事？"

我不知何以言对。

魏杰继续明知故问："出事时你们在做什么？"

"在，学习文件。"

"学习什么？"

我恨不得直接把"一〇八"文号报给他，考虑到黄处长在场旁听，只得把自己的嘴咬住。我告诉魏杰，当时许奕霖主任在了解本市水源地污染整改的具体情况，要求我认真学习相关文件，谈得比较严肃，意外就在那时突然发生了。

"情况属实吗？"

我回答："情况属实。"

魏副市长用心良苦。他需要关注许奕霖的病况，又不想麻烦缠身，因此他明知故问，似乎意外突发时他已经不在现场，所以需要知道意外的原因。

四

凌晨时分，许奕霖被推出手术室。医生说手术基本成功，只要不发生异常情况，许奕霖不会有生命危险，但是中风的后遗症可能相当严重。

我多少松了口气。如果许奕霖不幸死于本市，影响就大了，后果难以料想。他没有生命危险就好办多了，愿他的后遗症不要太厉害。如果人们了解他发病的直接原因是扑克，那会传为笑柄，还可能造成其他问题。官员打扑克中风虽然不像接待喝酒喝死那么刺激眼球，毕竟也可类比，一旦产生影响后果会很严重，这应当不是许奕霖愿意看到的。因此，无论他多么较真，恢复之后应当有可能默认所谓的"学习文件"之说。

我把处于术后昏睡状态的许奕霖送进监护室，安排市政府办人员值班协助看护，而后送黄处长离开医院回宾馆，自己再返回家中。放下一直带在身边的公文包，没待喘口气，我立刻发现了新的麻烦。

当晚使用的扑克牌在我的公文包里，不知怎么的少了一张。汇总算了两次，确认只有一百零七张牌，确实少了一张。我把两副扑克分开，按花色顺序排，找到了失踪者，是一张梅花三，该小牌点数太少，很不起眼，却不知去向。

一时间，我只觉得浑身全是冷汗，情不自禁。

几小时前，许奕霖突然倒地中风，611室乱成一团，魏杰副市长即命我赶紧把桌上的东西收起来。桌上东西除了硬币，就是一〇八号文件，它们被我匆匆扫进公文包里。硬币不说明什么，少几枚都没关系，扑克牌却不一样，不当回事它就是一张牌，一认真对待它就是一个证据，只要一张就足够说明当晚611室里的认真学习是怎么回事。这张牌上的信息非常充分，当晚摸过它的人都在上边留下指纹，通过它，不必太费劲就能找出所有相关的人物。

我没敢稍微耽搁，立刻叫车，再次赶到宾馆，到达时为凌晨四点。我把值班服务员叫醒，命她打开611室，重新回到学习文件现场。

我觉得失踪的梅花三应当落在611室的地板上。可能因为当时紧张收拾桌面，急切中有一张掉在地上，我没有注意到。也可能是许奕霖中风倒地时把牌带落到牌桌底下，没被我收拾起来。但是情况未如我所想，我把611室找了个遍，没有找到那张梅花三，只在会客室沙发下找到一枚五分硬币，这枚硬币显然与当晚无关。

我只好让自己呆若木鸡，没有办法。

我坐在611室的沙发上紧张思忖，回顾所有细节，猜想梅花三可能落在什么地方。这张牌有没有可能已经被带出学习现场？它会不会就在许奕霖的身上？会不会是许奕霖把那张牌抓上手，正准备打出去，结果因我出牌出错，失误大了，让他气不欲生，发作之际随手把牌插进了某个口袋里？

这个可能比较小，但是哪怕微乎其微有一丝可能，我也得核实清楚。我离开宾馆再次赶往医院，进了重症监护室。许奕霖还在昏睡，身上穿着病号服。我顾不着多解释，只是问许主任的衣物存放在哪里。值班人员从柜子里找出一只大塑料袋，许的物品都暂时塞在那里。我把塑料袋打开，仔细检查了一遍，没有那张梅花三。

离开医院时天色已亮，我给方敏打了电话，她还在休息。我问起梅花三，她没有任何反应。我告诉她扑克牌少了一张，她才如梦初醒，连说不好。

"赶紧查一下你的包和口袋，看看有没有掉在里头。"我说。

"那怎么可能！"

"去查一下！"

她立刻起床检查，几分钟后回复电话，一无所获。

一〇八号文件学习小组四位现场人员，已经排除三人，只剩下魏杰副市长一人，梅花三会在他那里吗？

我直接给他挂了电话，称有重要情况，电话里不便多说，请求尽快向他当面汇报。

他说："上午我有会议。"

"现在有时间吗？"

他迟疑片刻："来吧。"

他决定在办公室听取汇报。挂掉电话后我马上赶到政府办公大楼，在魏杰办公室外等了一小会儿，他如约到达。这个时间还早，整个政府办公大楼空空荡荡，只有保洁员和值班员，还有我们俩。

我把那两副美国名牌扑克放在他的桌上，物归原主，同时报告了梅花三失踪的情况。他一听急了，情不自禁地一拍桌子："活见鬼！"

我断定他不是装的，梅花三失踪非其所为。但是也不能排除无意中的举动，有如不能排除许奕霖于情绪波动中把扑克牌塞进口袋的可能。

我问："魏副市长会不会无意中拿走了一张牌？"

他发怒："怎么不是你在搞鬼？"

我担保自己十分清白，没有谁会搞鬼折腾自己。这张梅花三已经让我找了一宿，使我出了若干冷汗。它不会自行消失，不会长两条腿跑掉，如果它没有丢在611室的地板上，也没在我们四个人身上，那么此刻它一定被某个人掌握在手里。这个人为什么拿走它，想拿它干什么，我们不得而知。

魏杰追查："还有谁到过那个房间？"

我已经在心里排过名单。除了学习小组四位成员，事发之后进过611室的还有救护车人员、楼层服务员，以及许奕霖的随员。梅花三很可能意外落到地上，掉入牌桌底下或某个不为人注意的角落里，我收拾时没有看见，却被这些人中的某一个意外发现了，出于某种我们不知道的动机，他把扑克牌拾起来，藏进自己的口袋。

"谁最有可能？"

根据情况分析，救护车人员和楼层服务员拿走梅花三的可能性不大，因为缺乏动机。许奕霖的四位随员分别来自省政府办公厅、环保厅、住建厅和质量技术监督局。我觉得他们也不可能，想象不出他们能有什么动机要对那张牌产生兴趣。

魏杰生气道："全都不是，难道是个鬼？"

他命我无论如何要把这张牌找到，如果是鬼拿走了，那么就去找到那个鬼，把它讨回来。我理解该领导此刻已经气急，所以语出惊人，太高看我了。很惭愧我不是钟馗，无力捉鬼。即便并无某鬼为梅花三失踪做出贡献，纯粹人为肇事，我依然很难在现有这些人里搜寻这张牌。如果我去一一查问，只会欲盖弥彰，扩大影响，让不知道当晚怎么回事的人知道了，让拿走这张牌的人更清楚其用处。此人既然有动机拿走一张扑克牌，他就有动机不予承认。

这个人到底想干什么？

五

许奕霖转院去了省立医院，那里医疗条件好，有助于治疗，也方便家人照料。他离开时，魏杰带着我到医院送别，方敏是接待处长，此刻也应到场。许奕霖已经苏醒，但是还不能说话。学习小组的四位成员重聚于病床前，以目相向，此时无声胜有声。

由于情况比较特殊，需要就许奕霖主任的发病情况向上级做一个交代，这个任务非我莫属。我写了一个情况汇报，称自己当晚陪同魏杰副市长探望许奕霖，魏副市长有事离开后，我按照他的要求，留下来单独向许奕霖汇报本市水源地污染整改的具体情况。许奕霖认真听取汇报，要求我们坚决按照相关文件去做，谈得比较严肃。谈话中，许奕霖脸色忽变，整个人往沙发上一倒，当即不起。事后回顾，许奕霖主任突发中风，既因为当晚汇报工作时间已晚，人比较疲倦，也因为许主任率督查组到本市后连日忙碌，日夜不息，疲累过度，积劳成疾。我受命配合督查组工作，未能帮助许主任稍事放松，反而给他增加了工作压力，目睹其突然发病，感觉非常痛心。

我知道，自己这份汇报跟那些过于完美的数据一样令人生疑，存有破绽。我没想到自己竟然能写出这种东西，活灵活现就像真的一样。许奕霖对我曾有评价"他还老实"，眼下回味可称超级幽默。我坚决认为不能把许奕霖中风的账算到我的臭牌上，我只是不幸被他亲自选中，为他的发病提供了诱因和助力，整个过程非我所愿。我比谁都希望这些事没有发生，甚至在暗中期待许主任督查卓有成效，让魏杰的八字方针落空。但是最终，我却煞有介事地写下一纸假话，因为我感觉无法改口，否则代价难以承受。我告诉自己只是在奉命行事，为了大家都好，却又惊讶于自己拥有如此潜力，可以那般妙笔生花。我从没想到，自己竟然也具有无限的可能。

魏杰要求，情况汇报写成后，须经他亲自过目并签署意见后才能上报，以示负责。我把报告交给他，他读毕未加改动，批了"情况属实，同意上报"的八字意见。

他问了一句："梅花三怎么样了？"

我回答："还没找到。"

他的笔停顿片刻，终于还是在批示下签上自己的名字。

我不知道接下来会发生什么，梅花三有如幽灵在天空中飘荡，它会神秘消失，难道不会神秘再现？一旦它忽然冒将出来说话，我们何以面对？它居心叵测，或许是在等待合适时机突然现身，来个大翻盘，制造出一起轰动事件？对于当事者而言，它就像颗定时炸弹，其爆炸后果严重，其定时器的嘀嗒声也令人难忍。

督查小组折损主将，许奕霖中风后，由黄处长代理组长，领导许主任的残部完成了在本市的督查工作，匆匆返回。行前魏杰副市长召集相关部门官员听取督查组反馈，黄处长对本市水源地污染整改做了充分肯定，提出了若干改进意见，对相关举报件举报的事项，督查组以"查无实据，不予认定"为结。

魏杰八字方针至此功德圆满。这是大家共同努力的结果，我本人在学习一〇八号文件时为此做出了意外贡献，但是我难以享受成就感。我断定事情不会到此为止，只要江河里那些可疑的东西还在不断增加，任何过于完美的数据和结论迟早将沦为笑柄。

我在家里和办公室开始使用净化水装置和桶装水，它们并没有给我安全感，我忽然觉得身上这里那里隐隐作痛，这让我怀疑是不是长了什么致命的坏东西。到医院检查，没有特殊发现，但是身上这里那里依然隐隐作痛。那种感觉非常撩人，令我寝食难安。

　　我怀疑这是一○八号文件学习后遗症。我不禁问自己，真的命该长出一个致命的坏东西吗？我以及我们大家眼下的心情和境况为什么不能更好一些？

　　那张居心叵测、令人不安的梅花三依旧深藏不露，定时器还在嘀嗒嘀嗒……

中篇小说

//猴有一个梦想//

一

侯文茂问："彭小姐怎么又想念我了？"

彭红叶说侯文茂是不是不让想念？怕她为民除害？

侯文茂说这个不怕，欢迎为民除害。他问彭红叶此刻何在？到缅北金三角地区贩毒，还是在中亚哪个旮旯里搞恐怖活动？彭红叶说她暂时跑不了那么远。秋天到了，满山的树叶都红了，她就想起了侯文茂。

"你现在干吗？挺忙的？"她问，"忙着学雷锋，还是往上爬？"

　　侯文茂说还能忙些啥？好些日子没听到彭小姐的声音了，一接电话还真是惊喜不已。彭小姐都好吧？有事需要帮忙吗？彭红叶在电话里笑，说没事的，谢谢侯主任关怀。她就是忽然心血来潮想听听他的声音。侯文茂不必紧张，只管好好学习，天天向上，不要立刻想起报警打110，等等。侯文茂自我解嘲说那行，这还怕什么呢？

　　挂断电话后，侯文茂赶紧查记录。来电记录表明彭红叶是用手机挂的电话，这就是说很难断定她是在哪里想念侯文茂，可能远在中亚，也可能就藏在路旁的某一幢民居里。彭小姐总是这么神出鬼没。

　　接电话的时候侯文茂正在开车，从市里赶往新店。这段路七十公里，其中五十公里高速公路，接下来是省道。省道正在维修，路边堆着沙石，路面狭窄坎坷。侯文茂把紧方向盘，车开得很慢。这天是星期五，上午时分，正常上班时间，难免有些例行事务，途中他接过几个电话，除了彭红叶这个电话比较特别，还有一个是黄老板打的。黄老板非私营企业主，是市政府副市长黄坚，侯文茂的顶头上司，所谓"老板"为下属私下里胡叫，非标准称谓。

　　黄老板在电话里追问侯文茂："跑到哪儿去了？"

"我在车上。"侯文茂说,"去省里。"

侯文茂解释说,省人大最近刚通过了本省新的《野生动物保护条例》,省里要求组织学习宣传。他到省城,打算联系几个这方面的专家到市里开讲座,可能要三四天时间。黄坚交代了一句:"回来后找我。"

侯文茂松了口气。看来黄老板并无大事急事,否则侯主任只好中断此行,掉头往回。侯文茂在市里"依法办"当主任,依法办全称"依法治市办公室",临时机构,却已存在多年,处理的事项很杂,凡跟法律沾边的事都可能跟他有涉,例如保护野生动物。但是他也不拥有任何法律赋予的权限,因此似乎也没啥大事非他不可。

一路上,对打电话追踪者,侯文茂口径一致,声称自己到省城去保护野生动物,以求穿山甲、穿山乙们免遭人类捕杀,不必下锅做汤,能够继续孜孜不倦于各地钻洞。其实他欺骗他人,没说实话,根本就是南辕北辙。省城在南边,新店在北边,他嘴巴朝南,车头向北,另有所谋。新店是一个小镇,毗邻一座大水库,属邻市辖区,不归侯文茂这个市管,那里几乎没人认识侯文茂,对他来说这样最好。

离镇区还有十来公里时出了件事:一个青年男子忽然从路旁沙石堆蹿出来,拼命往侯文茂的车头撞,高举双手,神态异常。侯文茂紧急动作，方向盘一打，车头一扭，从男子身边擦身而过。好在他警觉，破道上没敢开快，加上冷静镇定，反应及时，否则冒冒失失这家伙已经沦为轮下之鬼。别的人碰到类似情况，可能会停车理论，至少臭骂该冒失鬼一顿，侯文茂没多费心思，他很平静，过了就过了，油门一加只管走路。已经开出十几米远，他忽然停下，再缓缓倒车，回到刚才险些出事的地点。

后来回忆，当时好像什么都没想，纯粹本能。

他是从后视镜里看到的。沙石堆边倒着辆自行车，地上坐着一个青年女子，灰头土脸掩面哭泣，却衣着鲜艳。

原来小伙子冲出来不是找死，也不是车匪路霸图谋劫道，他们出事了。

侯文茂按下车窗玻璃，问："怎么搞的？"

小伙子情绪激动，招手叫唤："帮帮忙！救命！救命！"

这是一对农家青年，坐一辆自行车到附近走亲戚，在公路上碰上了一辆货车。那段路面正在维修，到处沙石，他们闪避货车动作过大，自行车轮打滑，车子晃荡，坐在车后的女子给甩了下来。自行车速度慢，稍微摔一下，没让汽车轧着，没摔断胳膊、腿，只擦破点皮，本没什么大不了，却不想该女子不一般，那是个孕妇，肚里孩子已有七个月。那一摔把孕妇摔坏了，只叫肚子痛，坐在地上站都站不起来。小伙子一看妻子大事不好，吓得面如土色，跑到公路上拦车，拦住了侯文茂。

侯文茂没多问："快点儿，抬上来。"他下了车，帮男子抬孕妇，把她放在轿车后排座位上。孕妇哼哼叫唤，痛苦不已，小伙子手足失措，唯靠侯文茂。侯文茂一边留心路况，紧盯前方，注意来车，小心翼翼绕开坎坷地段，视线一刻都不敢转移，一边他还得照顾后头，不断发布指令，让小伙子掐紧孕妇的虎口，再掐，换个手掐，以转移孕妇的注意，帮助止痛，"别松手，狠点劲儿。"

就这样，他把他们送进了新店镇卫生院。还好不算太远，才十来公里，孕妇一路哭叫，却也没把孩子生在侯文茂的普桑轿车里。孕妇被抬进急诊室时，管事的医生开了张单子，让孕妇之夫先交押金一千元。小伙子急了，说此刻身上没那么多钱。医生说回去取吧，交了钱才能看病，这是规矩。

侯文茂对医生说："你看这病人能拖吗？不先处理？"

"你谁啊？干什么？"

侯文茂不由地抓手机。这时他才记起新店这里归属另一个市，超出本依法办主任可以施加影响的地域。他转头问小伙子身上有多少钱？小伙子翻遍口袋，还好带着些钱，共计六百二十元。侯文茂给了他四百元，说："先垫上，去办手续。"

孕妇被推进产房，侯文茂即抽身离去。他没工夫再陪下去，估计后边的事已经用不着他见义勇为，还好有赖他赞助的应急款项不算太大。

四天后，星期二，侯文茂回到本市。当天下午他就去见黄坚，蒙老板电话追踪过，不敢怠慢。不巧恰有人在向领导汇报工作，侯文茂在走廊上等。一个电话就在那时打来，还是彭红叶，彭小姐。

"侯主任害怕了？"她说，"这几天跑哪儿去了？"

侯文茂笑，说看来彭小姐查过岗了。他是藏起来了，唯恐彭小姐想念。

他还是追问彭红叶在哪儿打的电话，不是在金三角吧？彭红叶说远在天边，近在眼前，她在车上，就在这座办公大楼楼下的停车场。

"你哪里藏得了啊。"她说，"我刚看见你走进大楼去。"

"真的？"

她笑道："听起来很惊喜？"

侯文茂说还真是有些惊喜不已。他说这会儿正好有事，领导召见走不掉，但是估计时间不会长。完事了他请彭红叶喝茶，难得彭小姐千里迢迢跑到这里如此想念，得找个清静地方聊聊。彭红叶不必在楼下守株待兔，尽管先走，到时候他自己送上门去。

"行啊，上哪儿呢？"她笑道，"彭主任家的厨房，还是卧室？"

侯文茂说欢迎做客，只是家里没有好茶。到温馨茶室吧。知道不？宾馆斜对面永辉大楼二楼。彭红叶说行，找得到的，名字听起来挺温馨。其实她更想跟侯主任喝点儿酒，不过茶也行。她让侯文茂赶紧来，别让她独守茶室，寡妇似的自己跟自己温馨。

"找领导干吗呢？又想升官？"她问。

侯文茂纠正说，不是他找领导，是领导召见。

那时里边的人汇报结束，开门出来，轮到侯文茂去见黄副市长。黄坚没有询问侯文茂到省城何干，找了几个专家，准备保护几只野生动物。他的事情很简单：他从办公室的书柜里取出一个纸袋交给侯文茂，里边没什么，就几本书。

"对你可能有用。"领导交代说，"下点儿功夫。"

侯文茂感谢领导，他说，其他的不敢说，这个请领导放心，他一向学习努力。

没再多讲，彼此心照不宣。

半小时后，侯文茂去了温馨茶室。彭红叶在一间雅座里独自喝茶，雅座正墙绘有大幅山水画，她就像是坐在画里。她的头发有点黄，是染的，穿得很正规，西装套裙，颇庄重，跟电话里那个彭小姐不像是一个人。她对侯文茂一笑，很灿烂，很俏，一如既往。她的上唇左角有一颗黑痣，那黑痣也在笑，似乎隐含嘲讽，也是一如既往。

"侯主任还是这么黑啊。"她说。

侯文茂说彭红叶比以前更漂亮，看来是嫁人了？彭红叶说她是准备嫁人，首选当然是侯文茂。侯文茂扭头四顾做拟逃跑状，说彭小姐真要为民除害吗？两人大笑。侯文茂问彭红叶什么时候到的本市？她说有几天了。侯文茂问她开的是哪部车？楼下停车场那部黑色的奥迪吗？省城的车牌？

"还是那么仔细。"她即表扬，同时说明，"牌是假的，车是偷的。"

"你还有这水平？"

彭红叶歪起脑袋，看着侯文茂笑。说侯主任是不是准备报警了？侯文茂说暂时还用不着，他是学什么的？法律。等证据确凿再叫警察不迟。

"看起来这些年过得不错？"侯文茂问。

"你怎么样？"她反问。

侯文茂说还能怎么样？认真学习，努力工作，有时候想念一下远方的朋友们，例如彭小姐，还有她的美人痣。

"其实你心里发蒙。"她笑道,"你现在一心就想搞清我干吗来了,打算什么时候离开,所以你才会屈尊到这里跟我喝茶。"

"我的心理素质有那么差吗?我很坚强的,再好奇也得沉住气嘛。"侯文茂笑。

彭红叶让侯文茂不要担心。她说这半年来她在上海,前些天才跟一位朋友到省城这边,有点儿事。她忽然想起要见一见侯文茂,开着人家的车就跑来了。从这个茶室出去她就回省城,目前没打算破坏侯文茂的家庭,影响侯主任的升迁。

侯文茂问彭红叶怎么知道他现在这个手机号的?彭红叶从包里取出一张名片给他看,竟是侯文茂自己的名片。彭红叶说,前天在省城跟几位朋友聚会,提起侯文茂,有个朋友把这张名片给了她。她注意到侯文茂还在"依法办",心想他怎么搞的,还待在这种地方。她用很长时间给他准备了一个惊喜,看来暂时还没机会奉献。

"发现你没给及时提拔上去,挺失望的。"她说。

侯文茂说很惭愧,这种事不太容易,不像偷车那么好学。所以,彭小姐的惊喜可能只能留给自己,不必考虑奉献给他。

"不会吧?"彭红叶笑着问,"'猴有一个梦想',现在没了?"

侯文茂也笑,说不能连梦都不敢想啊。

　　他说这句话是名言，它有出处，跟猴子无关，与侯姓也无涉。这句话原始说法叫"我有一个梦想"，出自美国著名黑人领袖马丁·路德·金之口。此人得过诺贝尔和平奖，后被刺身亡。二十世纪六十年代，这位先生在美国做过一次著名的演讲，题即"我有一个梦想"。侯文茂为什么把人家这句话拿来学习？因为他的皮肤长得黑，上大学时有个绰号叫"黑人"，所以他也学着梦想。

　　彭红叶嘲笑："你哪是黑人啊，你就一黑猴。"

　　侯文茂问彭红叶怎么样，是不是已经提拔了，当个部门经理或者公司副总之类？彭红叶说干吗那么累？先提拔给侯文茂当二奶，然后毒死大奶，当主任夫人，这样好不好？侯文茂明确表态不行，因为法律不允许。二奶非野生动物，不受法律保护。

　　他们喝茶，一边东一句西一句开玩笑。雅座里就他们俩，电茶壶嘴呼呼吐气，搞得茶室里气氛格外温馨。彭红叶忽然把手伸过来，在侯文茂的下巴上摸了一下。侯文茂做躲闪状，自我解嘲说这一套程序感觉有些陌生了。

　　"大小都是个人物了嘛，咱们可能得注意一点影响。"他说。

　　彭红叶哈哈大笑。

二

当年他们相识的时候，侯文茂还是个小干部，彭红叶什么都不是，师大艺术系器乐专业大四女生。她的行当与侯文茂相距甚远，跟侯文茂很难发生瓜葛，把他们拉在一起的是钟声，侯文茂的大学同学，时为省电视台法制栏目的记者。

那年夏天，钟声带彭红叶到本市玩，给侯文茂打了个电话。听说老同学来了，侯文茂挺高兴，一下班骑上自行车赶到宾馆，这才发现这小子还带了个女孩来。侯文茂有点尴尬，因为钟声的老婆也是他们同班同学，高干之女，钟声就是因为追上该老婆，毕业后才留在省城进了电视台。这家伙居然不避嫌，摘朵野花四处招摇，还带到老同学面前，要让他老婆知道了，让侯文茂如何代为遮拦？

"这是小彭，云南姑娘。"钟声介绍说，"二胡拉得那个好，歌唱得那个棒。"

彭红叶让侯文茂印象很特别。这云南姑娘挺漂亮，漂亮得不太对劲，有点邪。可能因为她上唇左角有一颗黑痣，看上去鲜明逼人。彭红叶个儿不高，小巧型，穿着入时，不像一般大学女生，可能因为是搞艺术的。这人有股傲气，侯文茂进门时，她只抬眼看看，点一下头，招呼都不打，自顾自坐在沙发上看一本时装杂志，两腿很随意地交叉，脚上套着宾馆客房提供的棉布拖鞋。

侯文茂注意到这是一个单间，一张双人大床，他在心里骂了一句"他妈的"。

钟声是邻市人，跟侯文茂属于同一个方言区，算得上老乡，进大学后一直住同一宿舍，彼此相当要好，脾性也清楚。这家伙长得帅，热情，很有女人缘，读大学那会儿跟多位女生有过故事。偏偏这人又浅薄，有爱炫耀的臭毛病，因此，他跟各任女友交往的细节总搞得沸沸扬扬、人人皆知。侯文茂断定今天也是这么回事，利用众小女生眼热的电视台从业人员身份，把一个学艺术的漂亮妞骗到手，锦衣夜行不够味啊，家妻野妞，都应当拿到老同学面前炫耀一下。

钟声不光向侯文茂炫耀彭红叶，他还向彭红叶炫耀侯文茂。他对姑娘说我这老同学体育那个好，书还读得那个棒。天天打球、游泳，回回考试第一，家伙特别全面。本就是高才生，高考时报的是北大，不凑巧那一年高分考生全挤在一块儿，挤爆了，他因为数学差了几分，给挤下来，才沦落到我们学校。毕业后，省里几家有名的律师事务所要他，人家不干，回家乡当公务员，目标远大啊。

"他有一个梦想。"钟声说，"别看他长得黑。"

侯文茂笑，说算了吧，也就是没本事，走投无路，回家找口饭吃。

那时还没有"依法办"，侯文茂在市司法局宣传科，小小一个主任科员。他在宾馆里跟钟声坐了半个来小时就告辞。老同学来了，本应当尽地主之谊，请人家吃一顿饭，来两个菜、一瓶啤酒，但是有一个彭红叶在侧，侯文茂不想找麻烦。他推说晚上恰好上边来客，要陪，赶紧得走。钟声挺不高兴，觉得侯文茂真不给面子。他说："你小子怎么回事？没钱买单？我请你吃饭不行吗？"

侯文茂说不是钱的问题，真的有事。

钟声不再炫耀，他实施打击。他对彭红叶说，你看看这小子牛×的，他什么事啊！小公务员，上街贴几张标语，聚众开几个讲座，有事要做，没权可用，就他稀罕。一样的同学，当律师的开奔驰了，当记者的买别墅了，当法官、检察官的跺个脚底板乱摇。就他，请个客还得自己掏钱，没人给他报销，他还什么屁事！

侯文茂笑道："你小子真是一针见血。"

侯文茂执意要走，钟声也没办法，反正漂亮野妞请老同学隆重欣赏过了，算了，走吧。两人拍拍肩膀分手。那半小时里，彭红叶一心一意看她的时装杂志，很专注，很傲，很沉着，上唇角的黑痣似带嘲讽，一句话也没有。

当天晚上，午夜一点，侯文茂被电话铃吵醒。那晚不巧，侯文茂的女儿感冒了，孩子才一岁，感冒鼻塞，又哭又闹，把侯文茂夫妇折腾得够呛，好不容易哄睡孩子，两人躺下来刚昏昏然入梦，电话铃就尖利而起。

是钟声来的电话。他惊慌失措，在电话里连喊救命。

侯文茂说："你搞什么鬼?!"

"快来！求你了!"

那天晚上，大约十二点钟，钟记者一对儿下榻的宾馆总台接到住客投诉，称受到隔壁客人的噪音骚扰。时已午夜，隔壁客人还在看电视，音量开得很大，客房隔音效果不好，邻室客人休息大受影响。总台值班人员接到投诉后即打电话给受投诉的客房，想提醒客人注意左邻右舍，不料电话怎么打都没人接。值班人员赶紧报告，值班经理便带人前去了解、处置，在走廊上一听，果然该室电视机声音很大，夜深人静之际尤显吵闹。经理打门，不见响应，让服务员开门，里边却已挂上防盗链，进不了门。经理喊话，无人应答，担心客人出什么事了，赶紧打110报警。五分钟后警察赶到，里边的客人才把门打开。原来两个客人未出意外事故，均健在，一男一女，男的是钟声，女的是彭红叶。这两人怎么回事？他们在打架。他们扯掉了电话机线，用电视机的声音掩盖动静，然后把屋里的东西丢得到处都是，打得天昏地暗。

应当说这不是捉对儿厮打，是一攻一守。与一般男攻女守有异，这里的进攻者是大学艺术女生彭红叶，招架者是电视台记者钟声。彭红叶用她擅长器乐演奏的指头和指甲为钟声抓出了一身的血痕，胸脯、腹部、大腿、脖子，连脸腮也没放过。她还用客房的水果刀扎钟声，直刺胸脯，还好宾馆提供的刀具虽为金属质地，却未开刃，削削果皮可以，杀人不行，否则钟声可能活不到向侯文茂大喊救命。

彭红叶声称被钟声强奸。钟声则辩称不是，他说他俩是情人，一起到本市玩，玩罢才一起上床。起初女的没怎么样，任由摸弄，亲热间忽然闹起别扭，女的把光屁股的钟声推下床，十个指甲一起上，又抓又掐。钟声跑，招架，就这么打起来了。由于彭红叶声称受到性侵害，钟声涉嫌性犯罪，警察把他们带到派出所做笔录。在那里钟声出示了工作证，说自己是省电视台记者，主管法制栏目，来历不一般。他还提到了侯文茂："你们问他。他是主任，搞司法的，他可以证明，傍晚他还专门来看过我们。"

于是，侯文茂卷进了本案。派出所的值班所长恰好认识侯文茂，知道司法局宣传科确有一侯，尽管不是什么主任。都在一个地方工作，司法宣传事项与公安部门多有关联，难免彼此认识。一听抓住了侯文茂的一个老友，还是省电视台的，身份挺特殊，案子当然也要格外慎重办理。所以，所长允许钟声给侯文茂打电话，还好机关宿舍离得不远，十五分钟后侯文茂就赶到了。

侯文茂证实了钟声的身份。钟声承认自己晚上多喝了点酒，与女友吵闹，不注意场合和时间，产生了恶劣的影响。在当场交出两百元以抵赔宾馆客房受损财物后，警察同意其离去。时近凌晨，钟声随即拦了辆出租车，立刻开溜。

侯文茂还得替他擦屁股。把钟声弄出去后侯文茂又到拘禁室见彭红叶。他告诉她钟声已经先走了，彭红叶也可以马上走人，但是有些情况得跟她说清楚：警察已经做了初步了解，证实彭红叶是跟钟声一起到达宾馆的，在总台登记房间时彭红叶拎着行李袋一直站在钟声的身边。她知道钟声只登记了一个单间，她没有提出异议，显然认可他们俩今晚将同居一室。这种情况下指控钟声强奸显系勉强，相比起来，如果钟声投诉她打人、伤人甚至杀人未遂，倒还证据充足一些。

"你赶紧走吧。"他说，"有架你们回去打，别在这儿闹。"

彭红叶忽然开口骂了一句："王八蛋。"

"你骂谁?"

"你。"

侯文茂没吭声，起身离去。

两天后，有人打本市公用电话找侯文茂，是个女子。侯文茂一接电话就听出是彭红叶，那时他止不住吃惊：迄今为止，他只听彭红叶说过两句话，一句是"王八蛋"，一句是"你"。他怎么凭这个就记住了她的口音？另外他也觉得惊讶：这人怎么还在本市，干什么呢？

"我的身份证还被他们扣着。"彭红叶说，"请你帮我要一下。"

侯文茂问："你谁呀？"

她说她是彭红叶，侯文茂说他不认识哪个彭红叶。他不知道她是干什么的，不知道她的身份证怎么回事。这种事该谁找谁，不行找王八蛋去，不要找他。

"你不就是王八蛋吗？"

侯文茂把电话挂断。

他不想理这姑娘，主要还不是因为她出口伤人。那晚在派出所，他就明确告诉所长，钟声是他大学同学，他了解。彭红叶是什么人他并不知道，不认识，以前没见过，也无从知道钟声介绍的情况准确与否。侯文茂本能地不想跟彭红叶沾上什么瓜葛，特别在那个时候，他有自己的理由。

　　不久，有一个星期天，侯文茂奉命组织一个宣传活动，带一群中学生在闹市街头演普法小节目，附近派出所派警员维持秩序，带警察到场的恰是当晚处理钟声案的所长。侯文茂跟所长闲聊，忽然想起彭红叶，他告诉所长彭红叶曾打电话请他帮忙要身份证，他没理她。所长说，他们确实把彭红叶的身份证扣了几天，因为出事那晚，钟声曾在警察面前骂彭红叶是"婊子"，说这种大学女生跟暗娼没什么区别。他带彭红叶下馆子，到处玩，给她买衣服，买化妆品，要什么给什么，花了好多钱，哪想婊子说翻脸就翻脸，抓起刀子一把捅了过来。警察因此对彭红叶有怀疑，他们留下她的身份证，经查核没有发现她卖淫、杀人等犯罪的记录，他们才通知她取走了证件。

　　大约过了半年，有一天晚间，侯文茂在市区的春华酒楼请客，跟几位朋友一起喝酒。当时侯文茂刚被任命为科长，虽然级别未提，却是重要一步。这职位得来不易，拖了很长时间。钟声携彭红叶前来那回，侯文茂为什么特别不愿意卷入麻烦？就是因为那时局里正考虑是否用他，关口上最怕无事生非。此刻终于上了，如愿以偿，朋友们不免要说话，让侯文茂别只顾自己高兴，得请客。侯文茂说惭愧得很，素质这么优秀，学习这么认真，工作这么努力，也就一个小科长，哪有脸请客啊。话虽这么说，客还是要请的，光谦虚怎么行呢？于是大家就聚到了春华酒楼。春华酒楼位置略偏一点，属中低档消费地点，侯文茂自我解嘲，说该酒楼跟他侯科长档次相当，基本上可称物美价廉。以后如果有幸还能提拔，梦想成真，再考虑提拔酒楼的档次。

忽然有一个年轻姑娘笑眯眯地闯了进来。一头黑发梳得千姿百态，头上挂着一套耳麦，像电视歌会上蹦蹦跳跳、声嘶力竭的女歌手。这人穿绿小褂，红短套裙，涂脂抹粉，非常性感，还非常漂亮。

"老板点什么酒水吗？"

侯文茂正在点菜，一听话音不禁抬头，他一眼就认出来了——彭红叶，上唇左角一颗美人痣鲜明逼人。彭红叶穿的那件短裙边别着一个标志，是售酒小姐，在酒楼各包间窜来窜去推销某牌号葡萄酒，并根据推销业绩提成获得收入的业务人员。

彭红叶朝侯文茂咧嘴一笑，显然也是一眼认出了这个黑皮王八蛋。

两人都没多嘴。座中有人摆手让彭红叶出去，上别处推销，说："我们自己带酒了，你的免了。"彭红叶是那么好打发的吗？她笑眯眯不走，说老板您别着急，听我介绍一下我们的产品。我这么漂亮都豁出去了，您还舍不得多看两眼？

她站在门边，绘声绘色介绍她的葡萄酒。眼睛带笑，不看别人，一动不动紧盯着侯文茂。侯文茂感觉到她笑意中的一股寒冷。

他不慌不忙，举起双手比了个暂停的动作，和颜悦色地请小姐数数屋里有几位客人。彭红叶说不用数，五位。侯文茂说，行了，要五瓶。彭红叶说："不把我也算进去？"侯文茂立刻点头："行，六瓶。"

座中人哄笑，说侯文茂完了，升官还没发财，只一下就让这漂亮小姐弄破产了。

彭红叶即用耳麦叫酒，一眨眼工夫六瓶葡萄酒送到包厢。她让服务生立刻打开一瓶，倒在大玻璃杯里，满满倒了三杯。她一杯杯端起来，不声不响，全部喝光。

"谢谢老板。"

走了。

包间里这才啧啧有声，有人评论道："这小姐邪了，疯！"

侯文茂不动声色，心知此事没完。

果然，第二天，彭红叶把电话打到了他的办公室。

"侯科长还不打算认识我吗？"

侯文茂说："非得认识你吗？"

她说当然。

"行，你来吧。"

半小时后，她进了侯文茂的办公室。

侯文茂这才读懂了她笑容里的那股寒意。

这人已经离开了她的大学，非正常离去。她读到大四，成绩不错，并无劣迹。本打算顺利完成学业，回云南老家找一份工作，结婚嫁人。却不料公安部门来调查她的犯罪记录，了解其是否暗娼，是否一边学习一边卖淫？她和某电视台记者在外地于夜半被拘往派出所的故事因此沸沸扬扬。校里系里要她说明情况，全校师生员工看她的眼神全都十分另类。她实在受不了，一气之下自行退学离开。出了这种事，不敢回云南，也不敢告诉家人，得想办法谋生，推销葡萄酒是她近日从事的谋生手段之一。

"你不帮我？"她说，"是你把我害了。"

侯文茂说这事挺遗憾，挺痛心，他能理解。但是冤有头债有主，赖不到他头上。

"你说钟声？他王八蛋都够不上，就是狗屎。"她说。

她告诉侯文茂，她跟钟声交往大约有半年，钟声说有办法安排她到电视台工作，给她送花、买衣服，百般追求，天天想把她拉上床，甚至说到要跟老婆离婚娶她。她知道这人靠不住，总不让他遂愿。那天在宾馆里钟声保证不动她，只要跟她睡一块儿，感觉一点儿浪漫。她没拒绝，让他爬上床，睡着瞧。起初这家伙还老实，只在床上翻来翻去感觉浪漫，半夜里终于熬不住了，急不可耐，扑过来动手动脚，硬干，两人才打起来。结果还真是挺浪漫的。

"我不明白你怎么回事。"侯文茂说，"第一次？"

"不管一次还是一百次，"她说，"这一次我不愿意。"

侯文茂问她接下来有什么打算？她说走到哪里算哪里吧。侯文茂说省城那边机会多，发展空间大，消费水平高，找个专业对口的活不难，干吗捡芝麻丢西瓜跑到这里来推销葡萄酒？她说有些东西她腻透了，到此地卖酒，是因为这个城市很让她难忘。

"特别是这里的王八蛋。"

侯文茂忍住了，没发火，只说："留个电话给我吧。"

几天后，侯文茂给彭红叶打了个电话。他说，他有个朋友在本市的国际旅行社当头头，他们那家旅行社常有涉外导游事项，需要高级导游人才，长相要好，文化素质要高，才艺要强，干得好的话，收入不会低。他觉得彭红叶挺合适，想推荐她去，不知道彭红叶愿意不？彭红叶没有回答，好一阵才问："你想干什么？"

"不干什么，学雷锋。"侯文茂说。

他让彭红叶自己考虑，想去的话给他打电话，不想去就不用打，算了。

她说："我去。"

三

侯文茂意外地与自己邂逅于省报。

早上上班时，侯文茂在办公室匆匆浏览省市报纸，意外地在省报群众来信栏看到一封短信，题目直白通俗：《救命司机你在哪里》。写信者称自己是一位农家青年，上星期五上午骑自行车送妻子回娘家，在公路上与一辆货车交会时遭遇意外，自行车倒地，妻子摔伤。其妻已有七个月身孕，受伤后情况万分危急，他跑到公路上拦车，曾拦住两部轿车、一辆货车，均不予帮助。幸亏后来有一辆轿车开过，司机发现路边有人受伤，凑上来施以援手，帮助他把妻子送到医院。由于事发意外，他身上没有足够的钱交押金，救命司机还拿出四百元现金垫付，然后离开，未留姓名。写信者说幸亏救命司机帮助及时，其妻入院后经医生抢救脱险，并生下一个儿子，现母子平安。当时忙于照料妻子，没顾上招呼救命恩人，连一声谢谢都没说，现在想来非常内疚。

这人给市里和省城报纸分别写了信件，盼能借报纸一角感谢救命恩人，也希望救命司机本人或者知情者看到了能跟他联系，让他有机会一表感激之情。

侯文茂不觉大笑，他没想到自己竟会用这种方式在报纸上露脸。看来那小伙子不错，颇真诚，不像时下许多人吃了亏一个劲儿大叫，占了便宜就不吭声了。侯文茂觉得挺值得，那天其实他也是顺道，举手之劳，四百元于他也不算什么大数，换来这份报纸还真是不错。侯文茂当然不会举起一只胳膊声称该信有误，救人者不是司机，是个官员，即本人。如此招领美名不光可笑，可能还别有麻烦。那天侯文茂不是声称到省城去了吗？他怎么会跑到新店去救一个孕妇？难道是存心欺骗黄老板和广大人民群众？还有侯文茂大小也是个领导干部，怎么不用司机，自行驾车出游？他干什么不可告人的勾当去了？因此，对小伙子的情意侯文茂只能心领。

侯文茂不想让旁人发现他有任何异样。那些日子里他非常低调，成天绷着一张黑脸，该上班上班，该开会开会，认认真真依法治市。实际上，他异常紧张地忙活不止，包括虚晃一枪跑到新店不声不响一待数日。他忙什么呢？读书学习，临阵磨枪。

那会儿省里发布消息，公开招考官员，为省直单位招考二十余名副厅级干部，副处任职四年以上者可报考。侯文茂恰好够格。侯文茂没有表现出过度热心，负责部门开过几次动员会，他无动于衷。报名截止前一天，侯文茂特意到组织部去送一份报告，那里有位副部长随口问他报名应考了没有。他说没报，不敢做梦。该部长随即吩咐科长拿表来，让侯文茂当场填写，批评说："你怕什么？考砸了又不撤职，没勇气。"

于是侯文茂鼓起勇气上阵，其实，他只是在制造被动而上的假象。侯文茂格外努力学习已经有些时日，因为招考信息早有风传，听到消息后他就不为人察觉地悄悄干，搜集资料，排定计划，埋头努力，像当年准备高考一般。那些日子里侯文茂每晚读书必至深夜，上班开会也没落下。他特别热衷开会，在会场上晃来晃去，表明自己坚守工作岗位，没有躲到哪里一枕黄粱做痴心升官梦，同时充分利用了时间。主席台上诸领导发表重要讲话，会场上的大小官员不便东张西望、交头接耳，也无电话干扰，环境优于办公室，可容侯文茂在笔记本上认真写写画画，安静而认真地自搞一套。侯文茂所任职的"依法办"没有什么权力，因此饭局不多，应酬较少，业余时间略显空闲。但是依法治市又与许多事情搭界，例如保护野生动物，所以需要列席的会议很多，老天爷如此慷慨地馈赠时间，对侯文茂表示厚爱，似乎早有预谋。

侯文茂的老同学钟声是新店镇人，毗邻本市，该狗屎记者常驻省城，却在老家乡下风景区拥有一幢别墅。朋友们开玩笑，说他有"别野"，影射好色之徒买屋乡野，以利于与各种来历不明的女子野合。钟声的"别野"位于一座大水库附近，靠山面水，环境幽雅，平日无人，很安静。侯文茂向钟声临时借用，数次悄悄来去，关门读书，避开单位、家庭各种杂事干扰，独自学习备考，不搞野合，做的是正经事，他却不想为人所知。侯文茂报考的职位是省司法厅副厅长，他是学法律的，在市司法局当过科长，眼下所在的"依法办"机构挂政府之名，编制在市司法局之下，因此所报最为对口。他没张扬，只向分管副市长黄坚报告过，黄坚一向对他不错，知道情况后特地召见，给他几本书让他认真学习，那天在市长办公室里他们说的就是这个。

省里来了个检查团，检查的是精神文明建设事项，涉及依法治市内容。政府办通知侯文茂列席汇报会。一进会场，侯文茂就意识到天赐良机，今天不能太珍惜时间，得认真对待。因为检查团里有个人姓刘，是省司法厅的研究室主任，侯文茂认识。

刘主任年纪与侯文茂相仿，三十好几岁，年轻能干，是厅里的大笔杆。这天晚上恰好检查组没有公务安排，侯文茂请刘主任走出宾馆，继续其检查工作，采取微服私访的方式，深入体验本市精神文明建设成果。小刘主任喜欢唱歌，侯文茂便请朋友小蒋代为安排歌厅，以投刘主任所好。小蒋在市人民银行任职，擅长交际，诸事都通，不像侯文茂不常出入类似场合，情况不熟。侯文茂请小蒋找一家高档点、正规点的歌厅，预订一个包间。小蒋推荐"小雅歌厅"，称这家不错，环境很好，服务上乘，缺点是距离稍远，在市郊，离市区近十公里，得用车。对侯文茂来说这不是什么问题。他没叫司机，自己开车带刘主任前去，一路交谈，悄悄了解情况。

这位刘主任知道本厅职位招考的若干内情，类似招考通常要由相关部门提出一些业务考题，供招考部门取舍参考。刘主任所在的研究室在厅里管大材料，提出参考考题任务非研究室莫属。虽然最终出现在考卷上的不一定就是他们提供的业务考题，其出题方向和思路肯定有所相关，侯文茂认为应当抓住机会略加打探。

这样他们就到了小雅歌厅。小雅歌厅原为一家工厂库房，外观其貌不扬，内装修相当奢华，尚新，大艳大俗，其雅果然嫌小。侯文茂带刘主任直接进了订好的包间，小蒋已经在里边安排果点。刚坐下，门一开呼啦啦进来一排小姐，在客人坐的沙发前一排站好，请君挑选。小姐们个个穿得很少，露得很多，披头散发，涂脂抹粉，眼影在暗淡灯光下闪烁，暧昧不已。

小蒋果然老手，花丛中游刃有余。他把手一摆："叫你们经理来。"

服务小姐跑出去喊人。小蒋对两位客人论及讲究质量。他说有的小姐只知道往客人身上蹭，皮肉发黏，嗓子发干，拿起话筒调都找不到，唱起歌来跟锯木头似的，听来受罪。歌唱得好加年轻漂亮的大都跑到电视屏幕里跳来跳去，歌厅里还真不好找，得请经理友情安排。经理他认识，叫安丽，不是洗洁精，是歌星。这人厉害，漂亮能干，一般不唱，一唱举座皆惊。

经理笑盈盈推门走进了包间。侯文茂一看不对，什么安丽什么洗洁精，都不是，这人上唇左角一颗黑痣，分明就是不久前跟他一起在茶座里喝过茶的彭红叶。原来她不在金三角倒腾毒品，也不如她声称的是到省城那边办事，她是藏在这里冒充洗洁精了。如此邂逅，竟恍若当年与售酒小姐的意外相逢。

侯文茂一声不响。彭红叶没有丝毫慌乱，笑盈盈直视侯文茂。

"我们这些小姐是最棒的，样样都行。"她笑，"老板中意哪一个？"

侯文茂问："安经理看得出我们是干什么的吗？"

彭红叶说好像不是做生意的，那就是当领导的啦？年轻有为，可能官还不小？侯文茂说看我们像不像扫黄办的？彭红叶说欢迎扫啊，脱了衣服看看谁黄。身边人笑，都以为他们是在幽默。

彭红叶推荐了两位小姐陪客人唱歌，然后告退，说歌厅里还有事要打理，即掩门离去。两位小姐果然秀色可餐加歌喉不错，足见有关人才尚未被电视台一网打尽。刘主任那天唱得很尽兴。毕竟公务人员，且第二天还要检查精神文明，放松亦不宜太过，十点来钟大家即离开"小雅"，乘车回返宾馆。

侯文茂没有马上回家，他把车停在车库，坐在车上打电话，挂彭红叶的手机。很顺利，一接就通。

"跟我说，你怎么回事？"他说。

她笑："口气好一点嘛。是不是想一起喝一杯，共度良宵？"

"你没讲真话。"

她说她这种人怎么会讲真话呢？她从来都是谎话连篇。侯主任准备拿彭小姐怎么办？杀了煲汤，王八炖鸡？

侯文茂把手机翻盖合上。只几秒，手机嘀的一响，一条信息来了，是彭红叶。

"别生气。明天找你自首。"

第二天，她来了，到侯文茂的办公室，打扮得清楚、整

154

齐，端庄得有如电信局服务窗口阳光灿烂的柜台领班，看模样真跟什么大俗大艳的小雅歌厅无法联系，出入政府机关不显异常。

她来之前，侯文茂已经掌握了一些情况。小雅歌厅在本市登记开业已有半年，安丽经理在开业不久就应聘来到本市。数年前她在国旅当导游时叫彭红叶，现在改名了，知道她就是彭红叶的人肯定有，应当不太多。

彭红叶对有关情节供认不讳。凡侯文茂已经掌握的，她的说法基本相符，没撒谎。但是有很多情况侯文茂并未掌握，那就不辨真伪了。

她说这几年她有过很多故事。导游当腻了，做过车模，卖过衣服，在北京跟一个歌手同居过，到广东给一个快没牙的老台商当过几天二奶，在一家大夜总会做过"妈咪"，手下有过四五十个小姐。混来混去，渐渐有了些钱，日子过得好像也行，比上不足，比下有余，有房有车有哈巴狗，却总是找不到感觉。于是什么都先放下来，跑到本市应聘落脚，为了谁呢？侯文茂。谁让侯文茂皮肤这么黑，让她印象这么深刻。她为侯文茂准备了一份惊喜，总想适时奉献。但是她知道"猴有一个梦想"，不喜欢她在眼前招摇，怕她破坏安定稳定大好局面，因此近半年时间里她只是躲在一边近距离观察，热烈关心，没想现身。不久前那一次造访是实在想得不行，悄悄冒了回头，她自己觉得并没有给侯文茂太多不必要的压力。昨天晚上不怪他，怪侯文茂自己，她清楚侯文茂很谨慎，通常不上歌厅的，干吗上了，还大老远跑到"小雅"陪客唱歌？这回不是彭小姐骚扰侯主任，是侯主任骚扰彭小姐了。

"真没想这么快让你知道的。"她说。

"又说谎吧？"

她说是真的，躲在暗处看明处某个人，有时忽然冒出来吓他一吓，小孩子捉迷藏似的，很好玩，感觉很不一样。

"你的事情我可打听了不少。"她说，"你想象不到的多。"

侯文茂说恐怕没听到什么太恐怖的吧？彭红叶说怎么侯文茂一下子就想到恐怖？

"快考试了吧？梦想就要实现？"她问。

"你说那个呀，我没当回事。"侯文茂说，"那是做梦，不是梦想。"

"骗不了我。"她大笑。

侯文茂心里挺吃惊，想不到她还注意到公考官员这件事。他问彭红叶待在本城有什么打算？想做什么？彭红叶说她不知道。喜欢哪儿就到哪儿，喜欢谁就盯住谁，其他的不管。她发现耐心等待可能很有意思，本来勇敢做梦，撑死了只敢梦到粘

156

住一个主任，现在不得了，没准可以粘上一个厅长。人要出头，那真是天大的石头都压不住。

"行了，别胡扯。"侯文茂道，"听我跟你说。"

他说，彭红叶待在本市不好，她在这里有不良记录，有不少人认识她，一旦出事挺麻烦的。彭红叶应当尽快离开这里，回云南老家，或者到北京、上海，走得越远越好。不管多远，需要的话，他可以为她提供一张单程机票。

"这就想把我打发啦？"

"你还打算多要点？"

她说她一分钱不要，只要一个王八蛋。

侯文茂笑道："感情这么深吗？"

她说比天高比海深的。

"要是这人一不留神高中了，调走了，你怎么办？"

她说跟。别说只是到省城，就是到天涯海角，她也自费购买机票跟从，不管打不打折。这回她一定死死看住，随时做好准备，抓住机会就上，像蟒蛇一样紧紧缠住。

"吓死了没有？"她笑，"世界末日到了？"

侯文茂说彭小姐知道的，他心理素质很好，很坚强，因为"猴有一个梦想"。开玩笑归开玩笑，实话说他很为她担心。以他观察，小雅歌厅情况不是太正常，名声也够大了，运行已经半年多，有关方面不会总注意不到，别以为执法部门只知道睡觉。

"侯主任是在恐吓？叫警察来吧。"彭红叶说，"我还想投案自首呢。警察问什么我答什么。我特别要主动坦白对侯主任的感情，争取立功受奖，这样行吗？"

侯文茂说可以，打电话吧，叫110。

彭红叶笑得打起嗝来。

她说她得走了，在这里待太久影响不好，也干扰侯文茂学习，要是考砸了梦想破灭，还不得活活吃掉她？她还是赶紧回歌厅吧，收拾一点东西，随时准备跟警察走。到时候她要请求警察允许她随身携带一瓶酒，她现在离了酒不行，会疯的。

侯文茂点头，说很好。他为她开办公室门，穿过走廊送她到电梯旁。电梯关门之前他们相视一笑，含义很丰富。

"好好考虑我说的，"侯文茂说，"那样会好一些。"

"不用考虑，你让他们来。"她发狠，"我一进派出所准给你打电话。"

没再有电话，侯文茂也没跟她联系。只过了一星期多点时间，周末上午，市执法部门召开联席会议，侯文茂列席，会间听到了一条最新消息：小雅歌厅于昨夜被查封，歌厅老板因涉嫌开设秘密赌场聚赌，并容留妇女卖淫被拘。一起被拘的歌厅从业人员和暗娼计有二十余人。据传与案子有牵连的包括本市一些中低层干部。

他不动声色，但是心头一颤。

四

当年，侯文茂介绍彭红叶到国旅当导游后不久，恰好省里开会，他在省城跟钟声见过一面。闲谈时提起彭红叶，钟声脸色发白。

"侯文茂你小心，这小妞很恐怖，很疯狂。"

彭红叶被学校以自动退学处理时给钟声打过一个电话，说自己这一辈子全完了，钟声得承担责任。钟声扔了电话不予理会。那次出事后，两人各走各的没再联系，钟声以为事情完了，没想到彭红叶找上门来了。此时两人地位悬殊，一个是刚刚退学走人在本地举目无亲的云南小姑娘，一个是省电视台法制栏目名记，彭红叶还能拿他怎么样？因此钟声不理她，很强硬。几天后彭红叶给钟声寄来一份诉状，用的是法院文书格式。彭红叶告钟声强奸，提供当晚所居宾馆房卡、纸签、复印件，以及处理该案的派出所名称、地址，还有包括侯文茂在内的有关证人名单，请求法院调查，依法做出公正裁决，使罪犯得到惩处并让她得到应有的赔偿。彭红叶附来一封信，称她已经走投无路，只有破釜沉舟，这份诉状将在一周后提交给相关法院，除非钟声主动跟她联系，提出她能够接受的解决办法。钟声想起出事当晚彭红叶用水果刀扎他的情形，只觉大汗淋漓。他断定此刻彭红叶确实什么都干得出来，钟声是学法律的，知道彭红叶不能提供足够的证据把他告倒，但是也知道只要她豁出去闹，自己肯定身败名裂。以彭红叶的遭遇论，她有足够的理由豁出去。

因此只好寻求妥协。彭红叶疯狂，却没太狠。钟声提出给六万元，不叫赔偿或补偿，叫自愿赞助金，以帮助彭红叶自谋职业。彭红叶同意了，没计较其名堂。这笔钱彭红叶也没拿，由钟声直接汇到云南她父母的名下，而后彭红叶把她的诉状撕掉，让钟声滚开，两人的浪漫故事到此结束。

"亏你是省城名记，还是法律专业出身，怎么就让一个小姑娘收拾成这样。"侯文茂批评，"还好你有钱，这个数对你不是大事，要是我有个屁。"

钟声说他是想息事宁人，人还是要一个面子的，这事如果闹到他老婆那里没法受。小姑娘知道他怕。他跟彭红叶说了，两人拜拜，互不相欠，彭红叶不得开第二次口，要有第二次就有第三次，没完没了谁受得了。他只能告她敲诈，大家一起完吧。

"你留神，别让这疯妞粘上。"钟声警告。

侯文茂说不怕，他没欠她。

不久，侯文茂接到彭红叶一个电话。彭红叶说自己带一个团组去浙江千岛湖，刚回来。到旅行社工作后，感觉不错。收入不是很高，但是稳定，到处跑长见识，也有点意思。她很感激侯文茂帮她介绍的这份工作，想请他吃一顿饭，能赏光吗？

侯文茂说："干吗请我？你谁啊？"

"我彭红叶啊！"

侯文茂说他不知道彭红叶是谁，他从来没认识过一个叫彭红叶的人。彭红叶在电话那头一声不响，好一会儿，一句话：

"王八蛋。"

从此再没电话，这个人看来头脑清楚，并非无理智，会骂人，但是没疯。

后来有一次，侯文茂碰上梁平，梁平是彭红叶他们旅行社的老总，是侯文茂的老友，原为副总，刚刚扶正，推荐彭红叶当导游，侯文茂找的就是他。梁平提起彭红叶，说这姑娘素质挺好，长得漂亮，口齿清楚，歌唱得好，特别受游客欢迎。侯文茂说："你得多给人家开工资，别光会表扬，口惠实不至。"

梁平笑，说给不少了。有侯文茂这句交代，再加。

"她一个外地女孩，挺不容易的，你可别欺负她。"侯文茂说。

梁平笑，说欺负谁也不能欺负她呀，否则跟侯文茂怎么交代？

"你老弟跟小彭什么什么啦也得跟我说清楚嘛。"梁平追问，"我问过小彭，人家死活不肯交代。"

"那我还能交代吗？"侯文茂大笑，"你老兄就饶了她吧。"

后来彭红叶又来了一个电话。她说感谢侯科长关照，但是很纳闷，不明白他这人怎么回事。侯文茂说他没关照谁，他不认识彭红叶，从来不知道有这个人，就这样。

他们没再联系。彭红叶很知趣。

那段时间侯文茂很小心，很努力，却很痛苦。市里为加强依法治市工作，成立了相关领导小组，下设办公室，从几个单位抽人充任办公室人员处理日常事务，侯文茂被抽来当科长，为老二，上有主任一名，下有工作人员四个。从"依法办"开张之日起，侯文茂就是骨干人员，他年轻，搞过司法宣传，还是唯一一个国民教育法律本科出来的，能者多劳，主任把大小事情全都交他操办，侯文茂任劳任怨。努力了大半年，主任意外出事，在体检中发现身体长癌，立即住院治疗，此后本办实际工作完全交由侯文茂处理，竟做得比主任健在时还出彩，更有声有色。那时上上下下就有议论，都说这年轻人行，别看脸皮长得黑，还能依法治市。

有一天晚间，副市长黄坚找侯文茂谈话。黄老板对侯文茂的工作情况很了解，一直挺赏识。领导很亲切，请侯文茂喝茶，跟他谈心，选择的切入点就是他的肤色。黄副市长问侯文茂是不是很喜欢户外锻炼？侯文茂说他在中学打排球，上大学后打篮球。他还游泳，至今坚持冷水洗浴。他觉得身体强健对学习和工作都大有好处。但是他的皮肤黑主要不因为户外锻炼，是因为遗传，他生下来就这肤色。

"除了体格强健，心理素质也要好。"领导说。

领导还说，无论遇到什么，都应当站高一点，看远一些，经得起考验。有些东西就那么回事，做一个什么样的人最重要。

几天后，侯文茂才明白了黄坚话里的音韵：患病的老主任下了，机会却没给侯文茂，政府办一位年轻科长被提拔来接手这一块工作。新主任当过某领导秘书，并无法律专业修养，于是就需要侯文茂表现一下心理素质。黄坚找他谈话显然是预做工作，让他有所准备。新主任到位不久，一次会上黄副市长见到侯文茂，问怎么样，是不是坚持洗冷水澡？天气冷了，受得了吗？侯文茂咬紧牙关说谢谢领导，没有问题。

那时他心里其实痛苦无比，但是他依然坚强。

星期六上午，侯文茂搭车，与几个朋友一起到本市清涧中心郊游。清涧位居山间，离市区六十余公里，有一个漂流运动训练中心，亦提供旅游服务。时为冬季，水冷，训练中心内外萧条。侯文茂说这样最好，清静。

他们坐小汽艇在清涧小水库的湖面上兜圈。冬天里山风大，吹得人身上发冷，侯文茂却嫌不够，他向主人要小橡皮艇，让人家开闸放水，供其划艇漂流，顺水库泄水溪道而下，那是漂流运动员训练、比赛的通道。主人说不行，这不是夏天，水冷，运动员训练都停了呢。侯文茂说别担心，他冬泳，不怕这个。

结果他穿条泳裤，套件救生衣真的下水去了。那天朋友们拉他到清涧略有慰问之意，大家都知道这人嘴上无话，心里其实挺郁闷。"依法办"本就没多大意思，难得他那般努力，大小事情做得头头是道，有条有理，还津津有味。机会到了，该他出头了，却不料煮熟的鸭子飞进别人的碗里，剩下他没个吃还要冲凉水。因此别拦他，让他漂去吧。侯文茂漂了一个多小时。毕竟非专业人员，驾驶技术略差，所乘橡皮艇下水不久，即让水库下泄的急流推着撞上涧中礁石，弄了个翻船落水。他在水中挣扎，抓住橡皮艇翻正，湿淋淋、哆嗦嗦爬上艇继续，直到漂完全程。

上岸后他脸色发青，嘴角打战，与彭红叶意外相逢。

那天的休闲活动是梁平安排的，他搞旅游，跟漂流中心有瓜葛。梁平临时有事，迟数小时才赶来，走之前看到彭红叶，一招手把她也一起叫上。梁平不知道侯文茂不准备认识彭红叶，只当他们什么什么啦，因此叫来给侯文茂一个惊喜。结果侯科长没表现出惊喜，也没表现出失意，神态正常。彭红叶跟他打招呼，他一边跺脚驱寒一边点头。梁平在侧，不好再说不认识，毕竟所事依法治市，得尊重事实。

晚间他们在中心食堂吃饭。山野去处，食物新鲜，土鸡、番鸭，都是四处放养，类同野生动物，很绿色，好吃，加上郊游体力消耗多，真是吃什么什么香。主人很热情，从食品柜里抓出几瓶白酒盛情相邀："喝！喝！喝！"于是喝酒。这种时候酒是好东西，杯子一碰，脖子一仰，体温和气氛一下子都上去了，然后大家便一起完了蛋。

后来分析，主人那酒的出处肯定有问题，不是劣质酒偷换，就是工业酒精勾兑，只酒瓶是真的，否则哪有那么大的杀伤力。座中几位男子都有些酒量，不会一起醉个人事不省。幸好那酒虽假虽劣，尚非毒酒，要不事就大了。

那天六位同饮者倒了五个，四男一女，只一人无恙，就是彭红叶。彭小姐似有先见之明。她在从事推销葡萄酒业务时已经表现出酒量，那天却不喝，说嗓子痛，因此躲过一劫。大家尽数倒地之后，彭红叶承担收拾残局重任，她找来训练中心的保安，把醉者一一抬入客房。别的男女得到足够的尊重，不受骚扰，脱了鞋子往床上一扔盖上被子了事，侯文茂却不能轻饶。她把侯文茂拖进卫生间，推他跪在抽水马桶前，用不锈钢汤匙柄使劲撬开他咬紧的牙关，抠他的舌根让他呕吐，然后灌温茶水，再让他吐，不停虐待，直到他不再叫唤，沉沉睡去。

她说这是洗胃，得自家传，其母曾为其父如此服务。要是今晚碰巧喝的是毒酒，估计此法有效。其他人一命呜呼算了，侯文茂不能死，因为"猴有一个梦想"。

事后，她问侯文茂对当晚的情形是否有些记忆？侯文茂什么都想不起来。

"你发表演说，用英语。"她说，"强调不是'猴有'，是'我有'一个梦想。"

当年在大学，某次班级活动，侯文茂表演英文节目，学的是马丁·路德·金的著名演说。他的"黑人"绰号因此确立。当晚迷醉之中，他可能确实回了趟校园，否则彭红叶怎么知道他曾以英文演讲？当然，也不能排除是她当初和钟声在床上"浪漫"并遭所谓强奸前知道了这个。

"你还哭，说不公平，咒骂，凶恶极了。"彭红叶说，"刺激很深的嘛。"

侯文茂说不可能。他不是那种心理素质。彭红叶说这要看什么情况，喝醉了呢？中毒了呢？她说侯文茂在醉中愤怒抨击任人唯亲，悲叹自己没有背景，不甘堕落，因此总是与机会失之交臂。这还什么"做一个什么样的人最重要"！他发誓坚持不懈，不达目的决不罢休，到时候"依法办"主任还算个鸟！

侯文茂摇头，说他很坚强，不会这样失态。

"你把人家的胳膊都卸了。记得吗？"

"什么话！"

她说是真的，被侯文茂卸胳膊的竟是请他们品尝恶酒的训练中心主人。此人待客过于热情，当晚第一个醉。在尚未倒地之前，他纠缠彭红叶，说大家都喝，彭小姐怎么可以不赏脸。他要彭红叶跟他喝"贴胸酒"，请梁平批准。梁平那时也不太行了，没有表错态，话却已经不雅。他说不敢强迫。彭小姐愿意的话，别说贴胸脯喝酒，贴鸡巴都行。彭小姐不愿意就谁都不得欺负，因为侯科长在这儿依法治市呢。主人转而攻打侯文茂，请侯科长批准彭小姐跟他贴。侯文茂也醉了，却还坚持原则，说彭小姐不是未成年人，有完全责任能力，做这种事不用他人批准。彭红叶听后很生气，当众刺激侯文茂，说有的人一向就是王八蛋，只想自己出人头地，不顾别人死活，还一套一套法律。不就这点事吗，批准同意又怎么啦？她保证照办，紧贴着喝。醉汉一听大喜，恨不得立刻把彭红叶抱住吃掉。侯文茂不能不管了，他没让醉汉再闹腾，扳住其右胳膊只一拽，那胳膊当即脱臼。醉汉不知痛，只叫唤，说怎么怎么抬不起来了？侯文茂用力又是一下对上那胳膊，说行了吧？别碰这小姐，咱们喝。

"你还真厉害！"彭红叶由衷惊叹，"哪儿学的手艺？"

侯文茂不禁发愣。现在他信了，如果真没发生，彭红叶不可能编造出这种细节，很少有谁知道侯文茂会这个。侯文茂从小在乡镇卫生院长大，父亲是接骨师出身的土医生，早年曾打算让侯文茂子承父业，为乡人料理跌打损伤，以此谋生，所以侯文茂学有几手。要不是后来他弃父愿自己拿主意，哪会轮到今日来依法治市。

这时他才知道，当晚彭红叶彻夜未眠，始终守护在他的身边。

五

小雅歌厅出事后，侯文茂屏息静气，坚定不移，不说不问不打听。他心里却有一种忐忑，总觉得接下来可能要有大的麻烦。

彭红叶没有电话。她曾经声称一进派出所就会找他，这是说一旦出事她准备让警察分享她和侯主任间恩怨难辨的情感交往。如此声明的潜台词很多，含钳制要挟侯文茂的意味，难说纯为笑谈。这个人没有电话颇意味深长，暂时不想还是警察不让她打电话？她在警察手里吗？也许她漏网了，远远逃遁，例如去了中亚？如果是这样，似乎没有什么能够妨碍她跟侯文茂联系，继续其缠绵与想念，包括表达其仇恨。警察捣毁小雅歌厅之前他们有过一次意外重逢和交谈，很巧，也可以说很不巧。彭红叶可能因此认为警察的行动与侯文茂有关，她准备报复吗？是不是打算如她含蓄影射过的那样，把侯文茂跟她一起拖进泥沼？

此刻，泥沼的污水也许正在漫上侯文茂的脚踝。

侯文茂不吭不声坚守岗位。"依法办"的各项工作有条不紊地进行，没有谁注意到侯文茂已在暗中进入冲刺。他在办公室随意翻阅报纸，在各种会场上认真记录领导讲话，其实他眼睛里看的全是自己精心准备的东西。下班回家，侯文茂把门一关，诸事不管，只顾看书，每夜只睡四小时左右，用尽量多的时间努力学习，同时尽量做得不为人察觉。他还悄悄再次避居新店钟氏"别野"备考，当时招考笔试时间已经逼近。

有两件事接踵而至。

市政府办公室通知，副市长黄坚要侯文茂于当天下午三时到宾馆会议中心一楼会客室见他，有一项紧急工作要谈。黄坚让司机开车送，在规定时间赶到宾馆。小会客室里已经有人先到，两个，一为市文化局局长，一为市水土保持办公室的副主任。黄坚不在会客室里，他在一旁会议室，那里另有个会。

他们三人坐在会客室等待。都在市直机关工作，彼此都熟，不免互相打听一下。结果都一样，没有哪个知道黄老板找他们有何公干。侯文茂觉得挺蹊跷，三个人里，只有他这个"依法办"归属黄坚分管，另两位跟黄老板似无瓜葛。黄不管文化，也不管农林水，此间三人三部门彼此搭界的事不多，黄坚把他们拢一块儿干吗呢？

等了有十分钟，黄坚从会议室出来，进了会客室。

"都到了？"他问，"情况怎么样？"

三人面面相觑，不知道他问的是什么。

黄坚说，这几天他一直考虑，觉得要有一点新的办法。省人大刚刚修改了野生动物保护条例，文化部门能不能找几个人，给条例编几个小节目，或者写几首歌？让大家都来唱保护穿山甲，让电视台播，这样才能扩大宣传范围。水土保持办公室也可以提供一点素材，禁止捕杀大蟒蛇有助灭鼠，也有利于水土保持嘛。可以考虑一些观点，提供一些典型事例，这样来弄，推动法律宣传，有利于依法治市。

三人都没搭腔。黄领导一番重要指示挺怪，云里雾里。

"走吧，跟我到一号楼，有份材料给你们。"他说。

黄坚领他们三人走出会议中心大门，下了台阶。宾馆一号楼在会议中心斜对面，六七十米距离，中间隔着小停车场和一片绿地。黄坚走在前边，三位下属尾随其后，做不规则队形行进。途中黄坚回头看了侯文茂一眼，当时太阳直照，侯文茂戴上一副墨镜。黄坚伸手指："我看看你这东西。"

侯文茂把墨镜摘下来递给他。黄坚并没有试戴或遮阳的意思，他把该墨镜抓在手中，领着一行人进了一号楼大堂，然后把墨镜还给侯文茂。

他给他们各一份材料，是《依法整治市区人力三轮车的几条措施》讨论稿。这是市交通部门的一份会议材料，今天下午该会报到，地点就在本楼大堂。黄坚说材料拿回去看，有什么意见再说，现在可以走了。

三个下属站在那里看他离去，彼此瞅瞅，都觉得挺意外，尤其是那两个人。依法整治市区人力三轮车，与文化事业与水土保持实在关系勉强。水土保持办主任年龄与侯文茂相仿，不似文化局长城府深，他即扭头问侯文茂："黄市长今年多大了？"

侯文茂说有五十六七吧。

"他不是老糊涂了？"

侯文茂说怎么会呢。

他们走开。侯文茂心里已经大体有数。

他们从会议中心走到一号楼途经一个小停车场。侯文茂在那时曾稍加留意，注意到停车场紧靠道路的这一侧停着一辆白色面包车，车场里车不少，一辆挤一辆，一部普通面包车挤在里边不显山不露水，不留心还真注意不到。这车挂的是警务牌，车里隐约有人。黄副市长领他们步行的路线紧挨停车场，恰从该面包车旁经过。

侯文茂猜测今天的事情与野生动物无关，可能纯为一个指认过程，接受指认者为侯文茂等三人。这三人都是本市中层领导干部，警察认识诸位，无须费神相辨。车上负责指认者不是警察，是警察掌控下的人，多半是某类涉嫌犯罪者，他们与警察合作，要从走过去的人员中指认出相关人士，多半也是涉嫌者。警察当然不会大海捞针，把全市四五百万人一一叫来在宾馆一号楼门外停车场列队走过，只有已经进入警方视线者才会获此殊荣，这是常识。今天接受指认的几人都具有相当职别和身份，情况尚未明朗，不便如一般涉嫌者直接传唤到某地点接受指认，得用另外的方式安排。黄坚亲自出面，说明所牵涉案件绝非鸡鸣狗盗一类，是市里上层领导直接过问的要案，黄坚在政府里分管政法，所以由他出面安排今天的指认行动。

侯文茂明白自己麻烦来了。他肯定是涉嫌者，否则不会被请来在此散步，并摘下遮阳墨镜以除伪装。是不是彭红叶终于想起他了，给了他这个惊喜？也许她就在车上，准备指认侯主任。她都跟警察说些什么了？侯文茂左思右想，觉得眼下除开展依法治市相关工作，他还没有什么需要与警方特别配合的事项，他能不知道法律意义上何事可行，何事不可行吗？陪客人到小雅歌厅唱歌并不触犯法律，与某位冒用名牌洗洁精自称的彭小姐交往，法律一时还管不到。他一向很警觉，没做过其他什么，把他列入受指认者行列中有些奇怪，必有缘故。

侯文茂回到自己的车上，让驾驶员小陈开车回单位。这时他碰上了另一件事：办公室打来电话，说公安局通知让小陈马上去一下。

"你跟公安局怎么啦？"侯文茂问驾驶员。

小陈茫然，他说前些时候他小舅子跟一个邻居闹纠纷、打架，让警察拘留过。该不是这个事？这种事也找不到他头上嘛。侯文茂摆摆手说一会儿你去吧。

他声音平静，镇定。但是心中似有所动：怎么回事？连自己的司机也给牵涉到了？也要让谁认一认吗？车到政府办公大楼停下，侯文茂一看后边又一辆轿车过来了，却是黄坚副市长的车。侯文茂赶紧过去按住电梯钮，等黄坚到来。那时附近没有其他人，黄坚看了侯文茂一眼。

"有些奇怪，是不是？"他说，"以后我会告诉你。"

侯文茂点头，什么也不问了。这件事如果现在可以说，黄老板会告诉他。该领导公道正派，一向对他不错。当年"依法办"老主任因病去职时，黄坚就曾建议提侯文茂接任，未成，提了别人，当时黄坚一边找侯文茂谈心，要他坚持洗冷水澡，沉住气，"有些东西就那么回事，做一个什么样的人最重要"，另一边他还多方努力帮助，终使侯文茂得到一个助理调研员待遇。一年后主任另有高就，黄坚力主用侯文茂，这才有了侯文茂的今天。

侯文茂决定沉住气，走着瞧。当天深夜，一个电话打到侯文茂的家里，却是今天三位同案之一，市水土保持办的那位。该同志性急，比较沉不住气。

"你说这他妈什么事啊！"他在电话里骂，"你听到什么了没有？"

他告诉侯文茂，他已经想办法打听到了一些情况。这些日子市里挺不平静的，因为小雅歌厅，事情闹得很大，已有十数个干部受到牵连，主要是涉嫌参与赌博，以及嫖娼。小雅歌厅设有一排高档房间，对外称棋牌室，实为秘密赌场，一些有钱老板常聚集豪赌，亦有官员混迹其间，由某利益有关的老板请到这里打牌，赌，"玩玩"。输了有老板兜着，赢了全数带走。据说市交通局一位副局长曾一次赢得三十余万，陪赌的为一个施工队包工头。该局长不止玩钱，他还玩小姐，小雅歌厅备有数间装修豪华的休息室以供其用，由包工头安排并付嫖资。歌厅出事后，涉案老板和小姐交代出一些情况，提到了一些官员，案情已惊动省市领导，市办案部门悄悄安排指认涉嫌官员，今天他们碰到的就是这个。

"怎么他妈的弄到我头上了？"那人说，"我也就是去唱过几次歌。"

侯文茂开玩笑："你唱就唱了，怎么把身份、头衔、名字也唱了出来？没请哪个小姐跟你一起调研，关到小房间里退耕还林、搞水土保持？"

"我傻瓜吗？"那人说，"也不知是谁胡扯。我没干那些事，不怕小姐认我。"

侯文茂说小姐们很糊涂的。她们过夜生活，喝酒，纵欲，眼神可能特别不好，加上那地方光线也暧昧："你不怕她们搞误会了，抱的是别个，指的是你？"

"你这家伙怎么搞的？"那人叫，"非让我死吗？"

侯文茂不禁笑。那人反过来问侯文茂怎么回事，是不是也去过"小雅"？侯文茂说陪省里客人去过一次，唱唱歌，十点来钟就走了，没干其他。"依法办"不掌握什么权力，无从权钱交易，赌博嫖娼没有老板帮助买单，客观条件不具备，主观上清楚知法不能犯法，所以又清又白跟小葱拌豆腐似的。因此他觉得不是那回事。他正在认真研究《依法整治市区人力三轮车的几条措施》，准备按黄副市长要求，写一点意见呈交领导，促进依法治市。小雅歌厅的案子听起来挺严重，想来跟他没什么关系。

其实他心头发紧，因为今日之遇确属指认且与"小雅"相关，猜测得到了证实。

当晚他彻夜未眠，什么都丢在一边，不想，埋头学习。他的心理素质一向很好。

第二天上午，驾驶员小陈带着一男一女两个陌生人走进侯文茂的办公室。侯文茂忽然记起昨日，把小陈叫到公安局去的是这两人吗？他们干吗？警察，着便衣？

却不是。来客出示了一份材料复印件，竟是那报纸：《救命司机你在哪里》。

原来是记者，来自省城。他们很客气，说他们到本市核实一件事情，请当地公安部门配合，昨天找驾驶员了解了一些情况，今天特意登门拜访。他们给侯文茂看的那份复印材料上边有几行批示，他们因此而来。

原来事情闹出名堂了。省报登出的群众来信得到了一位省领导的注意，批示说这件事不大，反映出一种好精神，应当找一找这位好司机，宣传一下，提倡学习。媒体人士很敏感，觉得可做文章，便组织力量寻找该救命司机。新店那位青年农民有些稀里糊涂，当时光记得着急老婆要生孩子，没头绪留心其他，他告诉记者的线索只有两条：救命司机开的是一辆白色小车，车牌尾号好像是"32"。记者们通过公安部门帮助，在新店一带找这辆车，无果。他们有办法，居然调阅了附近国道收费站相关时间段过往车辆的录像记录，一辆一辆核对，找到了数辆尾号相符的白色小车。侯文茂开的普桑赫然在册。记者们查到本市，通过公安交警部门核对，得知所查轿车为"依法办"公用车辆。他们把司机小陈找去，得知那个时段小陈未往新店。录像上明明有，怎么又说没有？往细里一问，才知道原是司机在家睡觉，主任亲自开车。他们一听该主任的情况即兴致大起，因为青年农民夫妇提供的救命司机长相很模糊，却有一个印象很清晰很一致："那个人脸皮很黑。"

现在侯文茂插翅难逃。说来有趣，这边是警察和小姐认人，那边是记者和农民追踪，两伙人联手进攻，从不同方向一起打，天网恢恢，疏而不漏，侯文茂还往哪里跑。

他说明了情况，彻底坦白。救人的确实是他，小事一件，应当做的。两记者欣喜不已，说要立刻向上汇报，组织报道。侯文茂说谢谢，到此为止吧，他不想出这个名。记者说侯主任高风亮节，侯主任的意见他们一定如实反映。不过这件事已经受到领导的高度重视，现在他们说了不算，侯主任说了也不算，听领导的吧。侯文茂沉吟许久，提了条建议，说记者们的敬业精神让他很感动，这件事本来很小，已经过去了，实在没有必要做什么文章，特别是他本人一向低调，忽然碰上这种事很不适应，感觉尴尬。但是如果上级和媒体从大局着眼，打算借此促进社会风气尚好，他本人愿意尽量努力，加以配合。只是他希望别太急，这些日子他比较忙，忙过了之后再来从容面对，可不可以？拖个半个来月，二十多天，行吧？在此之前对外不提，怎么样？记者即表态，说这个好办，没问题，一个宣传活动，策划实施也需要一点时间。

侯文茂几乎感觉到某种天意。早先那天，他从后视镜上看到一个人冲出公路旁的沙堆求助时，他倒车，出于本能，没有其他考虑。那时哪会想到没多久会有一个礼物自天而降，在他可能需要特别防备，又特别需要为人注意的时刻。"猴有一个梦想"，梦想成真需要坚持不懈，也需要天助，尤其是在要害关头却有不祥风波突起之际。

几天后侯文茂前往省城参加考试，耗时两日，参与者黑压压一片，计二千余。走进考场和走出考场时侯文茂都对自己满怀信心。为这个机会他等待并准备很久了。对他而言这一回极其重要，没能破格提升，鱼跃龙门，至少也应引起特别注意以待来日。

在从省城返回本市的路上，一个电话挂到他的手机上，号码很陌生。

"预祝一下。考题凶恶吗？"

是彭红叶。安丽经理。她终于冒出来了。

"你在哪里？"侯文茂问。

"还能在哪儿？警察手里嘛。"

车上有驾驶员，说话得注意。侯文茂没吱声。彭红叶在电话那头笑了，说侯主任放心，她不会害他。当年侯主任为了当上侯科长，唯恐招惹是非，无情地拒绝一个无助女生的求援，让该女生从此坠入地狱。这位女生完全有理由报复，将侯主任拖住陪斩，为民除害，不知为什么她改主意了，决定帮侯主任进入天堂。这几天非常非常想念，但是女生忍住了，没有骚扰，唯恐影响侯主任的情绪，导致考场败北。

侯文茂笑，表情像是刚获得提拔。

"放心，我很坚强，心理素质很好，但是还要谢谢。"他说，"到哪儿找你呢?"

他断定安丽经理漏网了，否则不可能在电话里如此亲切。为什么别人被拘而她能逃脱? 也许就因为侯文茂曾经发出过警告，"依法办"主任，说话只当开玩笑? 因此她格外留心，如其自嘲早早收拾好东西，不是准备跟警察走，是准备开溜，所谓机会总是青睐有准备的人就是这个意思。一朝风吹草动，别人傻了，她屁股一拍从容离去。尽管跑是跑了，安丽经理继续守在本市想念侯主任却已经不再现实，小雅歌厅的种种作为肯定让她进入了警方的视线。所以她现在一定得考虑往中亚跑，或者更远。

"侯主任一定很纳闷，不知道自己怎么也会让警察怀疑了，是不是?"

"有这事吗?"

"别装。"她发笑，恋人发嗲似的，"蒋老板已经给警察抓了。"

就是人民银行的小蒋。那一天安排侯文茂和省厅刘主任到"小雅"唱歌的就他。此人原是"小雅"常客，小姐里好几个跟他有过事，其中有的唱歌跟锯木头似的，但是床上功夫很好。他被指认了。彭红叶说蒋老板品质不好，有拖欠小姐小费

的劣迹,但是把侯文茂拖进案子的不是他,因为那天侯主任在
"小雅"很规矩,连小姐都没摸,无懈可击。

"谢谢夸奖。"

她大笑,说侯文茂涉案全怪她。对付警察突然袭击本来她
挺有经验,去年她在四川碰到过一次,挺吓人的,但是她全身
而出,然后才跑到这里。不过那天在"小雅"她有点大意,一
些重要名片没顾上带,丢给警察了,其中有官员有老板,包括
侯主任。

侯文茂点头:"原来是这样。"

彭红叶说她心里很过意不去。她本来是想给侯文茂一个惊
喜的,不是羞辱和麻烦。为了表达自己的歉意,她决定登门检
讨。昨天晚上,赶在侯文茂返回之前,她特意乔装打扮,上门
拜访了侯文茂的妻子和女儿,致以亲切问候,侯文茂说过欢迎
做客的嘛。她对她们印象很好,当然还有些羡慕。

"你瞎扯吧?"侯文茂说。

她让侯文茂回家后问一下。她给侯家送去一瓶五粮液,声
称自己从四川来,因为一件事被人欺负了,找到侯主任的"依
法办",得到侯主任的帮助。特意感谢。她提醒侯文茂给那瓶
酒做个记号,别喝。该瓶原装物已经让她喝掉了,灌的是劣质
酒精。

"我跟侯夫人说我叫马丁。"她笑，"马丁小姐。"

侯文茂"啪"地用力关上电话翻盖。

六

当年，侯文茂一行数人在清涧漂流训练中心被假酒放倒，幸未出大事。约半年，他们再次光临清涧，还是那几个人，包括彭红叶。

侯文茂升职了。本来煮熟的鸭子已经展翅飞翔，丢下侯文茂悻悻然洗冷水澡加强心理素质，哪想忽有贵人相助，半空中又落下了若干鸭肋鸭爪。难得黄副市长关怀，助理调研员虽不算领导，却有级别，也是提拔。当初侯文茂很郁闷，朋友们拉他到清涧郊游并误食毒酒，或假酒。此酒看来效果不错，侯文茂大难不死，真有后福。升职后朋友们要他请客，他一口应允，说再去漂流吧，还是那些人，一个不多一个不少。

时已入夏，气温水温适宜，漂流运动吸引许多游客，溪流里餐厅中到处是人，乱哄哄，不似冬日那般萧条，却也不如冬日那样清静。那一回被侯文茂于醉中卸下胳膊再予重装的主人还在，此人不计前嫌，见到侯助理一行特别高兴，盛情准备了晚餐，包括酒水。因为有过教训，这一回客人们自带酒水，每一瓶酒都有可靠出处，以免再次全体休克，劳累美丽的彭小姐竭尽全力奋抬活尸。

那天大家玩得比较节制，包括饮酒。侯文茂这类人总这样，郁闷时比较放松，得意时比较拘谨。此刻需要注意影响，所以那顿饭实不如当初假酒好吃。大家都比上一次喝得少，只彭红叶例外，当初她没喝贴胸酒，今天没人请她贴胸，她喝得很自觉。这人有酒量，会来事，她带来一把二胡，席间数度应邀自拉自唱，毕竟专业出身，水平很高，场上气氛因她生动了许多。

饭后，主人在训练中心大楼前的场地上摆几张靠背椅，让大家喝茶、聊天、乘凉，天气很好，星空灿烂，山野晚风习习，特别凉爽惬意。侯文茂跟彭红叶聊，忽然提出一个建议。他说彭红叶可以考虑找大一点的空间。彭红叶这样的素质和悟性，有了这么一段从业经验和积累，待在本地挺屈才。本市旅游业基础弱，身量小，条件尚差，机会也比较少。就本省论，省城那边机遇多得多，但是要跟彭红叶的老家云南比又不是一个档次了。云南是旅游大省，得天独厚，其机会和天地与这边不可同日而语。

彭红叶笑笑，说侯助理什么意思啊？官升了，胆小了，赶我打道回府？

侯文茂说也不是这样。彭红叶真是回去的好。愿意的话，他可以帮助想点办法。

"说实在的我早想走了。"

"那就走嘛。"

"就是有些东西割舍不下。"她说,"侯助理像是希望我走,很迫切?"

侯文茂说也没什么迫切的,随便说说,为彭小姐谋划未来。

"恐怕是为侯助理自己谋划未来吧?"

"也是。"

那会儿一行几个人都挤到广场另一头,凑一块儿讲段子,哈哈哈一片笑声,广场这边就剩他俩聊天,不必防备哪个偷听,可容他们耳语般密谋未来。侯文茂对彭红叶说,今夜真美好,跟彭小姐一块儿聊天真是愉快。但是他如芒在背,就是说像刺扎在背上。上回在这里误食假酒,被彭红叶强制洗胃并彻夜照料,那以后就不好了,他总是时不时想起美丽而危险的彭小姐,搞得心神不宁,惶惶然不可终日。

"有那么严重吗?"

"稍微夸张了点。"他笑道。

他跟彭红叶讲起自己的父亲。他父亲在乡镇卫生院当医生,因为是接骨师出身,非科班,地位很低。侯文茂为什么不愿子承父业学医接骨？因为他痛感父亲的卑微，他曾亲眼见到自己的父亲遭受一个年轻小子训斥，就像儿子被老子训斥一样。那年轻人毫无本事，就因为有背景当了卫生院副院长。侯文茂因此发誓要出人头地，当领导掌实权，管住院长、副院长这类小子，绝对不像父亲一样屈辱。所以他不学医学、法律，不当律师当公务员。父亲对他很不理解，当年父子俩曾大吵过几场。

"明白吧？'猴有一个梦想'从这里来。"侯文茂对彭红叶说，"早先的想法其实很幼稚，如今现实多了。类似我这样的人想出头不太容易，先天不足，后天不利，呕心沥血，事倍功半，有时想来很丧气，真不如跟老头子给人接骨去。毕竟欲罢不能，已经走上这条路，不走下去不就前功尽弃了？"

彭红叶笑道："说得好可怜。最大限度争得同情？"

侯文茂点头，说可不是，他曾反复思忖过怎么才能感动彭小姐，这很重要。他的情形有时想来真是挺丧气，但是他从不放弃，总是坚持不懈，不管前景如何模糊。因为他知道一旦放弃自己真就完了，什么都没有了。经过多年努力，他在一片混沌中似乎看到了一线希望，遇上了黄老板，贵人，好领导，差强人意他有了一个新起点。但是这很脆弱，一不留神就会化成泡影。眼下他很为彭红叶担忧，出于过去那些事他对彭红叶怀有内疚，又怀有感激，他发觉自己正在越陷越深。这样下去恐怕不行。

"其实没这回事。"彭红叶说，"你这人我早看透了。"

他大笑，说他倾诉衷肠，这么强烈这么有冲击力，效果这么差啊。

当晚一行人再次留宿训练中心客房，同上回一样，只是缺了毒酒的魅力，显得比较平淡比较乏味。半夜里彭红叶敲侯文茂的房门，说她睡不着觉，在这个美好的夜晚，特别想听侯助理继续倾诉衷肠，他太有冲击力了。侯文茂还没上床，在看电视，他说看起来咱们彼此想念的程度差不多。夜深人静，那几个都睡得死猪一样，神不知鬼不觉，咱们不做点什么怎么行，哪再找这样的机会呢！

彭红叶穿一条新裙子。她说这是法国名牌时装，问侯文茂她穿这裙子漂亮吗？侯文茂说应当是裙子因人而漂亮。彭红叶让他猜，她裙子里边还穿着什么？侯文茂说这个问题很好猜，但是猜起来压力很大。彭红叶问他怕什么？他说主要是经费比较困难。他一向惧内，每月工资尽数交妻子掌握，养家糊口，所余不多。他的单位有事没权，不来钱，所以他私藏无几。估计个人小金库满打满算至多能有两千。

"到时候你向我要六万，我上哪儿找去？找钟声？"

彭红叶说："你还真以为啊？"

她把裙摆一掀，里边并非一丝不挂，也不是什么意大利名牌透明女内裤，却是今天她一整天都穿着的牛仔短外裤。她是故意把新裙子直接套在外边。她说侯助理挺意外的吧？自尊心有些伤害？自作多情了？王八蛋！

不多久她离开本市，消失不见。

她没跟侯文茂说。她离去的消息是梁平告诉侯文茂的。梁平到市政府办事，找侯文茂喝茶。侯文茂注意到老友情绪不佳，似有烦恼。问他怎么回事，他语出惊人。

"人真不能陷进去。他妈的。"

这家伙陷进去了。陷哪儿了？彭红叶的裙子下边。侯文茂不是早交代过，让他别欺负她，他还真没欺负她，但是喜欢上了。这姑娘要淑女很淑女，要疯很疯，处事干净利落，场面上流光溢彩，傲慢时拒人于千里，来事时风情万种，让人没法不心动。她唇角那个小黑点不是什么美人痣，那就是个迷魂豆。

梁平说他这些天吃不下睡不着，快崩溃了。侯文茂这才知道彭红叶突然辞职离去。她特别交代别跟侯文茂说，称自会跟侯文茂解释。彭红叶的辞职缘由是父亲病重，可能不久于人世，她离家多年，欠父母养育之恩，现在得尽一尽孝道。梁平说，彭红叶父亲病重是真的，前些时还曾请假回云南看护过两星期，她为尽孝而辞职却是托词。本来没听说她要走的，不知为什么突然就辞职了。梁平估计她可能是去了广东，半年前她带一个旅游团组到泰国，在酒店里偶遇一个五十多岁的香港商人，老家伙竟给她弄得神魂颠倒，此后极力纠缠，提出用重金包她，让她跟他到广东，他在东莞办有工厂。梁平估计她是投奔老家伙去了。当初得知老家伙追她时，他曾极力劝说彭红叶不要与之来往，彭红叶说来往怎么啦？"我家里要钱，老总能给我多少？"

彭红叶家居滇北一个偏远县城，父母都供职于县剧团，父亲拉二胡，母亲是演员，生有一男一女，彭红叶是老大，从小聪明伶俐，倍得父母之宠。这些年地方演出团体不景气，父母收入很低，还得供彭红叶的弟弟上学，家境颇艰难。不幸其父嗜酒，患肝病，前些年动过一次大手术，家中负债累累。彭红叶在外任性叛逆，没有她不敢做的，在家却是孝女，对父母最放不下，曾说世界上只父母对她真好。

梁平问侯文茂是否知道彭红叶家里的情况？侯文茂说他没问过。他把这姑娘推荐给梁平是受朋友之托，姑娘身上有些东西让他捉摸不定，因此他比较小心。

"如果她跟你联系，拜托你告诉她，让她给我一个电话。"梁平说。

侯文茂道:"你还是把她忘了好。"

侯文茂不吭不声给钟声打了个电话,询问彭红叶的家庭地址。钟声曾被迫给她父母汇过六万现款,凭据应当还握在手中,他学法律,知道保留证据之重要。侯文茂告诉钟声这姑娘已经离开本市不知去向,却有一些未了事宜需要与其联系。钟声即叫:"你让她敲上了?"侯文茂笑,说看起来他还是漏网了,很惭愧。

他给彭红叶的父母汇去一笔钱,不多不少,两千,他曾声称自己可支配的就这么多。寄款人栏里他填了"马丁",灵感来自"我有一个梦想"。请马丁先生代为致意,聊表慰问,谢谢彭小姐善解侯助理心意,远远遁走。他不欠她,为她做很多了,本来他可以什么都不做的。彭小姐应当心里清楚,今后各自珍重,不必彼此想念了。

数月之后梁平落马。一次例行财务检查发现他的旅行社有大额款项去向不明,梁平无法做出合理解释,被停职,后逮捕。梁平供认自己挪用大笔公款,先后为数位情妇购买高级时装、化妆品和钻戒首饰以讨欢心,并曾携情妇到东南亚各国游玩,一起观看色情表演,出入赌场一掷千金,其情妇之一就是彭红叶。

警方曾试图找彭红叶取证,没有找到。这并不妨碍梁平挪用公款事实的认定。最后梁平被判十五年徒刑。

然后侯文茂收到了一张汇款单，二千元，从四川来，汇款人马丁。过了两天，销声匿迹、深潜多时的彭红叶浮出水面，履行其诺，亲自给侯文茂打来了一个电话。

她问侯文茂是否收到了汇回的款项？她说，谢谢侯文茂破产助人。知恩图报，她现在有钱了，本想给侯文茂汇六万以表感激，也聊补侯文茂的经费困难，让他考虑跟小姐上床时后顾无忧，不必太坚强。担心这会让侯文茂感到尴尬，只好作罢。她知道梁平已经判刑，警察已经不再找她，这时候给侯文茂打电话，应该不会让他为难。

她提到梁平，说梁总很吃亏的。他好色，与多位女子有染，打她主意很久了，一直想方设法对她示好。她对梁平说她喜欢领导，但是不跟领导上床，因为抱住自己的领导挺别扭的，怎么想怎么怪。而且不好向侯文茂交代。事实上她对梁平的情况有些了解，担心他和公司可能会出事，要不是另有牵挂，她早离开了。梁平对她很有耐心，可能认为下属好玩，迟早是他的，哪想突然让她给跑了。

"实话说我对他没兴趣。那边我只喜欢一个王八蛋。"

侯文茂问她情况怎么样，在云南？四川？还是广东？她说到处跑，现在在四川，跟几个朋友一起搞旅游公司，情况不错。这里天地很大。

"只是很想你啊。"她说,"侯助理总在我梦里。"

侯文茂笑道:"欢迎彭小姐常打电话。但是别回来刺激警方,依法忠告。"

"你就这样让我报答你吗?"

侯文茂说没什么需要报答的,不记仇就行了。

后来他们时有联系。彭红叶过得好像不错,经历和交往都很丰富。她父亲已经过世,母亲跟她一起生活,其他情况不明。

这年深秋,侯文茂到重庆参加一个业务会议,当时他已任市"依法办"主任。有天黄昏他在客房接到彭红叶的电话,两人东拉西扯。彭红叶忽然问侯文茂此刻在哪儿?忙些什么?侯文茂说他下乡,依法开展村民自治组织选举。彭红叶说听声音好像不对,骗人吧?侯文茂说哪会呢,他对自己的心理素质很有把握,说什么听起来都绝对正常。

有人敲门。侯文茂抓着手机过去开门。门外站个人,竟是彭红叶。

她大笑,美人痣雀跃不已。她说这叫于作案现场捕获,捉住时还没穿上裤子。

那回也巧,彭红叶往侯文茂办公室挂电话,得知他出差去了重庆。当时她恰带团在重庆。这人厉害，打几个电话就搞清了侯文茂会议所居酒店，然后找上门来。她故意先在走廊上用电话试探，断定侯文茂不会告知行踪，果然，弄得侯文茂一脸的尴尬。

"难道我真有那么可怕？"她问。

侯文茂说一年多没见，彭小姐是更漂亮了，哪会更可怕呢？他没说实话只是不想让彭小姐费心操劳。彭红叶说如此看来侯主任很勇敢，没害怕，挺好。因为业务的关系，重庆她常来常往，顶半个主人。难得重逢，她要尽地主之谊，免费为侯文茂当一回导游，陪他玩几天，不叫报答，叫随缘。侯文茂说好极了，只是他这个会已经差不多开完了，明天主办方安排参观游览，他已经买了后天的机票离开。所以感谢彭小姐热情相邀，以后吧，来日必有机会。彭红叶说喜欢侯主任怎么这么费劲？这一次是天作之合，跑不掉的。跟着大队人马走没意思，她为侯文茂单独安排。机票就更改一下吧，她来办，她搞旅游，这种事小菜一碟。她带的那个团已经登机走人，有几天空闲可用。侯文茂说他得考虑一下劳累彭小姐是否有悖法律精神。彭红叶说那些事情回去以后再考虑，这里有人认得猴子，没人认得侯主任。别总做贼似的担心有谁在后边盯着，尽管放松玩，侯主任一生中这样的机会不可能太多。

"你看我立刻就动心了。"侯文茂做无限向往状,"可是单位有事得赶回去的。"

她说:"少来这一套。得让我高兴,别让我恨你。"

她说小心她为民除害。侯文茂年轻能干,身强力壮,心理素质好,还有一个梦想一心往上爬,因此坚强无比,不惜让他人蒙受伤害,真是黑。今后不知道还有多少人要被他伤害?他要爬到顶了肯定什么都敢,祸国殃民,所以应予除掉。侯主任以为逃之夭夭就行了?尽管走,她立刻就去买机票,跟到他的"依法办"去为民除害。

于是相携一游。彭红叶借来一部轿车,崭新的宝马,用那车带侯文茂游览山城。她说车是一个老板的,她朋友,列于相好人士名单中。那天他们走了很多个点,彭小姐果然专业,情况了如指掌,解说驾轻就熟,饭也吃得格外有特色。黄昏时他们在一个温泉村的餐厅吃豆腐脑,彭红叶一招手,佐料一摆一桌,几十个小碟,样样精巧别致,侯文茂说奇了,彭小姐简直妖怪。吃饭间下雨了,雨声哗哗,彭红叶说情调真好。

他们撑一把雨伞走过温泉村鹅卵石铺砌的小道,侯文茂打伞,彭红叶拎着两人的包,紧偎着他躲雨。这个时段里客人不多,彭红叶带侯文茂四处观赏,看了温泉泳池,健身浴房,来到一个豪华洗浴区,这里一幢幢单体建筑造型各异,内为浴池，外边绿竹连片。他们走进竹林中的一座木屋，彭红叶说侯主任今天跑累了，洗个温泉澡吧。侯主任喜欢运动会游泳，总在冷水里游，温泉里游过吗？

侯文茂说看看行了。知道怎么回事了，走吧。

彭红叶突然出手猛推，侯文茂猝不及防，和衣落水，被推入温泉池中。

她真疯。她大笑，把两个包往躺椅一丢，衣服也不脱，"扑通"一下跟着跃入水里。

第二天，侯文茂未按计划返回。

七

招考笔试情况公布于省报，各职位笔试前十名者入选，公布时以姓氏笔画为序。侯文茂在所报职位中排第五。当天就有消息灵通者告诉侯文茂，说你这家伙厉害，总分第一，状元！你是怎么考的?！

侯文茂说肯定是搞错了，哪有那本事啊。本不想凑热闹，经动员报名。报了就得考，凑合着找几本书看看。这一段事情不少，依法治市，连野生动物都得保护，有心好好学习，没空认真看书，因此挺发愁的，怕考太差丢面子，让领导有看法。报纸上名单一出来，第一个感觉就是笑话大了，可能是搞错了。

其实他心里最清楚。心血没有白费，他要的就是这效果，不声不响，一鸣惊人。笔试过了还要面试，面试靠什么？心理素质。这是他的强项。只要不出意外，进入面试前三名应当有把握。此后的程序是考核，查查侯某人表现怎么样，八小时以内是否尽职，八小时以外有无劣迹，这一方面本无烦恼，偏偏冒出个安丽，加上个"小雅"，情况变得格外复杂，足见他这样的人做做梦可以，真要想不易，难度超乎常人，得特别坚强，特别坚持不懈，最大限度经受考验。所幸老天爷也不纯粹找茬，人家另有厚爱。

侯文茂给省报记者打电话，说本周星期六他恰有时间，可以到新店镇去一下，看看那对农家夫妇，还有他们的孩子。那几天记者跟他不断联系，说找到救命司机的事项已经告知农家夫妇，他们迫切希望登门感谢。侯文茂猜想记者们也许还别有目的，就是让当事者来亲眼确认一下，万一搞错了，让这位黑皮侯主任欺世盗名，笑话真就闹大了。侯文茂只说别急，他来安排时间。现在时机成熟了，可以安排见面，请他们在报纸上说说他的故事了。梦想有时需要故事，必须说得恰是时候。早的话没把握，如果他在笔试败北，没戏了，再多的故事有什么用？晚的话黄花菜凉了，要它干啥？

　　前往新店的前一天，星期五下午，侯文茂到市宾馆会议中心开会，会中悄悄离座，乘出租车到了市东郊的鑫悦住宅小区。时有细雨，他却戴上太阳镜。鑫悦小区人称富人区，有大片绿化地和数幢高层住宅。小区外有条小街，开有各类店面。侯文茂在一间卤品店买了些熟食，进小区上了南侧一座高楼，直上十五楼，敲开一座住宅房门。

　　彭红叶藏匿于此。该住宅的登记主人为某公司老板，目前归彭红叶使用，具体情况未详。她在这里不叫彭红叶，也不叫安丽，没有人知道她的来历。这些日子里彭小姐紧锁门户，关闭手机，除了某一夜忽然乔装出门去给侯主任家送假酒，行事有如疯子外，她天天躲在屋里吃方便面，举止正常。这天下午她用住宅电话找侯文茂，想要几根鸭脖子，是卤品店的那种。她说下雨了，很想念重庆温泉村里的豆腐脑。

　　侯文茂知道她又在独自喝酒，方便面不下酒，不如卤鸭脖子味道好。

　　侯文茂给她送来了一袋卤品，还有一串钥匙。侯文茂说，一切都安排好了，明天下午动身。明天他到新店办事，陪省里两位记者。出发前他会给彭红叶挂电话，途经小区时他会让驾驶员在大门外暂停片刻，买矿泉水，然后再走。彭红叶开她的车尾随，全程约七十公里，其中五十公里高速。到新店后，他的车会在别墅区大门外再暂停片刻，示意目的地。彭红叶尽管从大门口进去，找相关别墅。有车库，钥匙都在。

彭红叶歪脖子看他，唇角小痣全是讪笑："侯主任你就是这样依法治市？"

侯文茂说这个好解释。他不清楚彭小姐是否涉嫌违法犯罪，如果是，他建议彭小姐自行投案自首，与警察合作，争取从宽处理。如果她仅因为受聘小雅歌厅，有些牵连，不想招惹麻烦，只要执法部门未确定她为嫌犯并通缉她，她藏在这里啃鸭脖子并不违法。当然她要走得远远的最好，至少别在本市地盘上晃悠。从以往的记录看，让她走开，肯定有利于净化本市法制环境，让本市执法部门和人民群众少点麻烦。

她大笑，说难得侯主任还能说得这么法律，这么有道理，这么一本正经。她觉得自己极有成就感，因为能够挽着这么大一个"依法办"主任一起游走在法律的边缘。

事情就这么确定下来。彭红叶离开这里，避居新店，安丽经理可以充分享受自由，那里没人知道小雅歌厅。彭红叶没到过新店，需要侯文茂带路，侯文茂专程向导太引人注目，他特意安排到新店办事，不知不觉、不声不响这么捎上最好。别墅那边很安静，什么都有，包括酒，环境很好，住个十天半月没有问题，不会有人打搅。该别墅常有彭红叶这样的青年女子出入，周边人见惯了，不会多管闲事。

彭红叶大为惊讶："是个风流窝？你行啊！"

侯文茂说不是，他是临时借用数月。别墅主人是钟声。

"狗屎？"

"他是新店人。"

"我不去狗屎窝。"

这人就这样，感情用事，疯，不讲理，没逻辑。本来说好了，一听别墅主人是钟声，她不干了。侯文茂说这有什么呢？难道是旧情难忘？不走还留这里干什么？准备见警察？彭红叶又是那句话：打电话，叫警察来吧。

"我第一个字就卖你，提供确凿证据。"她笑，"让你的梦想到此为止。"

侯文茂也笑，说这句话挺刺激，特别在眼下这个时候。他自己有时想来也觉得特别有意思，真是机会与挑战并存，机会越大挑战越大，什么都凑一块儿了。好在他心理素质不错，很坚强，因为"猴有一个梦想"。梦想使人坚强，梦想还使人坚持不懈。轮别个早就垮了，他不会垮，克服一切困难奋勇前进，还能走几步就再走几步，坚持到底，直到彭小姐用确凿证据把他卖掉，走不下去了为止。

彭红叶说侯主任别那么悲壮。多伟大啊！其实充其量那就是一个猴的梦想。猴的梦想是什么？当猴王，威风凛凛掌管猴群。侯主任就这回事，跟他用英文学着演说过的东西不一样的。马丁什么金先生虽然长得黑，人家的梦想倒跟猴子相距较远。人家想些什么？让黑人与白人有如兄弟姐妹，实现人人平等。

侯文茂说，彭小姐真是酒一喝脑子特别好。人确实应当跟猴有些区别，但是人其实也是猴子，人的梦想与猴的梦想之间有何关联？这课题很大，很深奥，很复杂。彭小姐还是先把东西准备一下，新店很安静，特别有利于思考。那里不远，比较隐秘，他很快地就会找时间去看望她，一起探讨类似课题。那里很好，不必戴太阳镜。

但是不行，无论怎么说，彭红叶咬定了不走。她说她决定就跟侯文茂过不去，看他有多坚强。侯文茂力气再大，能把她胳膊、腿卸下来扛去狗屎窝吗？侯文茂说过"如芒在背"，她发现自己最喜欢的其实就是这个，让侯文茂如芒在背。

她真是爱上了。

"你那个家庭多幸福啊。坐沙发上陪客人说话的为什么不是我？你太太比我高，可有我漂亮吗？你女儿多阳光啊，为什么我女儿不该这样阳光？"她说。

侯文茂说，彭小姐首先应当考虑找一个正经人家把自己嫁了，然后才能考虑生一个女儿。彭红叶即冷笑："你怎么知道我没有女儿？你太太能为你生，我就不能了？"

侯文茂站起身往外走，说行了。明天下午动身，到时候会先打电话来的。

彭红叶大叫："你站住！我要喊了！"

侯文茂问她怎么了？喝多了吗？变出个女儿不够，再骗称一个儿子？她一声不响走到桌前，打开抽屉拿出一样东西，递给了侯文茂。

是一张照片，一个女孩的大头像，很漂亮，有一岁多模样。

她说女孩变不出来，只能生出来。侯文茂不觉得女孩跟他有些相像吗？她为什么忽然会从四川跑来找侯文茂？因为这孩子，她想奉献给侯文茂的就是这个惊喜。重庆那几天没白费劲，当时她忽然想要个孩子，她母亲总要她嫁人，生一个。她知道自己心理素质不行，她的孩子不能再有这个缺点。所以要侯文茂，她真是爱他的。要是不够惊喜，可以做 DNA 检查，保证证据确凿，足以为民除害，让侯主任身败名裂。

"胡扯。"侯文茂道，"当时你说安全，吃药了。"

"骗你的。不能让你压力太大，你一怕又会变成个王八蛋。"

"我才不信。"

侯文茂抬手一撕，当场把照片撕成两半，再撕成四片，丢在沙发上，什么都没说，掉头走开。没等他走到门边，彭红叶就从身后扑过来，侯文茂只觉右肩一麻，赶紧回身抵挡。彭红叶手中抓着一只水果刀，用那刀子刺侯文茂，有如当年她刀扎钟声。不同的是宾馆的水果刀很钝，眼下这把刀开过刃，足以杀人。侯文茂忍痛抢刀，右手抓紧一别，把彭红叶的手掌和刀扭到身后，但是刀没夺下，因为右臂伤处痛，无力。彭红叶大声喊叫，抬脚往后踢，侯文茂左胳膊一勾勒住她的脖子，这胳膊未受伤，强劲有力，得益于多年的运动锻炼。彭红叶拼命挣扎，指甲如猫爪深深掐进他的小臂。

"家得！家得！"她嘶嘶叫唤。

忽然她的刀子掉了。侯文茂手一松，她整个儿瘫在地上。

好一会儿，侯文茂才明白发生了一件什么事。

他在屋里静静坐了许久，眼睛看着窗外，地上的彭红叶已经僵硬。

他起身离去，时夜幕初起。他在地下车库里找到了彭红叶的奥迪车，开着车门。半个小时后他把车开回了停车场，从后座上提下一个大旅行袋。里边是他在超市里买的东西，包括钢锯、刀子、牛皮纸、编织绳、橡胶手套、洗涤剂等物品。他悄悄回到十五层那套住宅，一直待到深夜。午夜前他开车出了小区，出城往南，迅速开上高速公路。奥迪车的后排上叠放着大小不一、长长短短几个厚重纸包，都用牛皮纸仔细包好，外衬数层防水厚塑料纸，整整齐齐捆扎着编织绳。

这是彭红叶。准确点说，是前彭红叶的各有效组成部分，它们已被适当分解并分别包装，该活动工作量很大，倍需技巧和体力，不像写小说那般简单。侯文茂做得紧张有序，整个操作过程周密细致。数小时忙碌期间，他强使自己不想其他，片刻不停，有条不紊，直到结束。没有恶心。当年他家很贫寒，住卫生院后排一间黑屋子，旁边就是停尸间，他从小看过许多死人，包括超生人流的死孩子。因为种种原因他从小熟悉人体结构，他见过实习医生解剖死尸，在他家旁边卫生院后院的一个小厅里。

他采用了最快捷的处置方式。远远驶出本市地段后，他开始丢弃车载纸包，选择地点均为高速公路跨越河流的桥梁。他在桥上停车，看准前后无车时迅速行动，开车门弃物件。每一条河流扔一个，准确扔入水中。纸包分别系有重物，可保证一段时间里该物件沉于水下。黎明时分他到达省城，纸包尽弃，神不知鬼不觉。

他在一个路边店略事休息，打开彭红叶的手机查看她的短信记录，挑出其中几个联络频繁者的号码，用彭红叶的口吻发去一条短信，说歌厅这边有麻烦，她不待了，现在正在机场，跟朋友一起到哈尔滨去。可能有一段时间不联系。发完短信后他立刻关机，返回途中把那手机扔进一条河流里。在省城他还去了一家邮局，把彭红叶身上钱包里的现金给她母亲寄去，计五千元。他让一位在邮局寄特快专递的学生姑娘看他右手上缠着的"一贴好"胶布，说自己手上有伤，抓不住笔，烦请姑娘帮他填写汇款单，并以彭红叶名义留言，说她到东北后再跟家里联系。出邮局时他忽然发蒙，在那门口呆立了好一会儿，怅然若失。

他想起彭红叶说的女孩。他还想彭红叶最后嘶叫的那句话："家得！家得！"她在叫谁？或者她想告诉他什么？一路上他一直想着这个，在邮局门外他突然意识到自己可能听错了，彭红叶不是在呼唤谁，她可能是在说："假的！假的！"没有那个孩子，没有所谓的惊喜。在最后的关头，她竭力想告诉他的就是这个。

后来他才知道彭红叶果然没有孩子，她弟弟有一女孩，时近两岁。

他驱车赶回本市。他没想到自己还要遭遇又一重惊险：出省城不久，有一辆高速行驶的越野车在他前方因超车失控，撞到路中护栏，弹到路旁，翻倒在路坡上。侯文茂赶到出事车辆旁，里边的人已经爬出来，两个人，满头满脸的血，坐在地上向他招手。侯文茂本能地踩刹车，把车停在路边。

他抓起手机，赶紧开机报警。今日情况特殊，无法多帮忙，报警后他即驶离。

除了这个意外，没有碰上更激动人心的事项，后来的一切都按计划进行。赶回本市，悄悄把奥迪车停回原处，戴着太阳镜走出小区。省城的两位记者在约定时刻到达。下午一起前往新店，"救命司机"被青年农民夫妇一眼认出，场面相当感人。

只有一个插曲稍显意外：记者让侯文茂抱抱青年夫妇的男婴，想为救助人和得救者拍一张照片。侯文茂伸出胳膊，又缩了回去。他举起右手，示意手指头上的"一贴好"胶布。他说前天宰鱼，意外被鱼刺刺伤，现在有些痛。他担心伤处感染了某种病菌或者病毒，不能用它碰孩子，婴儿多可爱，人之初纯洁无瑕，别让他的手给污染了。

他在那时忽又发愣，呆了片刻，怅然若失。记者问他怎么啦？他摇摇头，说得很含糊，表情很无奈："哎呀，那手机。"

这时他才意识到自己犯了致命失误，无可挽回。数小时前他决心一搏，力争抹掉痕迹，逃避法律制裁，千万中求一。尽管知道成功可能渺茫，却不甘心如此了结。不到最后怎么能够放弃？还应坚持不懈。他在省城与本市间来回，开着来历不明的奥迪车拼命跑了趟马拉松，没露出什么马脚。他细心而有效地采取各种隐蔽手段，似乎这段时间里他哪儿都没去，只待在自己的城市等待记者从省城前来会合，然后一起前往新店。一切做得天衣无缝，他却在急切中疏忽大意，自己暴露了行踪：一出门他即关闭了手机，在省城外围突遇车祸伤员求助时他想都没想，凭一种本能开机报警，有如不久前他在新店为他人提供救助。他的行踪已经被准确存留于移动公司的记录里。

他明白自己可能将需要解释这一记录。一旦如此，他差不多已经无可逃遁。也许他还需要解释另一些更为复杂的问题。他是一个人，还是一个猴？诸如此类。

侯文茂咬紧牙关，一直坚持到最后，如他跟彭红叶说过的一样。他去参加了面试，成绩没有预料的理想，排在本职位第三，分数与第二位离得较远，与第四位非常接近，差一点儿在此环节被淘汰出局，不过还是入了围。考虑到他做下的大案和他对自己结局的忧虑，如此成绩已属不易。他的意志果然坚强，心理素质确实不错。

在非常接近目标的时候，他看到警察向他走来……

//疑点重重//

一

　　据我们调查，这两个人原本不认识。他们第一次见面在郭志同的办公室，当时两人并无出格之举。他们认认真真握手，郭志同说："认识你很高兴。"

　　我们相信该同志不全是外交辞令，他应当是有些高兴，大概从初次见面握手那时起就对米欣有了兴趣。以我们观察，郭志同这人比较挑剔，所谓"品位较高"，如果你是个女孩，你就得努力长得漂亮一些，显得智商出众一点，否则要让他认识起来很高兴得多费不少劲儿。郭志同本人长得挺清楚，瘦长，帅气，衬衫领子永远干净挺括，他喜欢身边围着许多人，如果里边有一些女性年轻、漂亮、聪明，他会显得格外精神，说话声音更为洪亮，笑起来更为灿烂，比平常更为机智风趣，有如一只公鸡抖擞才艺，咯咯发声，不停打转，在小母鸡面前努力展现其色彩斑斓的羽毛。

米欣肯定不是郭志同见过的最漂亮的姑娘，但是给他印象显然挺好。这女孩秀气，懂事，秀气就是好，懂事更难得。如今电视里疯疯癫癫、跳来跳去的多是些傻妞怪女，米欣不一般，她特别沉静，话不多，与其年轻俏丽正成对照，可能就是这一点让郭志同有感觉。

他说："小米不错。"

把这两个人拉在一起的也是个女子，她叫蒲思陶，从省城来，头衔是省行政学院副教务长，大约也就三十五六岁，跟郭志同相仿，风韵犹存，身份特别。郭志同和米欣都管蒲思陶叫"蒲老师"，这有来历：郭志同几年前曾在省行政学院读过在职研究生课程，当时蒲思陶是班主任。因此蒲老师年纪轻轻，已经有些倚老卖老的资格。她对米欣说，小米，你别管他郭志同什么领导，他就师兄吧。当年在学校大家开玩笑管他叫郭同志，那几年一到考试郭志同郭同志从早到晚追着我，巴结极了，总想让我给他们透点题。郭志同你自己坦白。郭志同笑，说搞题目不是关键，主要的还是想找机会亲近蒲老师，我们班百分之九十都是男子，男子中百分之百单恋蒲老师，我是班长，代表全班同学，单恋得尤其厉害。可惜蒲老师不给机会，总把郭志同同志拒之门外，从不开恩，让人家自尊心特别受伤。郭志同真会给女士把脉，说得蒲思陶咯咯咯乐，像抱窝的母鸡。米欣在一边只是听，不插嘴，微笑，坐得笔直，很得体。

　　那天晚上郭志同请两位女士吃饭，让政府接待科安排。郭志同在席间对蒲思陶说："蒲老师放心，小米就交给我们了。"后来我们核对，他的确是说"我们"，并没有把美丽的小米装进米袋单独拎回家熬粥独享之意。米欣是蒲老师手下经济学高级研修班的学员，这个班二十余学员，在职干部脱产研修性质，学制两年，其中第二年安排到基层挂职，边实践边研修边完成论文，并定期回校集中开展教学研讨活动。米欣被安排到本市，到盘山镇任镇长助理。本市是县级市，郭志同是常务副市长，挂钩盘山镇，关照得到。蒲老师热心，特地从省里赶来，为她的前后任学生牵线认识，请师兄照顾师妹，领导关心下属，于是这两个人便欣然相逢："认识你很高兴。"

　　一个多月后，有天上午，郭志同带着市相关部门主要官员，以及数位随行人员隆重前来，到盘山镇公干。当时本市提出修建南部大通道，要彻底改造原省道，通过拓宽、降坡、取直、改线，提高公路等级，使之不再路窄、坡陡、弯多、通行不畅。郭志同是常务副市长，主管经济工作，该大通道项目为他一手促成，全力主抓。这人手笔颇大，他看准盘山镇，准备在此实施突破，废弃原盘山公路，开掘一座大型公路隧道，称"盘山隧道"，使险道变为通途。这一设想当然颇具轰动效应，却好比杂志封面美女可望而难及，因为耗资惊人，一个县级市的财力根本无法承担。

郭志同说办法是人想的。那天他们到盘山镇来想办法。中午一行人在镇政府食堂用午餐，郭志同忽然想起了小米。他问镇里头头："你这里有个什么米？米欣？"

镇里头头说有啊，小米，米助理，郭市长认识她？

郭志同说："在吗？叫她一起吃饭。"

镇里头头当即跑出去喊人。镇食堂做得出什么好饭？也就冬瓜炖排骨、土鸡蛋炒韭菜一类乡村水准，郭志同叫米欣一起用餐，用意当然不在为小师妹补充营养。

米欣那天恰未外出，随叫随到，与郭志同郭同志再次相逢于饭桌。

"你们注意，"郭志同向一桌人介绍米欣，"小米是人才。"

那天不是初识，他对米欣已如数家珍。他说小米是省行政学院高级研修班的高才生，她跟班上其他人不同，人家研修两年毕业通过答辩才算研究生，她进来时就是了。小米本就是重点大学的经济学硕士，选调为政府公务员，在省城那边一个市里机关工作，然后又被招入研修班，作为未来高级行政人才培养。

"我没说错吧，小米？"他问米欣。

米欣还那样，微笑，点头，没多说。座中即有人恭维："郭市长怎么会错？领导水平高，脑子特别好，早几年就研究生毕业了。"

郭志同开玩笑，说他也就凑热闹混了张文凭，研究些啥自己都搞不清楚，疑点重重。不像人家小米来历清白，档案上的每个字都掷地有声。

他特别询问："他们这两个对你怎么样？"

他指着座中镇书记和镇长。米欣笑了笑道："很好的。"

"我要检查。"郭志同说。

他检查什么呢？饭后，一行人匆匆离开盘山镇，郭志同居然还能抽空，在离开前领着书记、镇长一起去米欣的宿舍，检查本镇是否重视人才。其余事情他一概不问，就查一件事：住得怎么样。米欣是镇长助理，镇上安排她跟妇联主席住一个房间，房间还算宽敞，郭志同却摇头。他问："你们盘山镇穷得只剩下半间屋子吗？"他说小米除了参加基层工作锻炼外，还得撰写她的高级研修论文，两个年轻女干部住在一块儿，不说话行吗？难免互相干扰，谁来帮她完成论文？书记还是镇长？水平够吗？站在一边的两个镇头头连忙一起表态，说镇政府房间紧张，干部住宿条件不好，但是无论如何一定给小米调个单间，宁可把他们俩自己的房间拿出来交给小米。

米欣说谢谢领导关心，这房间很好，不影响她写论文，不用调，真的。

郭志同说："小米，别怕他们给你穿小鞋。他们要敢吃你，告诉我。"

他开玩笑，他说咱们这里只会种水稻产大米，没种过小米。物以稀为贵，得特别珍惜。姓米的在本县真是不多见，只知道当年北宋苏黄米蔡四大书法家，其中有一个米芾。没准姓米的都练书法有家传？什么时候请小米写几个字，裱起来挂在墙上欣赏。

镇书记和镇长在一旁起哄，说小米的字还真不错，不像现在一些大学生离了电脑不懂横竖撇捺，自己的名字放在纸上都是东倒西歪。小米真可以写几张送给郭市长。郭市长水平高，古时候的书法家都认识，让郭市长看中了可不容易。

小米有些难为情，她说哪里呀，让你们领导说得挺不好意思的。

镇上立刻张罗给米欣调房子。米欣很自觉，只说领导关心领了，房子不用调，这么住挺好。屡劝无果，镇书记给郭志同打电话请示，说这可怎么办？小米真坚决，或者就算了？郭志同不高兴了，不是对小米，是对该书记。郭志同说，你怎么连个小事都办不清楚？你什么学历？小学没毕业吗？该书记一听这话说得重了，很发愁。苦思冥想，忽然想出了个主意。他到市里找市妇联主席，说本镇妇联主席年纪轻，工作热情高，但是妇女工作不熟悉，办法还少。书记提出让镇里的小主席到市里跟班，向市里的大主席学习一年，帮着烧水泡茶，也开阔眼界，提高水平，知道怎么搞妇女工作。市主席大喜，因为她那个单位人少事多，有人帮着打杂，不必占编制开工资，何乐不为。镇里这个小主席也高兴得不行，她是城关人，丈夫、孩子都在市区，到市里帮忙可以兼顾小家庭，还混个脸熟，有利于争取日后联系调市里大机关，因此喜不自禁。镇里少个人手，天塌不下来，小主席走后腾出屋子归小米独占，很自然，不勉强，不劳小米费心谢绝，其他干部也不会有意见。郭志同的要求因此不折不扣得到了落实。

郭志同高兴了，表扬说："水平不错，达到本科。"

　　那一段时间郭志同经常到盘山镇，忙碌其大通道和公路隧道。有一天他带来一批贵客，其中有两个老外，一男一女，个头特别高大。郭志同亲自陪同贵客上山，查看规划中的隧道工地，亲自介绍周边环境，忙了一个上午。由于来的有老外，镇上食堂酒家没人会做西餐，中饭免了，赶回市里，一行人只在盘山镇喝了点水。事前郭志同交代除了备茶，要给客人煮咖啡。镇上谁会弄那玩意儿？还叫小米。小米不是老外，却是重点大学硕士，省城来的高级人才，现学现研究，总比纯种本地土包子强。

　　结果小米做的咖啡客人挺满意，靠的也就是两罐雀巢。两老外中那女的是头头，人称阿贝尔小姐，她在喝咖啡时高兴了，讲出一句洋话，随行翻译没听明白，呆在一旁发愣。小米忽然就接上去，叽哩呱啦跟老外说开了。

　　郭志同大惊。他问小米："阿贝尔小姐说什么了？"

　　小米对领导一乐，竟开玩笑："她说了，'认识你很高兴。'"

　　后来大家才明白，为什么阿贝尔小姐喝咖啡一高兴，一旁翻译的水平就不够了？原来她是加拿大魁北克人，那儿居民多为法裔，母语是法语。时下国际机构来来去去的老外工作用语基本为英语，阿贝尔小姐一行不例外，只是她工作之余一兴奋不觉就把母语说了出来，给他们一行配的英文翻译当然只好抓瞎，龇牙咧嘴，不知所云，如本地土话形容，叫"鸭子听雷"。也巧，米欣懂点法语，她在大学过了英语六级，她还修过第二外语，就是法语。她很喜欢这一语言，成绩很好。

郭志同立刻指着小米让她收拾行李，跟着上市里去。他也不多说，只是笑，拾到金元宝一般异常得意："哈哈哈！"

小米到市里住了三天，陪同阿贝尔小姐，直到客人一行离开本市，才坐着市政府办特派的轿车回到镇上。后来她又奉命到市里去过数次，都跟阿贝尔小姐有关。这位阿贝尔小姐是哪儿来的神仙？让郭志同这么高水平领导那般百忙，还要高级人才小米一块儿陪上？这有原因：阿贝尔小姐供职于世界银行，是该行驻中国机构的一个代表，负责审查本市拟建的盘山隧道贷款项目。郭志同手笔大，没钱，想修隧道，主意打到世界银行去了，要利用世行贷款办成此事。

以上就是我们掌握的郭志同与米欣之间交往的基本情况。表面上看没什么，很正常，多与工作相关。但是稍稍深究，就能发现不少疑点。

郭志同为什么非让给米欣配单间宿舍？在米欣自己坚持不要的情况下，为什么还施加压力固执己见？纯粹关心人才帮助写论文吗？据我们了解，因为挂钩盘山，还因为修大通道和隧道，那段时间里郭志同经常出入盘山镇，并曾数次留宿不归。盘山镇政府在生活区备有一间套房为客房，以供重要客人临时住宿之用。套房在宿舍楼四层最尽头处，相对隐秘，与米欣所住宿舍仅间隔一室。如此条件实非常有利，夜深人静之际悄悄来去，避人耳目不需太高水平，小学毕业足矣。

　　郭志同几次三番让米欣到市里，纯粹就是配合做世界银行阿贝尔小姐的工作吗？据我们了解，除了有关工作，郭志同与米欣还另有接触。有一天晚上，郭志同把世行贷款工作项目组的人员拉到一家歌厅，让大家唱卡拉 OK，说是工作进展不错，以此犒劳，米欣在场。那天大家都喝了点酒，郭志同领导与民同乐，也上去唱歌。他唱的居然是网络流行歌曲《老鼠爱大米》，且把有关歌词改为"我爱你，爱着你，就像鹌鹑爱小米"。常务副市长竟然自比为鹌鹑，以表对小米的爱意。他真像该鸟能生出外壳花花点点的小鸟蛋吗？郭志同同志如此表白，让其间人特别兴奋，也就不怕领导，有些没大没小了。大家起哄，鼓动小米去献花。小米捧着一束花真的就上去了，脸孔涨得通红，笑得非常灿烂。米欣这样的姑娘是不能笑的，她一向比较沉静，一旦生动起来难免"一笑倾人城，再笑倾人国"，好比古时左盼右顾的美女，效果特别强烈。

疑点因此丛生。

二

我们必须了解、掌握这两人的个人交往情况，这是办案需要。

我们处理的这个案子说起来很一般，并不显得非常复杂，但是办起来却比一般案子复杂得多，因为一些特殊缘故。

案子发生于春节前夕，当时盘山镇石井村村长许阿泉等人合谋组织年关攻势，拟对镇、市两级相关领导实施"暗杀"。这些人倒还不是恐怖分子，他们没打算非法购买枪支，躲在哪个暗处守候领导们，看准了冲出来开火。他们的行刺比较人性化：送"炸药包"，包里不装炸药，装人民币。这就是说他们要利用新春佳节慰问领导，实施贿赂。这种行径可类比为暗杀，其事如杀，其行要暗。许阿泉等人贿赂领导有缘故：本镇公路改线和隧道开掘动工在即，主体工程外，有大量辅助工程项目。石井村位居镇区附近，地少人多，有务工经商传统，比较富裕。村长许阿泉等人手中握有工程队，在全市承揽工程，此刻特别看好掉到家门口的这一大馅饼，唯恐染指不得。

他们凑了钱，开始行动，攻势组织得很周密，在这方面许阿泉已属老手。

216

有一个人让他们比较犯愁，就是郭志同。郭志同身为常务副市长，主管本市南部大通道建设，本镇公路改线和盘山隧道工程，包括各附属工程怎么做，他最关键，从某种程度上说，比市委书记、市长起的作用还直接，还大。所谓不怕县官，只怕现管，谁管得着谁就是老大，不能只看级别职务。许阿泉将郭志同列为头号"暗杀"对象，心知只要拿下他，一切都好办，但是如何下手？

许阿泉多方打听，了解郭志同的职称，听说他属于"一般不拿"等次。这是什么意思？我们知道眼下职称五花八门，例如助教、馆员、二级作家、一级厨师，等等，什么条件、如何产生、享有何种待遇均有文件规定。郭志同没有职称，因为他是公务员，按规定不评职称。国家公务员有考评制度，年终到了，通过规定方式，评出"优秀、称职、基本称职、不称职"等次，这种评定亦有文件为据，比较规范，可列表公布，为官方方式。与此同时，社会上还流行另类评定，这种评定缺乏文件依据，比较模糊，含义混乱不清，只在口头流传且多藏匿于暗中。例如某人被评为"吃大草"的，这是说该人不看小钱，要大炸药包才炸得死。某人为"通吞"职称，即该人贪得无厌，什么都拿。也有的称"一概不要"，这种领导不要去碰，碰了自找没趣，没准还自找麻烦。类似评说往往似是而非，缺乏证据，很难确信，不乏相互矛盾，有意诬陷之例，但是常常又惊人之准。许阿泉图谋"行刺"领导，他当然要四处打听该领导的相应职称，不管其准确程度如何，至少可供参考，以求有的放矢。

人说郭志同一般不拿，这是说他在这方面比较注意，但是并非无懈可击。按一般情况让一般人给郭志同送"炸药包"肯定不行，没用。谁去了才有用？谁送的他会拿？那只有他自己的人。自己人交往，彼此都得照顾面子，有时很难一概推拒。因此许阿泉断定，"刺杀"郭志同必须让郭志同自己的人去干，找不到这种人就弄不死他。

这不现成有个人吗？小米，米助理。

郭志同不是本地人，来本市任职前，他在大市的政府办公室工作过。本市是县级市，俗称"小市"，小市上头有个"大市"，也就是所谓的地级市或者"设区市"，小市归大市管。郭志同家在大市市区，小市这边无亲属，盘山镇除了镇领导，恐怕就米欣靠得近，许阿泉的事情请镇领导出面不宜，小米似合适一些。

许阿泉认识小米，他是村长，自己还有工程队，跟镇长助理时有工作联系。他这种人当然还得眼观六路，耳听八方，有关系的事情什么都得知道点。大家都看到米助理是人才，长得

也不错，当然也会格外关心她怎么回事，所以许阿泉知道小米
与郭志同关系不一般。但是认识小米是一回事，让小米帮着办
事是另一回事。为许阿泉送"炸药包"这种勾当，哪里可以跟
当年董存瑞舍身炸碉堡相提并论，凭什么小米要替他办？因
此，许阿泉需要找一个合适的理由和办法。

许阿泉找了镇长，镇长跟他要好，是他的一大靠山，自己
人。镇长说你这事简单。

有一天，镇长带米助理到村里检查工作，村长许阿泉请两
位镇领导在村中小饭店吃了顿便饭，煮两条溪鱼，做一锅土鸡
汤，豆腐青菜，均土产，原汁原味，镇长吃得很高兴。席间许
阿泉问镇长有没有人到市里去，他想托带一点小东西给郭志同
郭市长，镇长随手一指说："还找谁？交给米助理吧。"

镇长说，郭市长交代要一份报告，是关于盘山隧道环保影
响方面的，听说世界银行贷款项目都很注重这个。镇上已经拟
了个初稿，正打算派小米专程给郭市长送去。

"许阿泉你跟他什么事啊？"镇长明知故问。

许阿泉说也没什么大事。他刚听说郭市长家里出了事，他
妻子手术，现在在化疗，头发都掉光了。听说是乳腺癌，相当
麻烦的。郭市长那么有水平，人那么好，一心为工作，怎么就
家里遭灾了呢？听了真是心里着急！

镇长说他也有耳闻。他问："小米知道情况吗？"

米欣没吭声。

镇长开了句玩笑："人家领导对你很温暖，看起来你对人家领导不太温暖。"

两天后镇长特派他的吉普车，单独送米欣到市里去。此行显然特别重要，镇长亲自安排车辆以确保无误。许阿泉托米助理给郭志同带的"小东西"是个大信封，厚厚的，掂起来有点分量，封口已用胶水粘牢，信封上写有"许阿泉托"等字样。

当晚米欣便去"温暖"领导。到哪儿呢？郭志同的宿舍。郭志同住在市政府机关大院二号宿舍楼，该楼俗称"单干户"，住的都是本市的大人物，凡单身前来本市任职的外地籍领导都安排在这里，一人一单元。郭志同住四楼。该同志的宿舍旁人上不去，他基本不在宿舍接待客人，有事者一般都让上办公室。如同其"一般不拿"职称，特殊情况下，自己人例外。

小米是高级人才，她很细心，懂事。谁都不知道她在什么时候去哪儿干啥了。当天一到市区，她就让镇长的司机把车开到宾馆，安排住下来，说今晚办事，可能会晚些，就不回镇上了，第二天一早走。司机问她办事是否用车，她说不用，走几步路吧。

她在当晚七时四十分悄悄离开宾馆，出门前换下她的牛仔裤，穿了条白色裙子，看上去格外明丽动人。她在七时四十五分到达"单干户"，按了电控门铃，对讲机一声未出，只听门锁"啪啦"一响，她悄悄就上楼去了。当时四楼郭志同宿舍亮着灯。米欣在那座楼待了将近四个小时，晚十一时四十分才走出楼下的电控门。

谁把时间搞得如此精确？两个探子，辅助人员，米欣对这两人浑然不知。从她入住宾馆开始，这两人就对其实施跟踪。米欣在"单干户"待了近四个小时，他们寸步不离待在楼外一棵树下一辆小货车驾驶室里，整整守了近四个小时。

这两人是许阿泉派的。许阿泉虽学历不高，却也细心，为了证实其"行刺"目标是否被准确击中，他实施全过程监控，前有敢死队冲锋，后有执法队督阵。许阿泉派出的这两个探子日后成为我们办案的两个证人，为我们提供了许多细节，例如米欣换上的白色裙子，还有她按门铃时对讲机的默契无声。

他们供称，米欣前去"温暖"领导时，身后背着一个黑色双背包。米欣年轻靓丽，来自省城，品位比较高，担心手捧大信封有碍观瞻，她就把东西放在双肩包里出出进进。许阿泉的"小东西"过分厚重，看来确需那么一个外包装。

他们还供称，米欣待在"单干户"的近四小时里，四楼郭志同的宿舍始终窗帘紧闭，但是一直亮着灯。这显然不能说明问题。同样的事情，有的人喜欢关了灯摸着黑干，有的人则喜欢在充足光线下对着大镜子进行。

米欣在第二天一早回到镇上。镇长轻描淡写问了她一句："办好了？"

她只点点头，一声不吭。

一星期后，郭志同率市有关部门一批要员到盘山检查大通道和大隧道建设的筹备情况，路过石井村。一行人把车停在石井村村部，在那里喝了茶。当时许阿泉村长挤上前跟郭志同说话，郭志同在许阿泉的肩膀上拍了一下，很亲切，很温暖。

"你这个茶不错。"他说。

郭志同有水平，该直白时直白，该含蓄时含蓄，说话滴水不漏。或许他觉得许阿泉不错的不仅其茶。

数月后事发。有一封举报信直送省城，报称盘山镇石井村财务混乱，村长许阿泉以权谋私，将上级拨付该村的征地赔偿款项私自截留，擅自挪用。举报信经省有关部门领导批转下来，要求认真查处。起初大家没太当回事，以为这就是一个村级事务，内部矛盾，互相咬，鸡毛蒜皮。派两个人查一下账，让村长把吃下去的万儿八千吐出来就完事了。不料一查下去不得了，财务果然混乱，被挪用的款项居然不小，涉及村级以上人物，领导便重视了，要求组织力量彻查。这一查，许阿泉实施春节攻势"行刺领导案"浮出水面。许阿泉交代出一个"被刺"领导名单，包括乡镇干部、财政税务工商银行部门领导，还有几位市级官员赫然在册，其中为首的就是郭志同。

他拿了四万。

嫌犯纷纷落网，米欣也被我们纳入视野。从表面情况看，这个人既不是施贿者，也不是受贿者。但是她在本案中处于一个关键环节，许阿泉的"炸药包"经由其手交到郭志同手中，本贿赂案通过她得以完成。

这里有疑问。米欣是有罪，还是无辜？她奉镇长之命，受许阿泉之托把一个"小东西"转交给郭志同。她是不是完全被蒙在鼓里？据镇长和许阿泉交代，他们曾谈及郭志同妻子手术之事，高级人才米欣如此聪明如此沉静，她应当能够猜到封在如此厚重信封里去"温暖"领导的会是什么。知道了还上，她就有了共犯之嫌。

另外，她在郭志同房间里待了近四个小时，如此漫长的岁月里他们都干了些啥？设法排除某一包炸药的导火线？或者一起研究某个共同关心的问题，例如米欣特意换上的特别明丽动人的白色裙子？

三

我们决定动她，目前只能先动她。

许阿泉行贿案发案之初，一些涉案者十分紧张。有两个人努力表现正常，一个是郭志同，一个就是米欣。那段时间里这两人该干什么干什么，没有显露出对该案的关切，也没有出格之举。郭志同跑省城、上北京，操持其大通道大隧道项目的报批和筹资，与世界银行阿贝尔小姐百般友好，大套近乎。忙碌工作之余有时还开开玩笑，表现一下自己的学历和水平，以及轻松愉快。小米一边参加基层工作锻炼一边撰写其高级研修论文，盘山镇政府那个米氏单人宿舍的灯光经常彻夜通明。

案情已经牵连到郭志同。郭志同身份不低，没有足够证据和把握，未经规定程序得到批准，不能贸然动他。特别是此人身任要职，所直接负责的重大建设项目即将投建实施，大事将行，动这个人要考虑各种因素，时机不成熟不能匆促从事。

我们先找了米欣，用一种比较亲切比较客气的方式，请她提供帮助。春节之前，某月某日，她是否受镇长之命到市里找过什么领导？

显然她对本问题已有思想准备。当时镇长和许阿泉均已从其居所、办公室匿迹，被我们请入办案地点交代问题，外界纷纷然已传闻众多，米欣当然清楚。她告诉我们，自己确曾奉镇长派遣，去市里找郭志同常务副市长，交一份重要报告并做相关汇报。

"有没有转交许阿泉的一个东西？"

她沉默，不否认，也不予证实。这人天生丽质，却沉静，话不多，此刻为甚。

"请你再回想一下。"

她还是那句话，交了一份报告，汇报了，是关于盘山隧道对环保的影响。

显然我们的问题触及要害，且米欣有重大嫌疑。如果她绝对无辜，只如邮政部门特快专递投递员一般负责把某邮包送达某处，她完全不必做任何隐瞒，只需把我们已经掌握并通过其他有关人员证实的情节如实告知：不错，把许阿泉的一个大信封转交给郭志同了。信封封口是粘上的，不知道里边装的是什么。这样就行了，到此为止，她没事了，与本案再无牵涉。但是她缄默不语。

这人给我们很深的印象。以往只听说小米熬粥味道不错，却不知道擅长研修经济学的该小米竟有如此本事，胸有静气，遇事不慌。当然，她才二十六岁，学历不低，阅历却还嫌浅，经验不可能太足，办法也不会太多，她已经表现出这一弱点。

我们决定对她采取措施。不动这个人不行，她是本案关键环节，她不开口，有关事实就无法认定，特别是无法认定郭志同受贿。动她也让我们多有顾忌，因为严格说她不归我们管辖，她是省行政学院经济学高级研修班学员，在本市只是临时挂职性质，她所就读的学校直接归属省政府，影响深及全省上下机关。而且以我们已经掌握的情况看，这个人既不是受贿者也不是行贿者，对她采取措施于我们实有不忍。

据许阿泉交代，米欣为他转送"炸药包"之后，他曾在一个私下场合将一个小红包塞给她，内装现金两千。许阿泉不说这是让她舍身炸碉堡的酬劳，只讲米助理努力为人民服务，村里百姓很感激，春节到了，想给米助理买件衣服，又怕土老帽不会挑，让米助理穿不出去，还是让米助理自己办比较好。米欣是明白人，当即打开红包，把里边的钱取出来，坚决推还许阿泉，自己只收受了那张红包纸，价值为人民币五角。

但是她对自己涉案事实拒不交代，她一句话就能让自己置身事外，却偏让自己身陷其中。这人号称高级人才，如此行事却显愚蠢。

我们跟她的学校联系，含糊其词说米欣他们镇有点具体事项，我们需要她配合做点调查，近期她可能无法回校参加相关的定期集中教学研讨活动，由我们代为请假。学校方面不知其中大有内容，没多问，欣然同意。

然后请君入瓮，正式通知米欣在规定时间到我们的规定地点，交代问题。

她一"进来"，立刻有人沉不住气了：郭志同常务副市长。此前他一直表现正常，正常得超乎寻常。

郭志同与米欣不一样，他是师兄，老牌研究生，他在努力显示他的学历和放松之际，密切关注着本案的进展。我们一动小米，他不再做很认真很高兴很轻快之状，匆匆忙忙随即登场。但是他并无舍身炸碉堡之气概，他派人进攻，迂回出击。

世界银行的代表阿贝尔小姐要求本市提供一个重要数据资料和有关细节说明，其要求事关项目最后敲定。处理不好，盘山隧道项目可能将从该行贷款备选名录中撤下，本市所做的努力及花费的资金将全部报废。因此这是件大事。郭志同亲自安排有关部门准备了相关材料，务求详尽。为了确保事情妥当，郭志同提笔为阿贝尔小姐写了一封信，信不满一页，并不长，但是在充分显示郭志同常务副市长书法水平的同时，也充分表达了他以及他所代表的本市六十余万人民对该小姐及其所属机构的友好和期待。

这封信最好能译为法文，因为阿贝尔小姐可能对中国国粹书法缺乏了解，却容易被其母语打动。此刻，本市唯有米欣可堪此任。

郭志同派市政府办一位副主任处理此事，该副主任不知底细，打电话到盘山镇找小米，意外得知她"进去"了。主任赶紧向郭志同报告，问这可怎么办？郭志同对此当然并不意外，他有经验，不说怎么办，只说办什么，很开明很体贴："办法你们想，另外找人译也可以。总之这封信一定要附上法文译本。"

这还能怎么办？主任找到了我们。他说这件事确实比较重要比较急，小米的问题是不是严重到不能参加处理此信的程度？如果是，他没话说，天塌地陷听天由命。如果不是，他就希望我们网开一面，不是对小米网开一面，是对他。

他当着我们的面给郭志同打了电话，请领导证明他绝非伪造上谕。他这个电话肯定在事前经过郭志同授权，否则他不敢打。郭志同通过该主任的手机跟我们直接沟通，电话里口气和蔼可亲，充分表现出领导的风度，但是没有一点含糊。

他说他很痛心。他相信没有足够的理由，我们不会对小米采取措施。他希望我们在办案中坚决执行政策，充分注意小米个人的情况和特点。小米是从省上来的，此案办到头，除了面对她本人，还得面对省上，因此必须严守办案规定，不能逼供，不能乱来，不能草率。他说在过去的工作中，他跟小米有所接触，他始终觉得这是一位非常优秀的青年女干部，一个人才。案子必须查，该怎么办就怎么办，但是希望不要造成过分而不必要的伤害，还有什么比毁掉一个人才更让人痛心？

郭志同如此沉不住气十分罕见。显然他心急如焚。他嘴上一套一套，说得在理亦似有分寸，但是他有什么权力用这种方式干扰办案？他做了曲折的铺垫，最终是自己冲出来对办案人员施加压力，这只能表明他跟此人此事有莫大关联。难道他是老研究生不知道此为大忌？

他再三强调了争取世行贷款的重要，似乎不放米欣，不仅本市相关项目流产，世界银行本身亦将立时倒闭。

我们决定让米欣为郭志同，也为世界银行救一次火。它并不妨碍我们办案，可能还有助于我们从旁观察，进一步了解掌握他们之间人所不知的情况。我们让米欣在受审地点办公，让她把郭志同那封热情洋溢的感谢信变成法文。看来这个人确有素质，她没有推辞郭志同为她添加的额外负担，受审期间，她本有权专心对待审查事项而谢绝其他无关业务。当然，比较起来这一业务对她心理压力可能会小一些。小米颇敬业，可能也因为非专业译员，翻译那封信并不轻松，她花了一整天时间，反复斟酌修改，一遍一遍，倾注大量心血，终于在规定时间完成任务。

我们将文稿电传省有关部门。经急请专家审定，译文词句妥当，未发现问题。

在翻译信末署名时，该小米下意识停顿，斟酌许久，一直下不了笔。其实全文中就那几个字最简单，我们都会翻译："郭志同"，把汉语拼音写上去就行了。

她在那一刻眼角潮红。

这以后案子急转直下，米欣一举惊人。

她不再缄默，开口承认了大信封的存在。我们向她宣读许阿泉的证词，许阿泉说自己亲手将封有四万元人民币的大信封交到米欣手中。吉普车司机等人的证词是亲眼看见米助理手捧一个大信封坐车前往市区。许阿泉的两个监护人员则证实她背着双肩包进入郭志同的宿舍楼。我们问她对这些证词有何解释？她问："我否认过吗？"

她还真没否认过。当然她也没承认过。

她说有这么一件事。他们给她一个大信封，她把它放在双肩包里，背着它去见郭志同常务副市长，这些事都有。但是她没把信封拿出来，没有如约转交，那笔钱并没有送到郭志同的手里。

我们面面相觑。

"为什么？"

她说她清楚里边装的是些什么。她觉得不应当。

"东西呢？还给许阿泉了？"

没有，没还。

"那么在哪儿？"

她把那些东西处理了。

"怎么处理？"

她沉默。

这是个高级人才，但是她对我们这个领域可能还比较陌生，因此她的才能还无法充分施展。她声称自己私留了那笔赃款，却无法说明其下落，就像一个杀人疑凶无法说明自己把作案匕首扔在何处。经反复做思想工作，反复追问，她给出一个下落，她说春节前夕她曾回省城学校，曾独自前往著名的灵峰寺游览，那笔钱被她扔进寺里大殿前的功德箱，许阿泉的烈性炸药因此化成了一笔佛门善款。

对于我们这些专业人员来说，米欣的这一说法，想象力过于丰富有如小说，却虚假得让人啼笑皆非。尽管有如天方夜谭，我们还是有必要核实情况。我们通过省城宗教部门查询米欣提到的寺庙，该寺颇有名声。据反馈，米欣所称的时间里，该寺未接收一笔达四万元的无名捐款。该寺庙功德箱信徒所捐善款均每日清点，据清点记录，那一天大殿箱中捐款总数未达四万。

米欣的供述不攻自破。当然，除非能证实寺庙人员贪污了该项款项。

我们认为是她在撒谎。这个人相对较单纯，撒谎的学历不高，她的谎撒得比较拙劣，无法自圆其说。她有可能在两个方面撒谎：其一为赃款下落。会不会是她私留赃款后移为他用，因故无法交还，或者不愿交还，因此编造了所谓捐给寺庙的谎言。第二种情况更特别：她根本没拿这笔钱。她圆满完成了镇长交付的任务，把许阿泉的大信封交到郭志同的手中。离开"单干户"时她的双肩包是空的。她没拿这钱，不可能把这些钱弄到哪儿去，非要她说出个下落，自然只能胡编乱讲。

我们怀疑是后一种情况。这种情况很特殊，其要点是米欣往自己脸上抹黑，替郭志同承担受贿罪责。她不可能不知道事情的严重性，四万元不算天大数目，却已经足够了，谁摊上了谁逃脱不了追究。或者是受贿，或者是其他什么罪名，它都足以让该事主受到法律惩处并身败名裂。米欣有什么必要这么干？或者不是她为什么，是谁要她这么干而她也不得不这么干？米欣做出如此惊人之举之前，郭志同想尽办法把一份简短的函件送达其手，让她眼角潮红。或许这封指定要她翻译的函件只是一个道具，藏身其后的郭志同要通过它竭力表现自己的存在，同时提醒米欣一些什么。

米欣默然无语。我们感觉到她沉静外表下的沉重。

我们追问那天晚上她跟郭志同在哪里见的面？她说是在郭志同的宿舍。这是实话。我们问她时间，她也没撒谎，但是把时间范围缩小了一点，说是八点左右，到十一点左右。我们问这么长的时间里他们都干什么啦？她一声不吭。

显系要害。

后来她说，那段时间里他们在学外语——法语。当时郭志同常务副市长准备到北京跑项目审批，拟会见阿贝尔小姐，他不懂法语，想现学一点，跟阿贝尔小姐交谈时用一下，可以调节气氛，增强亲近感。这就像国家元首出访外国，临时学几句该国语言，合适场合一说，不管学得像不像，都让所到国上下浑身舒畅，感到亲切和愉悦。

如此聪明的小米难道真的弱智到以为我们如此弱智？她谎言之拙劣让人忍不住发笑。接下来她还打算如何编造其谎言，以描绘他们郎才女貌一男一女相聚灯下，极其纯洁漏夜读书之具体情景？他们是在"单干户"郭志同厅中的桌子旁，还是在其卧房的大床上共同努力，翻来覆去地学习法兰西共和国的官方语言？

四

有一青年男子从省城匆匆前来。他说他是米欣的男友，刚听说米欣出了点事，想了解一下具体情况。

案子尚在审理之中，有关情况目前无可奉告。眼下也不是涉案人员不受限制地与外界接触的合适时候。

"听说是为了四万块钱?"男子问。

"谁告诉你的?"

"外边都在传。"他说。

青年男子随身带着个大挎包，他打开包，从里边取出了厚厚的四沓现金。显然是从银行柜台直接带到这里的，现金包装完好，一沓一万。

他说，他决定先上交这四万元以协助办案，替米欣表明合作之态度。但是他要声明，他不认为米欣会拿人家钱。如果米欣跟所传的四万元钱有关，肯定别有原因。米欣并不缺钱。上交这四万元是他个人的行为，没跟米欣商量过。他跟米欣前不久曾见过一面，当时她没说什么。前些天他听到传闻，千方百计想找米欣，已无从联系。

这人听说还不能允许米欣同他见面，很失望，留了电话和联系地址，告辞离去。

　　我们没想到我们尚在千方百计寻找下落,这笔钱就自动找上门来,有如长着一对翅膀从天上翩然降临的可爱天使,当然说它是插着引信的炸药可能更为合适。米欣男友对这笔款项解释含糊,以其出现之突然分析,不能排除米欣将赃款交给自己男友,男友听到她涉案情况后赶紧上交的可能。

　　我们向米欣询问究竟,她神情顿显异常。

　　她曾声称自己私自留下那笔赃款,却无法说明其去向。当得知男友为她上交了一笔钱时,她有如挨了当头一棒,整个儿傻了。

　　"这是许阿泉的那笔钱吗?"我们问她。

　　她不说是,也不说不是,故态复萌,再次缄默。我们告知其男友交款事宜,本想减少其思想负担,选择合作而不是继续其水平很低且徒劳无益的撒谎。我们没想到她会如此反应。

　　这时又有一位要角为米欣前来——蒲老师蒲思陶。她带着正式介绍信前来接洽,要求了解米欣的情况。米欣还是该校在校生,学校有必要,也有权知道相关情况。

　　她说她已经见过郭志同了,郭志同请她直接找我们谈。我们曾经代米欣向该校请假"协助调查",当时他们没在意,现在找上门来了。蒲老师没跟我们说明如何获知米欣涉案消息,是所谓"外界都在传",还是有人(例如她的旧日单恋者郭志同）急切传递的情报。也许她还跟郭志同一起商量了有关的接洽要点？

我们没有向她透露案情，我们说，会在合适的时候正式通报学校。

"我们对这位学员很了解。"她很强硬，"在校期间品学兼优，挂职表现也很好。如果你们搞冤假错案，我们不会轻易放过。"

我们告诉她，米欣已做初步交代，从她自己交代的情况看，没冤枉，她有问题。

"不可能。"她坚持，"这个学员很成熟，家境也好，她不会见利忘义。"

我们问她对米欣的了解是否很多面，除了档案和年终鉴定表的记载，还有哪些？她是否对学校撒过谎？她读经济专业，个人经济情况如何？跟谁有过大宗经济往来？她男友是干什么的？没钱？还是很有钱？

蒲老师说米欣是外省人，出自知识分子家庭，父母都是医生，早年离异，她跟母亲生活，在她读大学期间母亲去世。可能因为家庭这些情况，米欣个性比较深沉，相对内向，交际面不宽。但是她个人经济状况很好，母亲在家乡给她留有一幢小楼，另有相当数量存款。她父亲是当地名医，离婚后另组家庭，却也一直珍爱米欣，多有资助，米欣从不缺钱，也从不贪财。米欣曾经有过一个男友，是她大学里的同学，已在一年多前去了澳大利亚并跟她分了手，此后她没有新的男友。

我们大惊。

我们请蒲老师暂留数日。我们说会郑重对待学校的这次接洽，对米欣涉案有关问题一定会实事求是并慎重处理。我们还希望从学校老师那里了解更多的情况，必要的话，请学校和老师协助我们消解她的抵触情绪，主动合作，使案情能尽快查清。

回过头我们寻找那位自称是米欣男友的青年男子。我们按照该青年男子留下的电话和地址与之联系。这才发现电话是空号，地址也是假的。

一个冒名者以如此方式给我们扔下一笔款项，然后销声匿迹，有些不可思议。青年男子到底是谁？他为什么这样做？案情相关者？不愿暴露姓名想帮米欣一把的人？还是别有目的受命行事者？这肯定不是一起学习雷锋拾金不昧的故事，来历不明的人和来历不明的钱，情况挺反常。

所以，米欣闻知此事后表现异样。

我们决定让蒲老师跟米欣见上一面。我们权衡利弊，觉得可行。蒲老师身份特别，她不会不知轻重，哪怕她跟郭志同有无数关联，应当不至于在这种时候这种地方公然做手脚。本案关键是突破米欣，她曾经开口交代过问题，忽然又一言不发，不予合作，这时上门的蒲老师可能反倒成为我们的有力助手。学校可谓米欣的娘家，米母已逝，蒲老师就像她娘家派来的小姨，外甥女见小姨容易动情。

结果没有太激动人心。她们见面时很平静。

蒲老师说："小米，我是特地来看你的。"

米欣说谢谢老师。

蒲老师说大家都很关心米欣。听说她碰到了一些问题，相信她会正确处理，有一个正确的态度，也相信有关部门会实事求是。米欣说请老师放心，她明白。

她忽又眼角潮红。

此后案情再次急转。

米欣改口，不再极其费劲、徒劳无益地为赃款下落编造谎言。她承认自己那天晚上把大信封留在郭志同的房间里。是在最后，临离开前才留下的。当时郭志同到卧室接一个电话，她悄悄打开双肩包，取出大信封，把它放在茶几上。郭志同接完电话走出来，她即起身告辞。郭志同把她送到门边，没注意到茶几上的东西。

"你一句都没跟他提起?"

她说没有。信封上有字，不必她解释。她也不想说明，说不出口。

"为什么？"

她猜得出里边是什么。为此她很犹豫，当时曾想不拿出来，把它带回，退还许阿泉，不管此事。直到最后，临走前她才悄悄把东西留下。她听说了郭志同家里的事情，可能确实急需。如何处置应当由他自己决定。

"为什么起初不跟我们说实话？"

她一声不响。

她还正式声明她没有男友，某青年男子上交的四万元与她无关。

我们觉得这一次她说的情况比较可信。有趣的是她忽然不再撒谎。是不是自知无法把谎话编圆，因此放弃？我们觉得不像。以她的性格，无法圆谎时她会拒绝回答，而不是改口。她肯定是被什么触动了，其触动程度还相当大。我们猜想冲击她的可能是所谓男友为她上交的款项，或是与蒲老师的会面，也可能兼而有之。她与蒲老师间其实没说什么，一句意味特别的话都没有，但是老师的专程造访和关心会让她异常深切地感觉到自己的归属，她是省行政学院一个高级班次的优秀学员，一个备受关注、前途远大的青年女干部，她为什么要无端承受罪责，毁掉自己？如果蒲老师的到访为郭志同策动，企图利用她给我们施加压力，支持小师妹拒绝合作，他真是适得其反。冒牌男友为她上交的来历不明之款有何意味？不管该可疑青年如何说明，其直接效果是让人感到赃款已见下落，同时把它与米欣联在一块儿。因为一些特殊缘故，米欣可能愿意为某个人承担罪责，但是如果发现被人栽赃，她肯定感觉抵触。

自称米欣男友的青年男子已经消失得无影无踪，说不定去了比澳大利亚还要遥远的地方，我们恐怕很难淘尽人海把他找来协助办案，但是我们可以断定他交给我们的这笔钱大有来历，它显然相当烫手，把烫手的东西用某种方式抛出去，可能不失为一个办法，可进可退，可攻可守。我们知道郭志同很有水平，只是有时候人不能太聪明，智商再高，也有可能弄巧成拙。

米欣已经说出要害，现在轮到郭志同郭同志了。

我们没有马上行动，因为郭志同将在近日再往北京，率本市一个重要团组，就世界银行贷款的几个关键事项做重要会谈。考虑到各方面情况，经研究，决定等他返回后再正式接触，请他配合调查，就某些问题做出说明。我们设想届时郭志同将如何对待询问。很有风度，很轻松，谈笑风生，如同他会见阿贝尔小姐？或者感觉起来比较沉重？郭志同不是一般干部，不仅因为他的职务。这个人在同一年龄段同一级别的干部中颇醒目，许多方面堪称佼佼者，没有人怀疑他前途无量。人们也这么说米欣，但是不一样。米欣是高级人才，可能很有前景，不过那还是一种预期。郭志同的上升则近在眼前，这人早为人们看好，干部群中屡有提任风传，这些风传不是没有根据的。

眼下他可能落马。

不料我们不找人家，人家却主动找上门来。郭志同在前往北京之前，一个电话把我们请到了他的常务副市长办公室。

他很镇定，一如既往。他说，有一件事情，他反复考虑，认为应当跟我们谈一谈。不久前他曾跟我们通过一次电话，就米欣接受调查的问题谈了点意见。当时他就想跟我们说那件事，后来考虑不好，最终没谈。直到现在谈起这个他还很矛盾，他实在不愿意米欣受到伤害。小米很优秀，素质很高，很全面，在学校是高才生，到本市挂职工作努力，还能发挥特长，起了本地干部起不了的大作用，是本市南部大通道和盘山隧道建设的有功之臣。这种干部应当受到褒奖，不应当受到伤害。

郭志同要跟我们谈什么事？是要害，他触及了那个大信封。他告诉我们，春节前的一个晚间，盘山镇镇长让镇长助理米欣送来一份报告。因为事情比较急，也重要，他让米欣直接到宿舍找他。除了送报告，米欣还跟他谈了些工作、学习情况，离开后，他意外发现茶几上放着一个大信封，写有"许阿泉托带"字样。他觉得惊讶，随手把信封撕开，里边有四捆现金。他没细点，估计一捆一万，一共是四万元。

"我很生气。"他说，"小米怎么搞的？"

他说，后来他想不能怪小米。她还年轻，没经验。一定是许阿泉听说她到市里送报告，让她顺便带来，没告诉她什么，她不知其详。当然她也可能猜出点儿究竟，否则不会一句话不说，悄悄就放在茶几上。米欣这是把一个难题放到他面前了。要是许阿泉等人上门送礼金，当场一拒了之就是了。让米欣这么丢在宿舍茶几上，就得考虑怎么处理才好。反复斟酌，他觉得还是从哪里来回哪里去比较妥当。大约一个星期后，他带着一批人到盘山镇工地现场办公，曾途经石门村喝茶。看完工地，大家集中在镇政府讨论研究有关的几个问题。会后离开前，他在会议室把那些钱当众退还了米欣，当时他的随行人员和镇上主要领导全部在场。

我们又是面面相觑。

郭志同说，退还之后他再没过问此事。他相信米欣知道他的意思，相信她会处理好，谁把它交给她，她会把它还给谁。

如果米欣没有参与其间，他不会轻易放过这件事，会对相关者做严肃批评，甚至追究。米欣参与了他就不追究，他不想给米欣造成不必要的压力，她只是缺乏经验，不知究竟，可能还出于好意。

"小米可能有些苦衷。"他说，"希望你们既办好案子，又保护好干部，为她的未来着想，不管怎么样，她这样的干部很难得。"

郭志同并未被要求交代问题，他还是常务副市长，本市一位重要领导。除了他主动谈及的问题，我们还不便追问其他事情。他告诉我们米欣到市里见他的那天晚上，他们在他的宿舍谈了工作和学习。我们很想了解一下，在近四个小时，感觉起来相当漫长的晚间时分里，他们一起认真学习了什么？说不定真是十分浪漫的法国语言，如米欣所称？但是此刻我们还需对郭志同保持足够的尊重。

郭志同率队离开本市前往北京。我们则立刻取证，从镇上、市有关部门领导那里核对他说的情况。我们介绍过，米欣上门送钱不久后，郭志同曾带着市相关部门领导到了盘山镇，在石井村村部喝过茶，当时他拍许阿泉的肩膀表扬："你的茶不错。"几小时后郭志同一行到了镇政府，在会议室开会。会后发生了一件事：郭志同在离开会议桌前忽然打开他的大公文包，取出里边厚厚的一个大信封，隔着会议桌当众丢到斜对面米欣的面前，当时米欣面前摊开一个笔记本，上边记录着郭志同的重要讲话，还有各指示要点。

"小米，你拿回去。"他说。

当时会场上有十几个人，我们找到其中的每一个，所有人都证实确有此事。他们都记得那个细节，说法基本一致，以我们的经验判断，这些人没说谎，也无丝毫串供迹象。为什么他们早不提及呢？因为没人知道郭志同丢给米欣的大信封里装的是大笔现金，都以为是在交办某项特别公务，有如一位大领导把自己的水杯交给会场服务员，让她先放到主席台相应座位上，以备大会开幕时可以鼓掌入席，不必端着个水杯鱼贯而出。谁会刻意留心这种事，猜想水杯里装的是茶，还是白开水？因此那天大家没太留意，但是都有印象，因为郭志同是当众行事。我们一核实，人们就想起来了：不错，有那事。厚厚的，重重的纸袋，丢在桌上"啪"的一声。

事情竟然是这样！难道我们分析有误？郭志同无辜，罪在米欣？

我们的直觉和感情都难以接受这个结论。

我们要求米欣做出说明。郭志同是否当众交还大信封？她是否收下来，然后把它弄到什么地方？怎么处理的？她听完我们的问题，眼神再显呆滞，跟早些时候得知有青年男子为她上交款项一般，哑口无言，有如一尊石像，什么都没解释。

"米欣你要老实交代。"

她从此沉默。

她还拒食。不是一下子完全不吃，是越吃越少，直到只喝一点水，粒米不进。这姑娘俏丽柔弱外表之下，性子竟如此刚烈。我们把她送进医院，经医生百般劝导，她说话了。她告诉医生她不是故意自伤，是实在吃不下东西。

"很痛苦。"她说。

是什么在她心里作痛？私自截留又不愿说出下落的赃款？已经被她自己毁坏了的形象和前程？对法律惩罚的恐惧？无以自辩？或者另有隐情？

五

郭志同从北京回到市里。他听到了一些情况，反应异乎寻常。

他直接给我们打电话，询问米欣。他说，有人告诉他米欣被送入医院，特别监护，情况很严重。这是怎么回事？这个人要是出了事，谁也负不了责任！她不应当受到这样的对待。多大的一个事？天那么大吗？有必要搞成这个样子吗?！

我们答复：郭副市长的意见我们已经记录下来。我们将予以研究并反馈。

他摔了电话。

这人极不冷静，超乎寻常。

我们要说一下郭志同，此人的妻子在不久前做过一次乳腺癌手术，这件事对我们办案并非毫无意义。据我们了解，郭妻在入院时已为晚期病人，她所接受的手术更多的具有"人文关怀"意义：科学技术已经如此发达，手术刀、止血钳、电骨锯各种"奇门兵器"如此齐备，病人未及一一享用，怎能让她撒手西去？病人难逃一死，手术可能只会加速其死亡进程，但是家人亲友能够无所事事听之任之，把她扔在病床上等死吗？于是手术，相对而言做得还成功。那段时间里不少人注意到郭志同的异常。他衬衫领子挺括，外观明亮有形，一如既往，但是脸容憔悴。人们一打听，才知道其家有事，其妻术后还在化疗，头发尽落，反应相当剧烈。郭志同身任要职，事务众多，所谓百忙，现在增添此忙，焦头烂额。此人应当说是处置有度，家中情况只向书记市长报告，对外一律不说，因此市里其他人是在一段时间之后方才耳闻。人们挺感叹：本市南部大通道和盘山隧道建设提上紧迫日程，郭志同首当其冲，责任重大。这种情况下努力工作且卓有成效，不能不说值得肯定。

据了解，郭志同妻子的病情目前暂时稳定，但是肯定来日无多。

郭志同尽量不让妻子病情为人所知，这有他的考虑。以时下风气，只要他说一声，家门和医院病房门就可能被慰问探视者蜂拥挤破。郭志同手中握有一定权力，他能替人解决一些问题，从经济往来到干部升迁，都能说上话，会有许多人乐于为他雪中送炭。他妻子病房里的果篮会从地板一直堆到天花板，送来的鲜花足以开几间花店，现金、礼包肯定也不在少数。郭志同能承受这般盛情吗？不行。这会弄得四处响声，直至声名狼藉。郭志同显然知道轻重，未见借机敛财贪小便宜之举。他也不是此刻才表现出类似素质，他一向相当注意，所谓"一般不拿"。这个人头脑清楚，他年轻、有能力，政治上大有前途，不会因小失大。但是也正因为这样，他不太可能聚敛大笔资财，一旦遇到天灾人祸，很可能会感觉到经济上突然降临的巨大压力，有一种强烈的需要感，这时就可能动摇，侥幸心理可能油然而生，从而乘虚而入。

所以郭志同涉案有其动机和可能。米欣却没有，这个人年轻，刚刚踏上"各级领导干部"行列的底层，尚未真正进入，因此还没人给她评职称，要有的话，我们觉得她比较可能获取的应当是"一概不要"。此人不贪婪，她会私截赃款让人难以想象。通常情况下这个人根本不会卷入类似事件，她帮许阿泉送钱实为特殊。我们分析，她上门去了，犹豫再三，最后一声不吭把大信封放在郭志同的茶几上，可能是因为知道郭志同有所需要，她同情，也许还牵扯一些复杂的情感。考虑到她跟郭志同之间关系比较微妙，谈论与郭妻相关的话题应当有一定困难，因此她什么都没说。这人可能送，却不可能拿，如此分析显然合理。

但是事实似乎与分析相悖，此刻嫌疑尽在米欣。谁让米欣成为主嫌？郭志同。郭市长披露当众退赃的情况，米欣无言以对，他的嫌疑也得以解脱。他这么做具有合理性，这位领导年轻能干，备受瞩目，是所谓众人看好者，已进入迅速上升通道，其提拔重用几乎指日可待。这种时候涉案影响莫大，具有毁灭性，他确有必要迅速澄清情况，让自己脱身。相对而言，他几次三番对办案的干预就非常反常，对他来说，比较明智的选择应当是离得越远越好。既陷米欣于嫌疑，何须再为她百般焦虑，如此失常？我们觉得他表现出来的关切不像是装的。郭志同怎么回事？难道他是想芝麻、西瓜都要，郭同志要保，小米也舍不得放？他不觉得技术难度太大，挑战性太强了吗？

郭志同就米欣情况摔了电话后，于隔日再次打来电话。

"昨天我有些不冷静。"他说，"这样吧，我考虑了一个办法。"

　　他说，目前有必要让米欣稳定情绪，恢复健康，即使只从办案看也需要。米欣涉嫌案件，该怎么查就得怎么查，该怎么处理就得怎么处理，任何人都无权干扰，这一点他清楚。他是常务副市长，他管经济，不管办案，本不该就案子说三道四，只是米欣的案子跟他有些牵扯，他管的工作也跟米欣有关系，因此才会谈及这些。他考虑要请米欣做一件事，既是工作需要，又有助于稳定她的情绪，让她配合办案。他把他的意见告诉我们，也会正式向市里主要领导报告。

　　什么事情呢？还是阿贝尔小姐。大约十天之后，阿贝尔小姐将率她的工作小组再次光临本市，对盘山隧道项目做最后一次实地考察。争取阿贝尔小姐再次前来，是郭志同数次率队进京，多方努力取得的最重要成果。以目前情况看，此项世行贷款案成功可能已达八成，只要阿贝尔小姐此行考察顺利，对该行关注的几个问题有满意的结论，事情便可基本敲定。

　　郭志同向我们宣讲利害。他说，本市的南部大通道和盘山隧道建设不仅关系本市，对整个省都具战略意味。这一改造完成之后，原道路坡陡、弯多、路窄、通行不畅状况将得到根本改变，新通道将可容大型集装箱货车快速畅行，从容会车，本省沿海城市港口的货物将可以沿这条便捷大通道进入山区腹地。本市将因此成为交通枢纽，从而提升经济战略地位。本省内地其他地市则获得了新的发展机会。这就是为什么项目会得到省里，以及中央各有关部门重视的原因。

"事情关键在阿贝尔小姐。小米可以起很重要的作用。"

郭志同告诉我们，在京谈判时阿贝尔小姐多次问起米欣，问郭志同为何不把米欣带到北京跟她见面？阿贝尔小姐说，她看过市里传来的一些法文译件，她看出是米欣译的，她很喜欢这个姑娘。如果她再次到访，希望市里安排米欣陪她，这是个条件。

阿贝尔小姐提出如此条件有相当大的开玩笑成分，大家都清楚，尽可能予以满足似乎也有必要。我们只是不知道情况是不是如郭志同所言，或许不是人家提及，是郭志同自己有意把米欣与阿贝尔小姐搅在一块，企图以此干扰我们办案？

我们反复斟酌，决定跟米欣谈一谈，当时她还在医院病床上，处于特别监护之中。

她表示愿意参加这一项工作。只要我们批准。具体做哪些事，做到什么程度，只要我们定下来，她照办。

"但是你行吗？"

她说从现在开始她会增加饭量，她能让自己恢复健康。

她还让我们放心，说她知道什么应该，什么不应该，她不会做不该做的。

我们的难题得以化解。实话说，不仅郭志同郭同志为她操心不尽，最不希望她躺在医院的应当还是我们。我们不由得惊讶于郭志同对她的了解以及他提出的这一办法。小米确让我们感觉奇特。这样一个姑娘当然会喜欢工作，而不是喜欢接受调查。也许工作让她有成就感，感觉到自己为人所需，确是某种人才。但是这并不意味着她能摆脱审查，可以不必再面对我们以及我们的问题。

我们不知道她是不是另有图谋。

她要求把有关资料提供给她，尽可能多地掌握一些背景情况和谈判内容，有助于从各工作角度为阿贝尔小姐翻译和服务。这一要求可以满足。

她在我们的严密监管下开始工作。毕竟高级人才，这人一进入状态即表现出其敬业素质和超强能力，那几天里她埋头纸堆，熟悉掌握资料，做翻译笔记，态度极认真。她的进食恢复正常，身体状况很快好转，不再躺在床上，不几天脸上就有了血色。

她说："需要我那几本书。"

她面对的资料里有不少技术用语，以她的法语水平，应对一般生活用语没有问题，技术性语汇则远远不够。她需要几本工具书，这种书本市其他地方找不到，只一个地方有，盘山镇，她的宿舍里。我们同意她回盘山镇取这些资料，当然要由我们派出的人员陪同前往。她不愿意了，可能是不想让盘山镇机关的同事们看到她眼下的窘状。她从包里找出房门钥匙，把它交给我们，还在一张纸上开下了书目。

"在我的书架上。"她说。

我们在她的书架上找到了那些书籍。有一本没找到，叫《法语汉译浅谈》，从题目看不是工具书，应当不太重要。米欣开书目时曾说，找到几本算几本，有些书她记不准，可能放在省行政学院她的宿舍，不在这边。我们本着尽可能找齐以支持其工作之精神，在她的书桌和床下纸箱里翻找，最后打开其书桌抽屉，终未寻获。

米欣宿舍书桌是老式旧桌，宽大笨重，有三屉一柜。小柜装有茶叶、点心等食物，顶一个食物柜，三抽屉二小一大，左右两个小抽屉一个装有文件材料，一个装有化妆护肤品，时下女孩少不了这个，我们表示理解。书桌中间大抽屉上了锁，一旁放材料的小抽屉里丢着一串钥匙，我们试着用它开抽屉锁，一试就开。

没找到该书。锁在里边的一样东西引起了我们的注意：一个鼓鼓囊囊的大信封，准确点说不是信封，是档案袋。

我们懵然有悟。

我们想起那些目击者的证词。目击者谈到郭志同在盘山镇政府会议室把东西退还米欣时，用语小有差别。有人说看到那是个大信封，有人则说是个纸袋子，还有人提到了档案袋。我们并没太在意其间的差别，我们可能有些先入为主，下意识地就觉得他们说的是一个大信封。目击者的注意程度彼此有别，对一件无关事项，他们不会留意每一个细节。他们的说法有些区别，提到的东西似乎也差不多：厚厚一袋，外包装物为纸质，类似信封那样的东西。这好像就够了。直到在米欣的抽屉里发现那个档案袋，我们才忽然意识到有些差别值得注意。

这个档案袋很普通，没有具体单位标志。档案袋纸质很好，很厚，背面封舌上有一条系绳，封套上钉有一个小纸圈。袋子容积不小，放两条香烟进去正好。如果不想封死，可以把封舌的系绳绳头往封套小纸圈下一缠，封口便不会摊开。需要取出里边物件也容易，绕开系绳即可。

郭志同退还给米欣的，会不会是这个档案袋？郭志同说过，他曾打开米欣带来的大信封，看到里边的东西，他很生气。显然许阿泉的"炸药包"已经被拆，不是原封不动。那个大信封可能拆破了，上边还写有许阿泉的名字，让无关者看了似乎不好，郭志同可能不想太张扬，因此把东西换装在档案袋里，再还给米欣。

米欣不愿说出下落的那笔钱会不会就在这里？

我们打开了档案袋。不是，里边没有现金。什么东西让一个档案袋如此鼓鼓囊囊？两本书，省有关部门编辑出版的《领导干部必读》。该书汇总了近年上级发布的各重要文件，包括反腐倡廉的各有关规定，厚厚一本近四百页。档案袋里塞了两本这样的书，档案袋背部系绳被仔细系好，整包锁进了米欣的抽屉里。

此件异乎寻常。如果是通常学习用品，何须米欣如此细心收藏？难道郭志同退还给米欣的竟然就是这个？两本书？所有的目击者都证实郭志同把厚厚一个纸质袋子丢在米欣的面前，谁能证实里边装的就是四沓现金？

我们感到震惊，为其中的可能性。

我们迅速接触米欣，把档案袋和那两本书摆到了她的面前。她立刻认出这是她的个人物品，显然对其记忆很深。我们请她解释怎么回事。她说她不知道。

"郭志同退还你的就是这个吧？"

她沉默。

"你尽管说。"

她说："让我工作。"

　　我们决定此刻不予强求。根据政府办公室通报，阿贝尔小姐即将到来，可以容许米欣先准备该事，然后再交代案情，相信她最终会说出真相。我们感觉到真相可能非常丑陋，有如地狱恶鬼，郭志同很可能是在偷梁换柱，精心制造一个退还之假象。而米欣可能没想到郭志同是在"退赃"，当时也许还以为是师兄关心其成长，给两本《领导干部必读》以供学习之需。她也可能觉得情况有些奇怪，因此把它们锁进抽屉，以备今后了解。这都可能，但是无法证明。人们也可以反过来问，为什么不会是米欣自己取走档案袋里的钱，再把两本书放进去？她说得清楚吗？郭志同说退了，有多人目睹为证。米欣说没有，除了自己争辩，谁能佐证？人们凭什么要相信她？

　　因此她失望、沉默，食欲尽失。

　　这只是我们的一种推测。

　　几天后，阿贝尔小姐率她的小组再次光临本市。这一次她和她的随员只待一天。上午客人从机场直接去盘山镇实地考察，下午在市宾馆会议室会谈，晚宴后客人离开本市赶往省城公干，行色匆匆。

　　米欣参加了整个接待过程。从机场接站开始，直到客人离去。一路上她跟阿贝尔小姐交谈甚欢，我们未明其详，却也充分感觉到法兰西语言的魅力。从她们见面时阿贝尔小姐的高兴劲看，该女老外喜见米欣是真的，郭志同并未胡言。老外特别是女老外可能就这样，办事讲规则认死理，人也特别率真，喜欢谁就喜欢谁，不如我们含蓄。谈判双方均有译员，米欣只是列席人员，起的作用却不小，以我们观察果然有沟通情感之效，足见小米不仅仅可用于煮粥。米欣投身工作时精神状态良好，脸上竟有笑容，神态生动了许多，不像近些日子拒绝合作不思茶饭时那般表情僵硬。

我们密切关注米欣与郭志同的接触，这两人均有涉案嫌疑，他们会不会利用这个机会偷偷接触，传递信息协调动作，例如为某一个档案袋统一口径？郭志同千方百计把小米弄进这件事里，是否含有这个目的？我们等着看。我们并不担心他们搞鬼，如果有助于进一步发现问题，实现查案的突破，让他们碰一碰无妨。

他们果然进行了接触，情况比较特别。

根据与市政府办公室的约定，我们派专人陪同，用办案专车把米欣按时送达市政府大院，上了前往机场接客人的中巴车，当时随员陆续上车，米欣坐在后排。几分钟后郭志同的轿车开到，他也上了中巴，坐在前排通常的首长位上。他扭过头看坐在后边的随员们，看到米欣时他向她笑了一笑，表现轻松，还特地加以问候。

"小米来了?"他说。

"是。"她答。

很普通,很平常,轻描淡写。

然后他们没再直接交谈,直到晚宴后送客。当时一行人走到宾馆大厅外,跟阿贝尔小姐挥手告别。客人所乘中巴刚走,郭志同即转过身跟一旁本市相关工作人员握手,致以领导的亲切关怀。郭志同在握手时还逐一表扬勉励,不外乎"材料搞得不错""继续努力啊""别累坏了",等等。米欣站在人群的最后边,因此是最后一个跟郭志同握手的人。

"小米都好吧?"郭志同把手伸向她时问了一句。

实话说小米不是太好。她马上就要跟我们一起乘坐守候在一旁的车辆离开,继续就某一笔款项的问题做出交代,该问题与郭志同大有牵连。郭志同郭同志清楚得很。

但是米欣笑了,笑容相当明朗。她回了郭志同一句话,在握手毕那一刻。

所有人都听到了她的话,却没有一个人听出那是什么,因为她说的不是汉语,也不是英语。她用我们都不知道的语言跟郭志同说话,也不多说,就讲一句。郭志同竟然听得懂。他略停顿,跟着做了答复。这回不再是"小米都好吧"那么通俗易懂。他也说那种话,非汉非英,外语,与米欣一样,叽里咕噜只讲一句。

什么话呢？小米都好？大米也不错？

米欣告诉我们其实没什么，他们就是用法语做一次彼此问候。我们知道米欣学过法文，她的好学精神使本案屡有波澜。我们不知道原来郭志同也懂点儿这个。如此看来，米欣声称他们曾经在郭志同的宿舍漏夜共学外语，并非绝无可能。或者不止那个晚上，他们在其他时间里也曾于百忙中抽空学习过法兰西语言？为了阿贝尔小姐及其贷款，或者为了郭市长米助理彼此间有些可疑的关联？难道他们还那么有远见，早就准备在特定场合用一种只有他们明白的暗语进行紧急交换信息，例如今晚？

六

郭志同带大队人马前往省城，与省有关部门一起跟阿贝尔小姐做最后谈判，以便最终签订协议。省城事项由省里部门主导，人家按人家的规矩办，郭志同插嘴的空间有限。省城人才多，不缺法兰西语言专业人员，不必有劳郭志同挖空心思跟我们周旋，打小米的主意。

据我们了解，盘山隧道贷款协议本拟在下个月签订，因本省另一地区还有一项世行贷款项目，那个项目的进展稍慢一些，省主管部门原考虑两家同步，办清楚了一起签约。郭志同以本市项目急迫为由，非要先办这个不可。他几次三番上北京协调，到省城找人，开展所谓"穿梭公关"，进这个衙门，走那个单位，从处长一直找到厅长、主任，最后惊动了省里的大领导。这人办起事有一套，锲而不舍，终于如愿以偿。

但是他挨了骂。一位省部门重要官员非常不高兴，说郭志同怎么搞的，小小一个县级市副职，蚊子咬了一点事，什么人都敢找，把省里原先的安排给打乱了，都这样还了得！有哪个项目不急？有哪个项目急到这种程度？一条小隧道怎么啦？天塌地陷了？郭志同虚心接受批评，连声检讨、道歉，说就这么一条小隧道，干扰了全省大局，给领导增添麻烦，非常难过，非常过意不去。检讨得很动情，很诚恳。但是另一边他也没耽误，该找谁找谁，该办什么办什么，盘山隧道项目贷款事项终于尘埃落定。

这人显得很急迫，情不自禁。他的一些做法，别说省里那位重要官员不高兴，以我们旁观也确实有些过分。盘山隧道项目很重要，很急，似乎也还没急成那样。我们认为郭志同可能出于心虚，是不是担心自己头上的乌纱帽已来日无多了？

在省城期间，郭志同一边联络、谈判，忙碌其公事，一边用各种曲折方式了解本案进展，难以释怀。显然他心里有数，他涉案很深，他关于许阿泉贿款来龙去脉的解释表面看天衣无缝，疑点还是无法根本排除。这人很警觉，那几天他时常打开手机看看再关上，然后向身边工作人员要手机，说是自己那个没电了。他会拿着别人的手机走到外边去讲话，不让旁人听其言说，说完话还手机前，他多半会细心地把本条通话记录删除。此人精明，一贯精细，此刻显然是在防范，他担心自己已被我们盯住。

其实他是草木皆兵。由于我们防备严密，案情进展未泄露，很遗憾他得不到准确消息，确实是摸不着头脑。事实上我们目前不好动他，因为米欣始终没有开口。

在参加接待阿贝尔小姐之后，米欣的身体和精神状态有所恢复，亦不再拒食。但是她还是不合作。这粒小米不像小米，她似乎不易煮烂。

我们告诉她不要有顾虑，是什么就是什么，实话实说，尽管把真相告诉我们。她摇头，声称自己无话可讲。我们问她抽屉里的档案袋是不是郭志同丢给的那个？她拒绝回答。不说是，也不说不是。

如果她告诉我们，不错，这就是郭志同当众退还的东西，袋里确实没有钱，装的就那两本《领导干部必读》。我们能相信她吗？她有什么证据证实自己？我们有什么证据相信她而不是郭志同？皆无实据。她无疑会有这方面的担心，但是依然可以说出真相，我们信不信另当别论。一只鸡在被无辜宰杀之前会努力拍打肩膀，嘎嘎尖叫，四处求助，同时表达对施害者的不满，以及对命运不公的气愤。小米如此高级人才，怎么就不会呢？

她只说："很后悔。"

后悔什么？不该愉快地接受镇长交办的任务，还是不该与郭志同幸福地学习在一起？她不说。这姑娘性情沉静，比较内向，可能由于早年家庭破裂感情无归的影响。沉静女子往往坚忍，百倍执着，她当然知道问题相当严重，显然打定主意要独自承受。

这里自有其原因。

我们询问她对郭志同常务副市长有何看法？此问很含蓄，她回答得也很含蓄。她说郭市长是领导，是上级。不是吗？

"他很器重、关心你，是吗？"

她说你们好像也很器重、关心我的。

我们问她，是否听说过郭志同之妻患恶症接受手术并可能不久于人世的情况？她说她有耳闻。我们问她是不是感到同情？她略停顿，回答说是的。我们问她经过这一段调查，在郭志同声明自己已将赃款公开退还她后，她对郭志同是怎么看的？以前的看法没改变吗？她不回答了。

"你没觉得很受打击？"

她沉默。

后来她说，原先她不认识郭志同，到盘山镇挂职后才知道他。她对郭志同很钦佩，特别是参与了盘山隧道和南部大通道建设的一些具体工作后，接触多了，感觉很深。郭志同有水平，有学识，能力很强还非常细致。她研究生毕业后就被选调进机关工作，虽然阅历还浅，也见识过一些领导干部，像郭志同这样的不是太多。

"关于他就这些，不要再问我了。"她说，"我不会再说什么。"

"你们的交往始终是正常的上下级交往吗？"

她果然如其声明，从此拒绝回答任何关于郭志同的问题。

我们向她了解郭志同并无不当。这两个人是不是一起睡过觉并未列入本案调查范围，但是她和郭志同均已涉案，如果他们的关系与案子相关且阻碍办案，我们有权涉及。我们怀疑他们关系不正常，不仅来自道听途说，还有间接物证：那一次，我们在米欣书桌上锁的抽屉里除找到装有《领导干部必读》的档案袋外，还发现了一样特殊物品：一盒安全套，已启封并用掉数个。

　　米欣有接触安全套的便利，曾与她同处一室的盘山镇妇联主任兼管机关计生具体工作，常为镇机关已婚妇女同胞分发此物，兼作福利物品，免费发放。当时，该主席把整箱安全套随随便便就丢在宿舍的地板角落，米欣顺手悄悄拿上一两盒不是难事。我们相信她拿了这东西将其锁进抽屉里，不是准备有朝一日用它吹成气球挂起来以祝你生日快乐。米欣未婚，原则上不必使用此物。米欣有过一个男友，曾经在前些时候携款露脸于我们面前，其款为真，人却是假的，真男友早去澳洲，且已分手，目前空缺尚未填补。据我们了解，小米在盘山镇期间未见与哪位男士有特别交往，分析起来似乎郭志同郭同志还比较可疑。

　　有许多迹象让我们推测他们的关系非同一般。郭志同由衷地关切小米，米欣涉案后，他不是避之唯恐不及，是几次三番犯忌现身，颇不冷静，甚至有些奋不顾身，可见难以割舍。但是我们也大有疑问：如果他们之间真是一个器重、关心，一个钦佩、同情，在工作、学习中建立了如此深厚的男女之情，早在研修法语之余一起研修使用过安全套，感情这般胶着，郭志同怎么会那样制造退赃假象，事到临头一摆手，自己脱身而陷亲爱的小米于热汤文火中？弄一个青年男子冒称小米男友替她交款，让她百口莫辩，更难以想象。

只有郭志同能够解答我们这些疑问。我们能否跟郭志同再次正面接触，请他再回忆一下当时的细节？例如米欣留在他宿舍茶几上的许阿泉款项是何包装？一个大信封，写有名字，是吧？他退还米欣时是不是换成个档案袋？许阿泉的原信封还收藏着吗？会不会调包时装错了，把两本什么书装进了档案袋里，那些钱则另有去路？我们相信郭志同还会说得天衣无缝，就像安排阿贝尔小姐接待事宜一般。他很细致，有经验，是老研究生，不似小米只会拒绝回答。也许我们可以在询问中发现新的疑点，并据以突破案情。人再聪明都不可能做到永不失手，他也一样，否则他这样的聪明人此刻怎么会跟我们纠缠不清？

我们分析郭志同涉入本案的可能：妻子患病确需用钱，许阿泉看准了下手，事到临头郭志同没把自己把握住，心存侥幸，认为这样拿应该不会出问题，所以收受了。为防万一他精心制造退赃假象，做得两头有用：要没出事，他就是给米欣送两本书供其学习，要出了事，他就可以说是把那钱一退了之。此人无疑聪明，可能就是这种聪明让他自己深陷本案。

这都还只能算是我们的推测。郭志同身份比较特殊，缺乏有力证据，在没有把握的情况下，我们怎么跟他接触呢？

我们反复斟酌。郭志同在省城也没闲着，如事后人们所笑：他努力为我们提供额外帮助，以求尽早结案。

那时世界银行贷款事项大局已定，他比较有时间了。郭志同是常务副市长，负责具体筹备、谈判事项，类似重大项目的最后签字人倒不是他，要由市长亲自到省里画押，不必有劳郭志同郭同志表现其书法水平，因此他得以在百忙中抽空行事，"自觉协助"我们开展工作。

他去找了省行政学院的蒲思陶。这位蒲老师算是始作俑者，当初没有她那般认真负责，热情地把小米交给郭同志，也许就没有今天的案子。所以郭志同找她也对。郭志同这一回是郑重其事，他通过蒲老师找到了行政学院的主要领导，正式接洽。

他说，他不是以常务副市长的身份找院领导汇报工作，他是以个人和校友的身份来反映情况。他向院领导介绍了米欣在其领导下涉案的过程，当然只是有选择地说一些情况和细节，没讲出我们最为关切的真相。他也并未讳言自己亦在案中。他说米欣被调查的事情跟他有关系，所以他才会如此冒昧来找学校领导谈。

"据我所知案子有些曲折，办案人员认为疑点很多。"他说。

郭志同亲自出马，找米欣学校的领导讲这些，如人们形容叫"赤膊上阵"，以他的身份和行事特点看挺反常，与他在米欣涉案后的表现却相当一致。此人在本案中的行为特别尴尬，我们形容过，陷小米于水火的是他，为她着急的恰好也是他。

他说他认为米欣是无辜的，米欣可能有一些不得已的情况，也许涉及隐私，她不愿意讲，因此卷入案件无法脱身。据他观察，米欣外柔而内刚，很坚忍，很执着，学习和工作中都这样，感情上恐怕也是，一旦认定，很难让她回头。如果不及时帮助，她的前途甚至生命都可能毁于这次事件。学校领导和老师对她肯定更为了解，这样一个人才不该被毁掉的。

郭志同干什么？爱护人才宣传？不是，他有目的。他说米欣涉案后他很着急，曾找过有关部门和领导，试图施加一点影响，但是无效，因为自己牵涉此案，难以控制情况，有些话不便说，说了也没用。他考虑，事情已经拖了不短时间，再拖下去怕要出事，因此找到学校。米欣是行政学院高级研修班的学员，在校期间品学兼优，挂职期间表现一流，涉案情况比较特殊，责任并不在她。牵涉的案值也不大，区区四万，款子亦已全数追回，实不必再追究细枝末节，这事怎么说也不该搞到这种程度。

他请求学校正式了解干预此事。米欣涉案后，学校曾派出蒲老师前去联系过，起了积极作用，但是光那样不够，现在应

266

当正式接洽，表明态度。如果学校了解到的情况不像他说的这样，可以向有关部门反映他的妄言，他愿意接受处置。如果是，则请学校对自己的学生施以援手。他听说米欣早年颇多感情波折，家庭破裂，母亲已逝，父亲形同虚设，她就像个孤儿，出了事谁替她出头，替她说话？只有学校。学校眼下就是她的娘家，娘家应当关心自己的弱女。只要学校出面，事情肯定会有转机，下边办案部门不可能漠视不顾，案子能结会结，不能结案的话也可能让米欣先行解脱，有关问题存疑待查。学校挽救了一个优秀学员，保护了自己的无辜弱女，为国家为事业留下了一个有用之才，这是千秋功德。

郭志同颇懂动之以情，他还危言耸听、施加压力。他说学员在校期间出事，对学校影响很不好。如果出的是恶性事故，比如死了人，学校没责任吗？米欣受审期间曾拒食、住院、濒危，虽然后来情况缓解，却很难保证不再发生类似事件。堂堂省行政学院，省政府直辖的高级行政干部学府，出了学员非正常死亡案，如何向省政府交代？米欣要是一个很糟糕的学生，犯了十恶不赦的罪行，那还好说。如果不是这样，学校能听任事态恶性发展吗？

院领导非常惊讶，也很不高兴。可能很少有人敢跟他这样说话，说得如此尖锐。

"郭志同同志，"他正色道，"你这样说不会太过分吗？"

郭志同竟当场掉泪。

他说他知道自己很不冷静，很不应该。他是老校友，在职研究生课程班的班长，他愧对学校领导和老师的栽培。米欣为他而涉案，如此人才要是因他毁坏，那是天大罪过，他会内疚终生，永远良心不安的。人有时确实很不得已，此刻想来，个人进步啊发展啊升迁啊没必要看太重，会适得其反的。他不能再说下去了，冒昧之处请院领导原谅，他的心情请院领导理解。

"很后悔的。"他说。

后悔什么呢？没人知道，这是个永远的疑问。

当天午夜，郭志同在省城的南公园荷塘意外落水，被发现时已经溺毙。

<h1 style="text-align:center">七</h1>

这个人的死亡亦疑点重重。

郭志同原定于第二天一早从省城返回本市，此行功德圆满，世界银行贷款协议已经签下，市长和大批工作人员已经先行离开省城归返。郭志同算是头功功臣，可以一起荣归任上，但是他没急着走，说还有一些后续事项需要处理，独自在省城留了两天。我们已经知道他的后续事项其实与盘山隧道无关，他是在为自己涉嫌的案件活动，包括到省行政学院替米欣说项。据我们所知此人活动范围不小，他有一种紧迫感，他在省城找了几位重要部门的官员，其中有一位省领导的秘书。他找的人里有一个是律师，可能是做咨询以防万一。他努力为日后事宜谋划，绝无想死之迹象。死亡前数小时，他还交代司机早点休息，打牌别打太晚，第二天一早走，精神要饱满。

此刻显然不是他找死的合适时候。内有病妻来日无多，外有小米尚未解脱，他在省城千方百计活动可能会有效果，即使最终不行，他被拖入案中，如他自己形容："多大一个事？天那么大吗？"总案值四万，一条命抵之略重。

但是他却把自己弄死了。

这一次到省里办事，郭志同下榻于本市驻省城办事处客房。出事那天黄昏，他让司机送他去一个酒店请客人吃晚饭，其中一位贵客即某省领导秘书。饭后郭志同让司机送客人回家，交代司机送客后直接回办事处，他自己在附近另有事项，办完后有车送他回办事处，司机就别管了。郭志同另有什么事项呢？就是去行政学院宿舍区找蒲思陶蒲老师，并一起去见院领导，在那里痛哭流涕了一番。事毕他离开行政学院，并无车送，他坐出租去了城南的美轮美奂大酒店，该酒店紧挨着南公园。

当时大约晚上十点，他给办事处主任打了电话，让他安排相关事宜。美轮美奂大酒店是省城有数的五星级大酒店，本市驻省城办事处与之有协作关系，有时假其店接待特别重要的客人，都由办事处主任电话特约安排。郭志同告诉该主任立刻预约，说事情较急，一刻钟后有用。主任只用五分钟就办妥了，回电话称已联系清楚，在酒店四楼玫瑰厅。郭志同说，行了，就这样。事后办事处主任回忆，郭志同在电话里很自然，不显异常。我们知道当时此人刚激情燃烧般痛诉过心曲，难得他很快就能让自己恢复平静。

他告诉酒店的服务生只请一个客人，摆两副餐具足够。他点了几样特色菜，一个汤煲，菜不多，相当精致。他让服务生拿酒，交代说："就我留的那瓶。"服务生点头表示明白。郭志同留在这里的是一瓶高级洋酒：金色年代，人头马系列，只喝了近四分之一模样。郭志同让服务生倒酒，不等客人光临就独自品尝。他说客人有事，还得等会儿才到。两小时后年代不再金色，只剩一只精致的空瓶，里边的酒被他喝得一干二净，桌上的菜基本未动，只喝了些汤。而贵客迟迟未见。

此客显然重要，在这种时候到这种地方用这种方式会面，估计与郭志同牵连的案子有关。贵客托事迟迟不到，最终还是不来见他，颇显意味深长。

郭志同于接近午夜时独自离去。一个人喝掉那么些酒，步履不免蹒跚，却也不太显出醉态。据我们所知这人酒量一般，且通常不太喝，当晚如此表现很异常，考虑到那时他心情特别地欠佳，借酒浇愁情有可原。金色年代醇香宜人，酒精度不低，高级洋酒的特点是不上头，再醉成什么样，不会口干舌燥、头痛欲裂，但是后劲十足。郭志同可能就是被其有力后劲击倒的。在足够的酒精配合下，人很容易做出超常之举。

他进了南公园，死在公园深处的荷塘里。没有搏斗痕迹，没有他杀迹象，也肯定不是无意中失足落水。其死亡地与公园甬道隔有一片林子和草地，不是自愿前去落水，一般人不会走到那里去。溺死郭志同的那一汪水面说来令人感叹：最深处只及腰间，大多数地点水深及膝。相信郭志同只要一个俯卧撑就能把鼻子伸出水面呼吸。但是他放弃了。恰如民谚所云，有时一盆水就能溺死一条汉子。

据警察现场勘查，死者落水前曾在荷塘附近停留一段时间。那里有一条双人椅，他在双人椅上坐了坐，再毅然落水。由于地点偏僻，光顾者少，塘边那条双人椅落满灰尘，警察在椅子上找到郭志同的坐印，它显现在尘土中。郭志同的坐印紧靠双人椅左侧，似乎很小心地为一位隐身人留下了右侧的位置。

我们想起了他在美轮美奂大酒店最终没有等到的神秘客人。据酒店人员回忆，数月前郭志同与一位客人一起来过该酒店，点了同样几种特色菜，要了一瓶金色年代。他们喝得不多，也吃得很少，只是交谈，十分融洽，欢声笑语不绝。跟他来的是位年轻姑娘，人很漂亮，看上去很文静，穿一条白裙子。

也许是她？当晚郭志同只是在重温旧梦，等候一位自知根本不可能到来的客人？这种重温和等待可能很伤感，特别是在一场沉痛诉说之后。超量酒精无疑具有迷惑与放大之效，他就这样跟我们匆促拜拜了。

米欣听到郭志同死亡的消息即显呆滞，难以置信之态。

"不可能。"她说，"不可能。"

我们跟她说到美轮美奂大酒店，金色年代，南公园荷塘边的双人椅。她泪如雨下。在我们印象中，小米一向沉静，情绪波动时最多眼角潮红。此刻印象得以改写。这姑娘哭起来与众不同，没有号啕，没有抽泣，基本无声，唯泪珠如雨。

她后来不知去向。与我们分手后她离开盘山镇，从省行政学院退学，也没有回到她入学前的工作单位。在经历这些事情后，她可能认为继续留在公务员行列里有所不宜。我们再也没有她的消息。事实上一直到最后她都没把相关情况告诉我们，郭志同丢给她的确实是两本书吗？他们俩怎么回事？是不是美酒、荷塘、长椅曾共度过一个省城良宵？概不言及。通常而言，在这种情况下她顺手一弹，把落在身上的灰尘污垢一拂而净，这已经很简单很容易了。她却不，只说人都死了，别再问她了。此其个性。我们没再要求她说，如其所言，人都死了，那些事已经不再紧要。本案以众多疑点未解告结。

有时我们会想起这两人的泪水及其悔恨。我们还想起他们初见时的情形，以及两人在众目睽睽之下用他们的暗语进行的隐秘交谈。他们说的确实是法语，我们请专家根据录音辨别过，其大体意思即："认识你很高兴。"

愿他们曾感觉愉快。

本市的盘山隧道和南部大通道均已建成，这条路不错。

祝愿你幸福平安

一

星期日午夜，许丽姗和儿子康平已经入睡，门外忽有异常响动，许丽姗给惊醒了。许丽姗是警察，职业性警觉，于梦中亦不忘捉贼。当晚门外弄锁者也算会摸，什么人的门不好撬，偷到警察家里来了。

许丽姗这套住宅位于城西郊正荣花园，该花园在本城略有名气，昵称"官园"，因其距市政府大院近，为机关管理局主持开发的住宅小区，住户以机关干部为主，生活境遇多在小康上下。许丽姗的这套住房在花园一号楼四楼东侧，装有双层防盗门，该楼楼下另有自动门和对讲机，对外来人员特别是大盗小偷严加防范，安保措施相当健全。没有真功夫的等闲小偷还真是摸不上来的。

许丽姗在床上听，确认无误，响声不对，门外咔嗒咔嗒有人在弄锁。那时她顾不得穿衣服，着内衣即跳到地上，开灯，跑到厅里，抓起一把椅子。以当时情况，最好在小偷尚未开启内层铁门锁，闯进屋前制止其举动。许丽姗举起椅子以防万一，抬脚往铁门上一踢，隔着门对外边企图潜入者厉声大喝："有警察！不许动！"

外边弄锁声骤然停止，然后是笑声。

"别叫，是我。"

门开了，不是小偷，却是康镇坤，本宅男主人，许丽姗的丈夫。

他嘿嘿笑，做醉酒蹒跚状，说没走错吧？这谁啊？好像认识？我没喝多少嘛。

他是开玩笑的，身上一点酒气都没有。

许丽姗松了口气。她把椅子一丢说吓死我了。康镇坤说警察一吓就死，难怪小偷猖獗，人民群众没得救了。许丽姗忙说小声点儿，儿子刚睡，别吵醒他。

康镇坤在新港区任职，单位离市区近五十公里，工作日都住在区里，回市里开会或者法定节假日才归家与妻儿团聚。通常他会提前打个电话告知回家，让老婆烧点热水。许丽姗比较小气，居家过日子精打细算，总是在乎电费。别人家的电热水器跟电冰箱似的，一天二十四小时不间断通电，加热完了保温，任何时候水龙头一开都有热水，达三星级宾馆水准。许丽姗认为这是浪费。她努力响应号召，建设节约型家庭，需要热水洗澡时上闸烧，烧够了关电源。康镇坤总笑她是吝啬加记忆好，双倍的精打细算。康镇坤也有不打电话就闯回家的时候，多半因为喝酒喝忘了。有一次让人灌得晕头转向，被司机抬上楼，进门时还跟老婆开玩笑，说咱们好像认识？后来这成了他的酒桌经典段子，时而拿出来搞笑。这个双休日康镇坤本该休息，周末他打过电话，说区里有要事，加班开会，得讲话，不回家了。哪想半夜里不吭不声突然跑了回来。

"正忙呢，忽然决定不干了。"他说，"还是老婆、儿子要紧。"

丈夫回家，许丽姗很高兴，忙着跑洗手间开电闸烧水给康镇坤洗澡，问他要不要吃点东西？康镇坤摆手，让许丽姗赶紧披件衣服，别冷着了。他说咱们商量件事。

许丽姗这才发觉他神情有些异样。他一进门就打哈哈，开玩笑，原是强作的。

康镇坤走过去把小卧室的门关上，他们的儿子正在里边蒙头大睡。以往回家晚了，他都会先跑到床边看看儿子，现在顾不着了。他把许丽姗拉进洗手间，也关上门，顺手打开洗脸盆的水龙头，让水哗哗流下，注于洗脸盆，再直接排入下水道。

许丽姗大惊："你干什么？"

他说以防万一，弄不好隔墙有耳，别让人监听了。

"什么？"

他把指头放在嘴唇上，示意小声。他问许丽姗家里此刻大约有多少现金？许丽姗说全部归起来，可能有七八千吧。他点头。

"你赶紧找个时间到乡下去一趟，把现金都给老头子送去吧。"

康镇坤说的是他父亲。康镇坤老家在乡下，所居乡镇离市区有三十多公里。他父亲半身不遂，卧床多年，由康镇坤的弟弟照料。康镇坤每隔一段时间会到乡下去看一看父亲，给弟弟留点钱。如果不遇特殊情况，给个三五百块钱就行了，从来没有也无须大手大脚。今天怪了，家里现金扫荡一空，拿去给乡下老头子，干吗啦？

他说："先这样吧，以后情况难说了。"

"到底出什么事了啊?"

他说别急,咱们慢慢说。接下来他问存折,他说工行、建行还有什么卡的加起来,怕还有十万八万吧?能赶紧取出来吗?

"都没到期呢。"许丽姗说。

"别心疼那些个利息。"他说,"都什么时候了。"

"跟我说怎么啦?"

康镇坤说,能取的话,把钱取出来。但是别放在家里,可以送到许丽姗的父母那边,先放着,让老人家别声张。如果不好取就把存折拿去放好。得有个思想准备,可能有一段时间这些钱是动不了的。不要惊动其他人,就找二老。岳父是老干部,一般不会给老干部找事的。对老人家不必讲太多,告诉他们不用着急,一切都会过去的。

"我可能有麻烦。"他说,"什么程度现在还不清楚,很难说。"

许丽姗不禁色变,情不自禁抓住他的胳膊追问底细。康镇坤说一两句话讲不清楚。有些情况许丽姗不知道也罢,少麻烦。

"你在局里管机要,你清楚的。"

许丽姗急了,说别跟她含含糊糊。她是他妻子,这是要让她急死还是怎么的！康镇坤笑了笑，抬手在许丽姗的头发上摸了一下。

"看你。"他说，"也许什么事都没有。怎么两句话就让你吓成这样?"

他讲了个笑话，说几个小官员有事应酬，找个地方一起喝酒，喝半夜都差不多了，打算散伙回家。其中有个人过了量，忘乎所以，胡闹，死活不走，还不让大家撤，非得开一瓶再喝。身边人想了个办法，让服务生过来，说某某某，根据群众举报和对你违法违纪线索的初步核查，经研究决定对你实行停职审查。车在下边，现在起立，出发，走。这人居然就给镇住，一句话都说不出，乖乖站起来，让人架着出门上车离开。上车时就有反应了，连连表态，说一定坦白交代，争取从宽处理。车停一看是自己家，那时很高兴，说这就放回来了? 真是坦白从宽。

"别跟我瞎扯!"许丽姗气坏了，叫，"你都干什么你?!"

康镇坤还那样，很镇静。

"我得到消息了。"他说，"明天可能有人会找我，让我说一些事情。估计不是太简单。今晚赶回来是让你有个思想准备，这些话电话里不能说，只能当面告诉你。一会儿我收拾点东西，马上得赶回去。明天早上有个会，还得连夜做点准备。"

他开了句玩笑，说这是站好最后一班岗。

许丽姗朝他身上用力打了一巴掌："跟我说实话！"

他还开玩笑，说这是什么？警察打人？刑讯逼供？

"我不听！"

他这才告诉许丽姗说那个人进去了，开发商沙海河，已经近半个月。

"跟咱们不相干啊！"许丽姗叫道，"咱们没拿他钱！"

"所以你别着急。"他说，"我去找几件衣服。"

他打开洗手间门走了出去。许丽姗没跟着走，她静静站在洗脸台前，水龙头上的水还在哗哗不止。此刻她已经顾不着节约用水，她发抖，眼泪如自来水哗哗流淌。

康镇坤到房间里收拾东西，他还推开小卧室的门去看了儿子。他们的儿子今年八岁，上小学三年级，已经会写作文，此刻睡得正香。康镇坤在儿子房间待的时间不短，然后又进了洗手间。许丽姗一动不动站在洗脸台前，还在独自低头垂泪。康镇坤用右臂揽住她，摇她，用了力气。

"别这样。"他安慰道，"没什么大不了的。"

今晚看来确属严重，不搞笑不足以掩饰。康镇坤居然问许丽姗是不是需要他为她唱支歌，"祝愿你幸福平安"，也许听一听感觉会好一点儿？许丽姗不说话，使劲晃身子甩掉了他的手。

"也可能什么事都没有，像上一回。"他说。

她知道没这么简单。

康镇坤职位不太一般，是新港区的管委会主任，党政一把抓，地位显要。新港区靠海，为本市新设的开发区，县级建制，成立也就两年多。康镇坤在新港设区就到那里任职，一号人物，手中有权，事情特别多，许丽姗陪着不清静，不时还有些事让她提心吊胆。大约一年前，有一晚康镇坤在家里，接完一个电话后模样魂不守舍。许丽姗追问究竟，他说自己可能有麻烦。他那里一家国有企业审计中发现经济问题，管委会的一个副主任陷进去了，有些事涉及到他。他安慰说不要紧，他会想办法解决，不用担心。这可能不担心吗？许丽姗忐忑不安一个多月，事情过去了。康镇坤告诉许丽姗，他们区那位副主任给抓了，他没大事，承担了一些领导责任。类似情况他都讲得很含糊，不愿妻子知道太多，他说这种破事听了徒增烦恼，没必要，除非非说不可。

许丽姗感觉今晚跟上回大有不同。康镇坤的口气挺特别，打哈哈，讲酒徒笑话，格外镇定。这人在特别需要掩饰心里的极度不安时，本能地会这样。这几个月里许丽姗已经感觉异常，康镇坤特别忙，回家次数明显减少，在家也常心不在焉，不停打电话，一会儿跑省里，一会儿跑北京，请客吃饭，找这个找那个。他跟许丽姗说也没什么大事，搞项目嘛，都这样。许丽姗却感觉不像他说的那样。几次三番追问，他始终守口如瓶，哪怕直到这个时候。

康镇坤提起他的公文包，说他得走了："明天我给你打电话吧。"

"康镇坤你是真不说吗？"

"又逼供，"他笑，"现在我后悔了，晚上真不该回来。"

他让许丽姗好好睡觉。明天他会打电话的，那时就什么事都没有了。

"要是没电话呢？"

他看着许丽姗的眼睛，好一会儿。

"你就擦地板。"他说，"使劲擦。"

"别瞎扯！"

"你最好做点准备。不行了先把机要科长的职务辞掉，主动提出，比被动接受感觉会好一点儿。"他平静道，"你一向表现出色，无可厚非。我估计他们还得保留你的待遇。以后的事情走一步看一步，再说吧。"

"你真的有事！"

他还说那些事情三句两句说不清楚。要是很容易说清楚，这些日子哪用得着他这么忙。现在看来效果不太明显，无用功，白忙活了。

"既然这样也就无所谓。眼下最放不下的就是老婆和孩子。"他说，"今晚特地跑回来，有句话最重要：无论如何你得撑住。康平就靠妈妈了。"

许丽姗眼泪忽又落了下来。

他还开玩笑，说跟老婆做如此交代，作为丈夫和父亲，真是挺失败挺失职的。人都可能碰上些关口，有的关口看起来很险，却过得去，有的似乎不必太留心，倒过不去了。不管是当小偷的，当警察的，或者如他这样当主任的，难免都会碰到某个破事。小偷的破事可能是不小心踩了一脚狗屎，主任的破事就具有一定的复杂性。

"要是真出了事，无论人家说什么，你都不要听，不要信，免遭烦恼。"他说，"得有足够耐心，到时候我会给你解释。"

他特别交代了一件事：要沉着，不要乱找。特别是那位领导，绝对不要去找。无论如何，不管出了什么事情。

许丽姗在门边把他紧紧抓住，止不住发抖。

"康镇坤这样不行，你得告诉我。"

"可能没事的。"他还笑，"你管好儿子，别害怕！"

许丽姗说她和康平不要这个，他们不要害怕。

二

许丽姗和康镇坤相识，是在一次青年活动上。

当年许丽姗很活跃，警校毕业后分到交警直属大队，以往女警员到队里只管内勤，许丽姗到来那年恰逢抓整治交通秩序，队里警力不足，所有力量都上一线，包括女警员。许丽姗分在市区中心大道一组，天天上岗指挥车流来往。那段日子中心大道交通拥堵格外厉害，全城司机都喜欢往那儿跑，看警花指挥交通。许丽姗长得漂亮，警服一穿特别威风，指挥动作很标准，用如今的话形容叫"很有看点"。

所以，那一回康镇坤提议她比动作，让大家就近欣赏。

那时他们在水库边，市青年组织搞了次活动分子联欢，男男女女叫了二十来人，弄个车拉到郊外水库玩。许丽姗属公安局团委，康镇坤属教育局，当时他在中学里当政治课老师，兼校团委书记。春天时节，水库边、山坡上草木青青，景色很好。加上年轻人相聚，心情特别舒畅，花样也多。那天的主项目是划船、野炊，主项目开展前大家先在草坪上聚会，围一个圈，让每个人自我介绍，规定要表演一个节目，说唱逗笑都行，意在增加彼此印象。轮到许丽姗上时，康镇坤带头起哄，说小许是闻名全市的警花，指挥交通特有魅力，疏导车流的同时让许多司机眼光发直，制造了多起意外交通事故。好在这是水库不是大街，容小许充分发挥魅力，不怕车开到水里。

许丽姗知道他们是开玩笑，指挥交通哪能上这儿来。她表演唱歌，唱大家耳熟能详的一支流行歌——《让世界充满爱》："轻轻地捧着你的脸，为你把眼泪擦干。"这歌很抒情，最后一句特别动情："真心地为你祝福，祝愿你幸福平安。"许丽姗唱得很投入，她的嗓子好，大家听了都鼓掌。

康镇坤也表演节目。这人嗓子不行，他不唱歌，讲笑话。那时候的小康老师与后来的康主任差距尚远，讲笑话倒是一脉相承，许丽姗听他的第一个笑话就是所谓"酒段子"。那天康镇坤说的是"警察和酒鬼"，似乎有意牵扯许丽姗的职业。

他说有一个人喝醉了，拉着警察到一户人家门口，请警察帮助开门，称自己是丢了钥匙进不了家门。警察问怎么能证明这是你家？醉鬼说打开门我就能证明。警察找来锁匠把门打开，醉鬼领警察进门，指着大厅说你看这是我们家大厅，指着卧室说你看这是我们家卧室，走进卧室指着大床说床上这女人是我太太。警察问，跟你太太躺在一起的这男人是谁？醉鬼说这还用问？这男人就是我呀！

后来野炊，康镇坤从另一组里跑过来，请许丽姗吃他们炸的"菜头饼"也就是萝卜糕，担保他们的食物举世无双，能提供足够的维生素，保证警花值勤站岗或者被醉鬼请去开门时不被太阳晒黑皮肤。许丽姗吃了他一小块炸糕，跟他提起他的笑话，说她在晚报副刊上读到过，好像是去年，那份报纸里的几则小幽默都不错。康镇坤发笑，说坏了，以为剽窃得手，哪知道被警察当场逮住。连他自己都忘了窃自何处，女警官的记性真是不得了。他还说小剽小窃问题虽然严重，原则性错误可不敢犯，躺在那张床上的男人肯定不是他。

"要我看小许以后不必动手了，可以改用唱歌指挥交通。别说司机们，满街汽车肯定也都如醉如痴。"他开玩笑，"'轻轻地捧住你的脸'，真幸福啊，明亮照人。不是恭维，唱得确实好，动听之至。"

那一次水库野营让他们相识，彼此印象挺深刻。此前许丽姗对康镇坤没什么感觉，他们曾在青年联合会的会场见过，没谈话。康镇坤一米七六左右，在南方男子里算高个了，人长得很清楚，透着股帅气。当时年轻，人瘦，不长啤酒肚，模样格外清爽。

康镇坤主动接近，当然是有目的的。这人比许丽姗年长四岁，阅历和经验都比较充足，他那种性格也比较有进攻性。野营后他就给许丽姗打电话，聊天，如他笑称："谈谈理想，聊聊生活。"这人会说话，还风趣，谈起来不乏味。没多久，有一个晚间，许丽姗陪父母在家里看电视，门铃响了。许丽姗开门不觉一愣，竟是康镇坤，不速之客上门，穿得整整齐齐，头发梳得很亮，手上抓着个见面礼，不是通常烟茶酒之类，就是一张旧报纸。他说这是费老大劲终于找到的，觉得可能是它。正好到这一带看朋友，顺便送过来，如果不错，可供小许警官再次开怀一笑。

这是什么呢？就是野营那天许丽姗随口提到的，让他们俩有了一个话题的那张去年晚报，关于警察和醉鬼，"这男人就是我"。

许丽姗还真有些感动。一张一点用处都没有的旧报纸，值得这么去找吗？这人对她显然很细心很用心。

许丽姗的家人却警惕了。那天康镇坤待的时间很短，他不是自称是找朋友顺便过来吗？东西送了自然赶紧得走，连杯茶都没喝，就说了几句话。他一离开，许丽姗的哥哥就发问了，说这家伙是谁？头发梳得那么光做啥？那是真笑假笑啊？干吗啦？

许丽姗说人家犯你什么了？这么冲！

许丽姗的哥哥叫许勇，那时在物资供销公司上班。许勇书读得不好，高中毕业没考上大学，参军当了几年兵，复员后安排在物资供销公司。当时他那公司手中还掌握不少计划调配的紧缺物资，职工收入高奖金多，是个大热门单位，一般人很难进，许勇一点儿困难没有，因为他们家老爸是市计委的主任，该公司属计委系统。当年复退军人多安置在父母所在系统，许勇安排名正言顺。许家一男一女就两个孩子，兄妹感情不错。康镇坤以送报纸为由混入许宅时，许勇正为妹妹的终身大事操心，千方百计要把自己的一位战友好友纳为妹夫，这位准妹夫跟他同年入伍，人家比较能干，从部队考上军校，那会儿已经当了副营长。年轻营长到过许家，对许丽姗仰慕有加。偏偏妹妹热得慢，总是找不到感觉。许勇认定自己的战友人好，可靠，有前途，能让妹妹幸福，对他们的事很热心，耐心在两人间牵线搭桥，帮助妹妹找感觉，慢慢捂，母鸡抱窝那么孵。康镇坤什么东西，这时闯进来，许勇当然特别警觉。

几个月后许勇正式告诫妹妹，说你别跟那老师来往了。这家伙胆子真大，敢打你主意！他哪里配得上你？知道他什么来历吗？

许丽姗这才知道哥哥一直盯着他们。

那段时间里康镇坤开始发动进攻，送电影票，请吃饭，约周末骑车郊游，以一帮年轻朋友集体活动为掩护，目的是拉近两人间的距离。许丽姗心里挺明白，她参加过几次活动，感觉不错，相处得十分开心，康老师不酸，很聪明，特别知道怎么打动女孩，挺有意思的。康镇坤告诉她，他胆子很大，喜欢做有挑战性的事情，别人越是认为不可能办到的，他就越想试试，不管有没有风险。他说，有一回他和学校里几位年轻同事骑着自行车从市中心大道走过，刚好看到许丽姗在指挥交通。一行人停在路口等汽车通过时，伙伴们指着许丽姗说这女警察真漂亮，康老师敢冲过去让她注意一下吗？康镇坤一踩踏板，跨上自行车就往岗亭冲，差点儿让驶过路口的汽车撞着。那时许丽姗刚好转过去指挥另一侧车流，没发现他。康镇坤说，从那以后他就打定主意了，他认定什么就会千方百计办到。

许勇却说这家伙不是个好鸟，让他离远点儿。

他了解了康镇坤的不少事，包括他的家庭。他说康镇坤是师范大学政教系毕业的，现在当中学老师，在学校里很活跃，会喝酒讲笑话，这都是表面现象。这个人家庭情况比较复杂，生活经历跟一般人不同，性格因此很特别，给人看的和真实的差别很大。康镇坤家居市郊农村小镇，父亲是无业人员，嗜酒，是当地有名的一个赌徒，擅长用扑克赌钱，曾被劳教过。他的母亲早逝，生前以摆小烟摊为生。这些事人所共知，却还是表面现象，内里另有情况。康镇坤长得高大，模样不错，其父却只有一米六左右，其母更其矮小，其弟亦短小如父。凭什么他天生不一般，独自出众？知情者都说，那酒鬼、赌徒根本不是他的生身父亲。他是个私生子，母亲偷人偷出来的。小时候他父亲经常对他拳打脚踢，棒敲野狗一样，从不怜惜，张嘴一骂就是"野种"，要不是母亲护着，早给打死了。这人上高中时母亲去世，他再不回家，不认那个酒鬼、赌徒。这种家庭这种经历给人的阴影肯定很深，康镇坤复杂得很，轻易相信会吃大亏的。

许丽姗备受冲击。她没想到看上去那么快活的一个康镇坤，身后居然藏着如此黯淡的故事。这人张嘴就是醉鬼笑话，看来跟他醉鬼养父有关，有很深的家庭背景，他居然能从那种处境里走出来当上中学老师，想来真是传奇。

由于哥哥的干预，后来加上父母的反对，许丽姗和康镇坤处得非常曲折，反反复复。当时即使不考虑家庭因素，也没有谁认为康镇坤跟许丽姗合适，同她哥哥牵线的年轻营长相比，这康老师太一般了。因此不说别人，许丽姗自己都不认为会跟康镇坤有什么事，他们就是谈得来，处得高兴，最多算个朋友吧，这有什么了不得的？许丽姗不喜欢父母和哥哥过多干预她的生活，她继续和康镇坤来往，同时也没打算跟他把关系往深里去。她很清楚地把这意思跟康镇坤说了。通常人到了这个份上会知难而退，不再做非分之想，康镇坤却不是通常人，这人锲而不舍，如他自称的一样，千方百计。不管许丽姗是近是远，他坚持不懈。最后打破僵局，把他们弄到一块儿的不是别人，却是许丽姗的哥哥许勇。

许勇规劝妹妹未见成效，他倒过来找康镇坤，警告康镇坤如继续纠缠，他就不客气了。许勇年轻气盛，当过兵，性子烈，君子一言，驷马难追。有一天下班回家，他看到康镇坤在他们家外边小巷口转来转去，探头探脑，知道这家伙不怕死，真的又来了，守在这里企图纠缠其妹。年轻人走过去，指着未来的妹夫怒骂，让他立刻滚蛋。康镇坤不走，反诘许勇无权干预妹妹的生活，居然还挑衅，说有种你打吧，没打死他还来。年轻人一股火上来，挥拳直击，没头没脑一顿暴打，等旁人赶过来拉开他们，康镇坤已经躺在地上，满头满脸全是血。这人个子不小，跟许勇有得一拼，他采取哀兵之策，不跑，不抵抗，不还手，但是嘴硬，口中不屈不挠，居然嘲讽许勇拳脚不行，建议他不如去找根木棍、铁棒试试。这人从小屡经暴打，他有足够的心理素质。

许丽姗闻讯赶到医院，看到康镇坤头上、身上到处裹着绷带，包得像个刚从战场上抬下来的伤兵，不觉痛惜落泪，难以自持。许丽姗一向心软，很单纯，特别有同情心，"让世界充满爱"，看到康镇坤给哥哥打成那样，实在没法接受。康镇坤却对她笑，说这小意思，没关系，躺两天就好了。

这件事让兄妹反目，许勇把许丽姗彻底推到了康镇坤的身边。

一年多后他们结了婚。直到那个时候许丽姗的家人依然不认可，许丽姗背着一个小包离开家，边走边哭。没有婚纱，也没有婚礼，只请几个朋友一起吃了顿饭，双方家人无一到场。那景象说是结婚，实际上形同私奔。

他们的新房安在康镇坤的学校，就一间房子，一张床，一个柜，一个梳妆台一放，屋里就没地方了。门外走廊上摆一个煤气炉，放一张学生桌，这就是厨房了。警花下嫁，其状颇凄凉。

新婚之夜没有闹洞房，因为没心思热闹。一对新人吃完饭回宿舍后，许丽姗拿个塑料桶提水，跪在床前一心一意擦地板。他们的新房在中学旧宿舍楼里，地板铺的是红砖，已经多有破损，此前是集体宿舍，住的几个青年男老师把地板搞得到处污迹。康镇坤拿到这间房子后，许丽姗已经下力气清洗过多次，新婚当晚看到地上一块污迹还比较显眼，跪下使劲又擦开了。康镇坤看到她总不起身，走过来把水桶拎走，把她拖起来，这时才发觉异常：她在发抖，哆嗦不止。

"你怎么回事？"

她说她感到害怕，不知道他们今后会怎么样。

"别怕，相信我。"

康镇坤说，从认定许丽姗那会儿，他就发誓让她幸福。他不会让她一直如此窘困悲凉，不会让她总是感到害怕。像许丽姗唱过的那支歌所说，"祝愿你幸福平安"。他不要祝愿，要实现。他会让许丽姗看看他康镇坤是个什么样的人，让她父母和哥哥，还有这座城市里所有的人看看他是什么样的人。

许丽姗抓着抹布不住地点头，却还发抖。

康镇坤说自己肯定说到做到。如果他没做到，或者背弃对他如此信赖，为他如此牺牲如此付出的妻子，他算什么人？有什么脸面生活于世？让许丽姗把他一枪崩掉算了，这是人民警察为民除害。

"你记住我的话。"他说。

后来康镇坤果然让人刮目相看。这人聪明能干，做事非常努力，特别能吃苦，眼光敏锐又能屈能伸，机会一到自能出头。与许丽姗婚后不久，恰逢学校班子调整，需要起用年轻干部，他被提为副校长。这一安排在学校里很让一些青年教师眼热，他却不以为然，因为志向不在于此。他说在学校里再怎么样混不出大名堂，愧见老婆。与岳父大人的身份差距太远，怎么好去衣锦登门以弥合亲情？才半年多，机会来了：市里成立一个新机构叫"开放办"，处理对外开放各相关部门的协调工作，市青年组织一位姓王的头头给调去当主任，恰是康镇坤和许丽姗的老熟人老上司。他们一对儿本来都是青年活动分子，由这位头头领导过。知道新机构需要用人，夫妻俩一起上门找他，毛遂自荐。康镇坤情真意切，表示宁可不要职务，只愿效劳麾下，从干事干起。这位王主任对他们一对儿原先印象就好，知道他们相恋结婚颇有周折，一直很同情。康镇坤活跃，人缘好，特别是会说话，文字能力也强，很符合新单位需要，因此当场拍板，让康镇坤赶紧打一份报告，附上简历。不多久康镇坤调入机关，一来就任副科长，有了一个新的上升起点。

两年后他当了科长，儿子康平出世，他们搬进市机关宿舍，有了一套两居室的住宅，虽是二手房，比结婚之初情况已有根本改善。有一天晚间康镇坤在家里伏案工作，加班为主任赶一份讲话材料，许丽姗在自家厅里忙着给儿子洗澡，门被人敲响了。许丽姗过去开门，忽然靠在门边哽咽，说不出话来：不速之客竟是她的父亲和母亲，他们携大包小包上门，看外孙来了。

长辈终于妥协，承认了女儿的选择，还有姓康的这个家伙。

此后康镇坤一帆风顺。在开放办当了三年科长，工作很努力，各方面关系处理得不错，领导很满意。恰逢本市一个属县分管外经事务的副县长调任，需要物色熟悉这方面工作的人去接，康镇坤脱颖而出，成了副县长。三年后调回市区，担任常务副区长。不到两年，新港区成立，康镇坤提任管委会主任。

康镇坤到新港区履新前夕，市里几位好友设宴为他庆贺，恭喜荣升主任。主任夫人自当作陪。那天聚在一起的人都有相当身份，彼此关系很好，大家替康镇坤高兴，喝了不少酒。酒一喝温度自然升高，朋友们轮番给康镇坤戴高帽子，也给许丽姗灌米汤。他们说许丽姗哪里光是漂亮，她是第一等的旺夫相，康镇坤和她结婚后步步高升，现在不得了了，三十大几就是一方诸侯。按这种趋势发展，几年后肯定回市里当头头，再几年该到省里去了。许丽姗最好早做准备，从现在开始让市电视台的播音员来当家教，学说北京话，以便今后跟康镇坤到京城当大夫人时，能有一口京腔。

康镇坤说别乱开玩笑。他讲了一个笑话，还是他擅长的系列——醉鬼。他说有位老兄与朋友欢宴，喝高了，颠颠倒倒出门，抱紧酒楼外一根门柱死活不放。旁人大惊，问这是怎么啦？该老兄说没见这大楼摇摇晃晃吗？不抱住会倒掉的。

"你们要是再灌米汤，这酒楼没晃下来，我先倒了。"他笑道。

朋友们说，谁不知道康镇坤海量，喝酒就跟喝矿泉水似的，特别豪爽还特别肝胆，从来都是康镇坤把别人灌倒，没听说他给谁灌倒的。要不他哪来的那么多酒段子？比人家黄段子都多。今天晚上要是真把康镇坤弄倒了，那真是重大战果。他不倒咱们怎么上呢？没准该轮咱们当主任了。

当晚回家，许丽姗嗔怪康镇坤酒桌上胡说八道，讲的什么醉鬼笑话。

"什么倒啊不倒的，讲那些干啥。"

康镇坤大笑，说你多什么心，讲的就是喝酒嘛。

许丽姗说不能讲点儿别的吗？

"你怎么回事？"康镇坤说，"这又害怕上了？"

许丽姗说她能不怕吗？当年他们结婚时，康镇坤发誓让大家看看自己什么样。那时候她满怀期待。现在不了，现在她特别想念那个时候，他们住在中学老师宿舍里，什么都没有，但是很安全，没有什么需要害怕。

康镇坤说你也真是，现在有什么不安全呢？别老操心那些事。这么个官不算太小，加上有你这样的好老婆，不说平步青云，起码来日方长，哪会说倒就倒。

结果是不幸而言中。

三

许丽姗听说康镇坤是从会场后边给带走的。就在他漏夜回家探望妻儿，交代事情，讲笑话，所谓"酒徒坦白从宽"之后十几个小时。这一回他没有逃过。

他给带走的那天是星期一，管委会开干部大会，学习文件，安排工作，康镇坤讲了话。据说他表现得特别轻松，那种场合当然不适合讲什么"酒段子"，他谈刚刚编制完成的本区十年规划，绘声绘色，让场上百余大小干部个个听得着迷。这人口才好，有煽动性，加上情况特别熟悉，当了几年第一把手，新区发展也算一手促成，规划编制又是他亲自抓，自然如数家珍，很枯燥很抽象的串串数字一经他嘴就活灵活现。那天要不是还有安排，兴之所至他能说一个上午。会议结束后他下了主席台，脸上带笑，余兴未尽，一旁休息室里已经有两个人候着。他们跟他说了几句话，带着他从会场的后门离开，那里停着一部白色面包车。他就这样从人们视线里消失了。

在康镇坤口若悬河，于会场上发表康主任最后的重要讲话时，许丽姗正奔走在公路上。那天上午她准时到局里上班，把科里当天几个重要事项做了安排，即让办公室的驾驶员小张送她出门。行前，她跟局政治处主任请了假，说有件急事出去一下，中午就回来了。主任没多一句嘴，手一摆说去吧，你自己安排。许丽姗从交警支队调到市公安局好多年了，眼下当机要科长，在局里人缘很好，是公认的好干部，没人能猜想到她此行有些不可告人。

她去了南亭乡。南亭乡位于市郊，离市区有三十余公里，不远不近。许丽姗不声不响跑到南亭，办的是昨晚康镇坤连夜回家特意交代的事情。她把家里的现金清理一空，全部带上。康镇坤是南亭人，他的父亲和弟弟一家生活在这里。家住小镇外围一条旧街上，房子相当破旧，光线很差，家境一望而知。

康镇坤的弟弟在镇上小学当老师，他到学校上课去了。弟媳妇在家，她曾在乡里一家面粉厂当临时工，厂子倒掉后失业，没再找到工作，在家料理家务。看到嫂子突然进门，她大吃一惊。

许丽姗说没大事，她出差经过，顺便过来看看。

康镇坤的弟媳妇领她穿过厅堂，走到后边一个小屋子，屋子黑洞洞的，透着股难闻的气味。打开电灯，许丽姗看到墙角床上躺着一个人，身上裹着条被子。人很瘦小，干瘪，像一段干木头，从被子底下伸出来的脑袋纹丝不动，有如包着层薄皮的骷髅。

这就是康镇坤的父亲，准确说是继父或者养父。曾经是个酒鬼兼赌徒，擅长用扑克赌钱。康镇坤小时候曾屡遭其暴打，被他怒骂为"野种"。这人还欺凌其妻，也就是康镇坤的生身母亲，他打儿子是家常便饭，打老婆就像饭后甜点，以致康镇坤在母亲去世后掉头离去，不再认这个家和这个父亲。现在一切都过去了，这个人瘫在这间黑屋子里，形同死人。许丽姗进门，电灯亮起时，他毫无反应，只是昏睡。

弟媳妇告诉许丽姗说，他要等饿的时候才会睁眼睛，还会哼哼要吃的。平常哪怕炸雷轰顶也充耳不闻。许丽姗说别吵他，看一看就走了。

她在小叔子家坐了近半个小时。她告诉康镇坤的弟媳妇，康镇坤最近有事，可能有段时间不能回家，让她带点钱过来。弟媳妇一看那么一大包，脸都白了。

"这、这、这……"

许丽姗说拿着吧。

她上了车，踏上归途。她不知道自己办的这是件什么事情。许丽姗一向很听丈夫的。丈夫特意交代，她觉得自己得赶紧办，不管为什么。人的情感变化有时很奇怪，康镇坤当年不认一个酒鬼、赌徒为父，眼下在可能灾祸临头之际，竟然还记着他。康镇坤更多的可能是出于对弟弟的关切，摊上这么一个父亲，他弟弟的生活境况很不好，以往当哥哥的关照得了，以后恐怕难了，就最后关照这一回吧。他是这么想的吗？

来回路上许丽姗坐卧不宁，总在盼望手机铃响。康镇坤说过会儿给她打电话，那就表明什么事都没有了。这个电话迟迟不来，让她越发心神不定。回局里上班，一直到黄昏，快下班的时候，她的手机铃真的响了。那铃声让她身子一颤，有如惊雷一般。她迫不及待打开翻盖。

"丽姗！喂！"

不是康镇坤，却是哥哥许勇。许勇问她听到什么了没有？情况到底怎么样？为什么找不到康镇坤？许丽姗给康镇坤打过电话吗？

许丽姗脑中一片空白，几乎丧失了意识。

许勇报信的这时，外边已经传说如潮，康镇坤出事了。

接下来几天，许丽姗度日如年。

很快到了那个晚间，吃过晚饭不久，许丽姗的家门被人敲响，进来了几位不速之客。他们出示了证件。其实不必，其中两个人许丽姗认识，是市监察局的干部。这两位不是主要人员，另两位陌生者均来自省里。

"请你配合我们工作。"他们说，"你清楚的，我们是在办案。"

他们要一个东西，康镇坤的一个记事本。他们问许丽姗是否记得这么一个本子，厚厚的，封面为仿皮，黑色，开本如一本书。许丽姗点头，说曾经看过康镇坤从公文包里掏出类似一个本子，好像是以前用的，最近一段时间里没有见过。他们说请帮助找一下这个本子。康镇坤交代说，这本子放在家里。

"他说过具体位置吗？"

"他记不清了，说可能在抽屉里。"

许丽姗把卧室桌子、柜子的抽屉全部打开，包括几个上锁的抽屉。她示意几位办案人员看，里边没有。

"我从不过问他的工作，他也从不跟我说那些事。"许丽姗说，"我不知道他本子里记些什么，也不知道他把它收在哪里。"

办案人员坚持。他们让许丽姗再回忆一下，是不是在哪儿见过。许丽姗说她没有一点印象。她问办案人员能不能让康镇坤自己回来找？办案人员说目前没有这个安排。许丽姗又提出能否让她跟康镇坤通一个电话，也许他能说出一些线索。办案人员说不行，目前不允许受审查者与外界联系。

这些人很有经验。许丽姗采取各种办法，希望从他们嘴里打听到一些情况，不能跟康镇坤讲几句话，能够知道点消息也好。但是无效，他们什么信息都不透露。许丽姗心中焦灼。她不知道康镇坤此刻究竟在哪里，犯的案子到底有多大。从办案者的来头看，案情可能不一般，但是康镇坤怎么可能犯案而且是大案呢？以她对他的了解，应当不会，至少不会有大事。他说过碰到的破事很复杂，会不会是他被陷害了？是不是落入圈套当了牺牲品？其中到底有何隐情？他们要找的记事本是否为要害？

许丽姗翻遍箱柜，没找到他们要的东西。那些人坚持，还要找。

"你们是不是准备搜查这个屋子？"许丽姗问。

他们说，如果需要，他们会。今天晚上先请许丽姗配合。

许丽姗走过去打开儿子康平的房间。几位不速之客进门前，许丽姗就让康平进了自己的屋子，让他关上门，早点上床睡觉。她不想让他受扰于外边的动静。孩子显然知道情况异常，他没上床，静静待在屋里，坐在地上，像只受惊的兔子一样缩在墙角。许丽姗只觉心头刺痛。

"妈妈，他们做什么？"

许丽姗强作笑容，说几位叔叔来取爸爸的一件东西。东西比较要紧，所以让叔叔连夜来拿。但是爸爸忘了放在哪个地方，让妈妈帮着找。几个地方都没找着，不知道会不会塞在康平这里。

"康平来，咱们一块儿找。"

302

　　孩子跳起来，跟许丽姗一起翻桌子、柜子。康平年纪小，自己的东西还不多，许丽姗夫妇一些不太有用的物品一时找不到地方放，偶尔也会塞到他这儿。两个人在屋里东翻西找，后边不动声色跟着一个办案人员。许丽姗不经意间拉开小孩衣柜下的一个抽屉，猛见一个旧公文包丢在里边。打开一看，里边有一本黑仿皮大笔记本，几个小点的记事本，杂七杂八还有一些纸张文件。她意识到这可能就是办案人员要找的东西，不觉心里一抖，情不自禁想打开笔记本看一看，下意识地还想把抽屉关回去，若无其事，装作什么都没找着。

　　这当然是不可能的。她站起身来。

　　办案人员把东西全部带走，连同那个旧公文包。

　　"我们还会再找你的。"他们说。

　　许丽姗没说话。此刻无话可说。

　　他们走了。到此为止，他们对许警官或许科长还算客气。

　　屋里恢复平静。康平跑过来问："爸爸为什么不回家拿东西，要叔叔帮忙?"

　　许丽姗说爸爸很忙，他在开会走不开。

　　孩子问爸爸什么时候才能忙完回家，明天还是后天? 许丽姗说可能不行，弄不好要几个月。他真的很忙，不然也不会请叔叔连夜来拿他的东西。

　　她很平静，她没想到自己能对儿子如此平静地撒谎。儿子很乖，长相俊秀像个女孩，从小知道好孩子要诚实，不像一些同龄男孩调皮。康镇坤总开玩笑，说许丽姗真是会生，把个儿子生得跟她一模一样，心灵美相貌佳，要是再给他生一对翅膀，那就是天使了。这孩子跟爸爸很亲。他还太小，大人的事情他还搞不清楚，一想到总有一天他也得跟妈妈一样面对一切，许丽姗心如刀绞。

　　但是她必须强作平静。

　　许丽姗去找了自己的直接领导，市局的政治处主任，努力使自己口吻正常。她说他们已经找到家里了，康镇坤因事受到审查，确认无误。局里可能也听到情况了。在康镇坤的问题明朗之前，局里科里一些事情是否需要她回避？怎么处理合适？主任看着她，好一阵说不出话，末了苦笑了一下，说没那么急那么严重吧？容我们研究研究。

　　主任还问了一句："你自己怎么样，都好吧？"

　　她说没事，谢谢！

　　几天后传来惊人消息，称康镇坤趁审查人员疏忽之机，于看管地畏罪自杀，当即身亡。许丽姗的父母听到消息大惊，连夜打出租从他们住的城东赶到女儿住的城西。许丽姗的父亲离休多年，母亲身体不好，两老人赶来时夜已深，天下着雨，许丽姗看到门外父母满头满身的雨水，一时语塞。

她说你们做啥呢？

这时她正在家里拖地板，不用拖把拖，用抹布擦。她把抹布、水桶拎到一旁，给父母沏茶。两老人到康平的小房间去看外孙，他已经睡了。

许丽姗对父母说，她听到那个消息了。除了这个，乱七八糟还有其他很多消息，例如说这是个特大案子，说康镇坤一进去就交代了几百万块钱，还有好几个情妇。

"我不信。"她说，"统统不相信。"

她说她了解康镇坤，自己家里有多少钱她还能不知道？不管怎么样，康镇坤不会如此离开她和孩子。出事的前一个晚上，康镇坤曾回过家，当时交代过一句话，让她不要听，不要信，无论人家说什么，最后他会给她一个解释。

"我等着他给我解释呢。"她说。

两老提出让许丽姗带着康平回家跟他们住，免得受干扰心烦。许丽姗说不必，这里离康平的学校近，孩子住惯了。她让二老放心，说不管有什么情况，她挺得住。

"但是有件事要麻烦爸爸。"她说，"我非常想知道他现在到底怎么样，我不知道该去找谁。"

她说她本来很不想让父母操心，更不想连累老人家。但是事到如今，想来想去，不能这么坐等着，得想办法，不管有没有用。父亲是老干部，当年颇有威信，现在虽然退休了，在机关内外一直备受尊重，现任的市领导里，有几位跟他熟，关系不错。父亲出面了解情况，比她出面有效。康镇坤是父亲的女婿，以离休干部身份出面询问了解，表达关切，情理上没有太大问题。对案子可能没作用，至少可以核实一些事情。

许丽姗的父亲当场打电话，找市里一位负责领导，提出求见，请安排时间。这位领导是熟人，在电话里非常客气，管许丽姗的父亲叫"许主任"，说明天他到北京出差，可能要一个星期，回来以后再谈吧。

许丽姗的父亲没放过，即在电话里询问康镇坤的情况，说自己听到女婿出事的传闻，很惊讶很不安，也就不管合适不合适，冒昧地打这个电话。该领导回答说没有关系，理解许主任的心情。据他所知，案件正在调查，情况总会搞清楚的。

身为负责领导，如此场合，这人当然不可能提供具体情况。但是他明确否认了外界的传闻。他说康镇坤正在接受审查，这个案子上级很重视，省里直接抓，办案人员很细致很有经验。外边传来传去，什么跳楼什么自杀全是瞎话，无稽之谈。

对许丽姗来说，至少这不是个坏消息。

双亲百般安慰之后，冒雨离去。许丽姗为他们打伞，把他们送下楼，送出小区，在小区大门外拦出租车送他们走。许丽姗请他们转告哥哥许勇，让他找她。

"有件事要他帮忙。"她说。

她说她不相信康镇坤会犯案，她要搞清楚这里边有没有猫腻，谁在害他。要请哥哥帮她了解一个开发商的事情，一个姓沙的家伙。

老人惊讶："镇坤让这人害的？"

许丽姗说怕是这样。这姓沙的不是东西。

送走父母，许丽姗继续拖家里的地板，这是她的经典动作。许丽姗心烦，不知所措时经常会拼命拖地板，让自己暂时忘记恐惧和烦恼，结婚那天她就这么干过。所以康镇坤出事前漏夜回家，谈及自己可能大事不好时，才会建议许丽姗去擦地板，使劲擦，那不全是笑谈。此刻，许丽姗擦的已经不是中学教师旧宿舍里破碎的红砖地板，是号称"官园"的新住宅里亮得照人的高档实木地板。但是姿势一样，跪伏于地，双手紧抓抹布，使劲全身力气一遍一遍地擦拭。

她忽然感觉异常。抬头一看，儿子站在他的卧室门外，穿条短裤衩，黑眼珠圆溜溜的，一动不动地看着她。

"康平你怎么啦？"

康平说他害怕。

许丽姗把他抱了起来。

许久。

"我们不要害怕。"她说。

四

康镇坤说过一个"酒段子",题目叫"我开门了"。

说的是有个醉鬼从酒楼走廊走过,身上滴着水,湿漉漉一步一个脚印踩在地板上,一个个脚印都冒热气,像是刚从温泉澡池里爬出来一般。旁人看了奇怪,问醉鬼怎么搞的?酒都喝哪儿去了,怎么搞出一地热水?醉鬼自己也纳闷,说不对啊,我开过门了。旁人说开什么门啊?醉鬼指着一旁洗手间,把夹克衫上的拉链一拉,说没喝多少,我记得开门的。原来他进洗手间放水,错把上衣拉链当裤裆拉链,门没开对,一泡尿全撒在裤子里。

所以应当开门,但是不能开错。

当年康镇坤还没到新港当主任,在市区这里当常务副区长,分管的面很宽,找他办事特别多。有一天晚间有客,他在外边陪客人吃饭,许丽姗和儿子两人在家。大约八点左右,有人按楼下自动门铃,通过对讲机请求进入。

"我们沙总来拜访康区长，在楼下。"来客自报家门，"请开个门。"

许丽姗问："哪位沙总？"

"沙海河总经理。"

许丽姗不认识哪个沙海河，也没听康镇坤说过。通过对讲机说话的人应当是所谓沙总的随员，口气听起来不小。许丽姗却没太管他。她说康镇坤不在家，有事请跟他约时间，不要到家里来。楼下那人说，康区长没在不要紧，也没什么事，沙总今天就是想到家里坐坐，认一认门，也认识一下区长太太。

"我们沙总说了，专程登门。"

许丽姗说不必客气，谢谢。先生可以去问一问别人，康区长家不让进的。

她把对讲机挂上，不再多说。这种事她干得多了，只能得罪。

隔了会儿，家里的电话铃响，客人直接把电话打到家里，不再对着楼梯口对讲机说话。打电话的也不再是那个随员，是主要角色，沙总，沙海河，说话不慌不忙。

他说刚才那位下属可能没说清楚。他沙海河，东华集团的总经理，从省城来的。区长太太不在商界，了解的情况可能不多，可能没听说过东华集团。不要紧，请区长太太走到自家窗户，往下看一眼就行。楼下有一辆奔驰，这就是他。

"最新款式。"他说，"你们全城没几辆的。"

"我知道了沙先生，你有一辆好车。"许丽姗说，"对不起得罪了，还是请你找他去，不必上门。"

沙海河说他一直打电话找康镇坤，不知道为什么总挂不通。他这么上门是有些冒昧，但是不来不行。刚才手下人在对讲机里说没什么事，其实也不对，今天晚间上门还是有些事的。不是大事，是专程来给康区长送一块石头。这石头不是地上随便捡的，是从泰国运出来的，很特别。石头跟卫生纸不一样，它有点重，不大不小还得占点地方。今晚他特地让手下人跟着来，搬石头上楼。要没搬上去还挺麻烦，因为他马上开车回省城去，奔驰的后备厢里放这么一块石头，加上一个托架怎么走路？途中一甩一颠，把这么高级的一辆车撞烂了算谁的账？区长太太买单吗？

"是块好石头啊，区长太太看了就知道，放在你的门厅里肯定满门生色。"他笑道，"形状奇特，层次分明，品相一流，名字叫'步步高'，寓意很深的呢。"

许丽姗说非常感谢，沙总的心意愧领了。她一定把这件事告诉康镇坤，也代康镇坤感谢他的好意。

"沙先生一路走好，"她说，"请不要再打电话了。"

"这么不给面子啊?"那人说,"不太好吧?"

许丽姗把电话放了。

沙海河没有再打电话,但是也没走开。许丽姗从窗口往下看,楼下道路上果然停着辆崭新的黑色轿车,在路灯下亮闪闪发光,气派不凡。

许丽姗不知道这人为什么不走,他是不死心,准备在那里守候到康镇坤归来?还是准备等这座楼的其他人员进出时,跟着从自动门钻进来,抬着他的"步步高"一步步拱上四楼,再打门叫人,不管女主人如何推拒,非把一块石头搬进她的门厅里?如果真是这样她怎么办?坚决把他挡在防盗门外,不管他面子感觉好还是不太好?

沙海河终究没上来。那天也凑巧,康镇坤在外边待得很晚,深夜才回到家中。沙海河看来是等不及了,带着他的石头先行撤退。

虽然没有谋面,这人给许丽姗留下很深的印象。口气很大,架势不小,有进攻性,也还知趣,顾及面子,不是光知道纠缠不休的小角色。

康镇坤知道沙海河到访被拒后说:"这家伙。"

当晚康镇坤手机没电,自动关机了。康镇坤很细致,这种情况不常有,那天偏就碰上。康镇坤说,要是手机开着,他也

会叫沙海河走开，有事另外找个时间，到他办公室谈，别去打
搅家人。

"这人这些天一直找我。"他说，"请这个打电话，那个打
电话，要认识，请吃饭，猛得很。有他的目的。"

什么目的呢？这人搞房地产，他要一块地，开发前景良好
的一个地块。类似地块的获得按规定必须通过招标，参加招标
就是了，有必要下功夫这般拉扯关系吗？人家认为有必要，因
为类似事项包含许多环节和细节问题，负责官员说得上话。所
以这位沙总要让自己的奔驰车载上一个号称"步步高"的来自
泰国的奇石四处跑。

"听说是在省城起家的，叫了这么个好名字，全三点水，
沙里的海里的河里的，天下水全占。"康镇坤说，"这人来历好
像很复杂。"

许丽姗说听起来这种人恐怕离远点儿好。康镇坤笑，说像
他这样当个基层小官，手中有点儿小权，三教九流、鱼龙混杂
什么样的人都得见，他已经见多了，知道怎么办。许丽姗不必
担心。有她这样的好老婆紧守家门真不错，后方稳固，无懈可
击。他人胆敢来犯，企图水漫金山，给他个钉子让他滚吧。

许丽姗以为事情完了，沙海河先生一路走好，不必再来客
气，或者再来发表"不太好吧"之类的言论。她没想到只过了

两个月，此人二次上门，这次情况有别，她再也没法把他挡在门外。

那天也凑巧，与上回差不多，也是晚间，奔驰车停到楼下时，康镇坤恰好也在外吃饭，讲他家传的"酒段子"。但是这回手机电池电力充足，没有失去联络。康镇坤用他的手机给许丽姗挂来一个电话，说一会儿有客人到家里去，放他上来吧，给他一杯茶，请客人等会儿，他很快就回家接待。

这种事也常有。没有特别情况时，许丽姗对不请上门者一律谢绝，但是总有一些人不一般，无法一挡了之，这就需要康镇坤交代。上门者几乎都是冲着康镇坤而来，谁让进谁不让进，康镇坤在家他自会处置，不在家就打个电话来，许丽姗照办。

"今天谁来啊？"许丽姗问。

"就上次那个'三点水'，沙海河。"他说，"这人来历不一般，对他客气点儿。"

于是，这回沙海河得以进门。

沙海河说，本来可以在外边请康区长吃饭，也可以到办公室拜见。但是他还是打定主意要到康区长家里走一趟，不上一次门怎么讨得回面子？上回被区长太太关在门外之后，他耿耿于怀，四处打听这位太太何方神仙，怎么如此不客气？这一打听明白了，原来区长太太跟通常官太太很不一样的，出自大家，警界名花，天生丽质，容光照人，最有贵夫人风采。所以更想上门亲眼见识一下。

许丽姗说："沙总真客气呀。"

这位沙海河年纪不大，三十多点，西装革履，方脸浓眉，头发梳得整齐有型，称得上相貌堂堂。这天上门就他自己一个，随员和司机都留在楼下，他随身带着个公文包，精致大方的意大利皮具，显然他已经不拿两个月前的那块泰国奇石，所谓"步步高"说事了，不知是不是因为那石头撞坏了他的奔驰，给扔了。这人会说话，进门哈哈几句，略略表达不满，话锋一转又恭维了女主人。

许丽姗请他喝茶，说康镇坤打过电话，请沙总稍候，他马上回来。没想这位沙海河却站起身说不等了，他还有事。

"今天进了康区长的家门，心愿了了，面子有了，就不再麻烦了。康区长回来，请代我致谢，蒙他看得起，特地跑回来见我。我另约时间请他吃饭。"

这人倒干脆，当场打开他的公文包，取出一条烟和一个信封放在茶几上。

"听说康区长的父亲身患重病，卧床。难得康区长还能这么努力做事。"他说，"想帮区长分点儿忧，亲自去看一看，慰问一下老人家，又怕冒昧了。一点儿小意思，还是请区长太太代为转交吧。"

许丽姗把他拦住。她说沙总别急着走，康镇坤估计很快就到。如果沙总很忙，非得走不可，那么也不敢挽留，只是请他把东西带回去，把心意留下来就行了。

沙海河说区长太太怎么啦？这不是给你的，也不是给区长的，是给人家病人的。也就一两万块钱，打两针就没了，谁不知道如今看病费钱，家境再好，摊上这么一个病人都得苦死。区长太太不能见外，回头问一下你们区长，他知道我的。许丽姗说他知道你，你等他吧，我不知道你。你如果一定要走，请把东西带上。我不会让你把它留在这里，别以为我说着玩，你一出门我就把它从窗户丢下去，你到下边捡吧。

沙海河眯起眼睛，笑了："哈哈……名不虚传嘛，康太太。"

他走了，拿走他的东西。他没留下来等康镇坤，可能确实有事，也可能继续待着挺尴尬，跟许丽姗还说什么话？

没多久康镇坤回来了。他一听沙海河已经悻悻离开，有些着急了。

"你该对他客气点儿嘛。"

许丽姗说这还能怎么客气，收他的东西和钱？

"你稳住他，等我回来。"他说，"实在稳不住的话，让他留下香烟，把钱退还得了。人家面子上过得去一些。"

许丽姗说这个"三点水"她看了就烦，她有种直觉，康镇坤对这人可得小心。

康镇坤笑，说哎呀，你又怕上了。放心去拖地板，我对付得了。

他告诉许丽姗，这个"三点水"确实有来历。他在省城搞得很大，他那个集团背景是省里某个大公子。区里书记、区长都问起过他的事，王市长还专门打过电话。

王市长是谁？就是当年的王主任，对他们俩大有恩情的老领导。当年他们当青年活动分子时，这位领导在市青年组织当头，后来到开放办当主任，是他把康镇坤调出学校到机关，当时他们夫妻俩曾一起上门找过他。康镇坤是他一手用起来的。这位领导后来曾到县里当过几年书记，然后提为副市长，再当市长。外边人都说，康镇坤是他最看重的干部。

许丽姗知道这些情况，不觉发怔。她说她是真害怕了，不是怕把这么了得的一个"三点水"得罪，是担心康镇坤让这个家伙缠住，这家伙别是颗灾星吧？康镇坤说你看看你，说那么一点点你就怕成这样。所以不能跟你多说，放心，我让他滚远点儿。

　　后来这位沙海河就销声匿迹，直到一年多后才再次上门。那时康镇坤已经履新，到新港区管委会当主任去了。原先他当常务副区长已经忙得要命，找的人已经川流不息，现在更不得了，一把手大权在握，新区建设摊子又特别大，他忙碌自不待言，许丽姗为他防守家中三道铁门，有时也颇苦不堪言。

　　有一个周末，康镇坤回家休息。晚间有客上门，康镇坤让妻子烧开水，泡一壶好茶待客。许丽姗问这次来的是谁？康镇坤笑了笑，说就是碰过你两回钉子的"三点水"。

　　这人第三次上门，情况与前两次有别，男主人在家，不劳女主人出面周旋。许丽姗不咸不淡跟客人寒暄两句，给了他一杯茶，即抽身离开，到小卧室陪儿子康平做作业。沙总看来是旧情难却，当着康镇坤的面还要重温一下，他说康主任我最怕你太太，这么风采这么美丽，为什么还会这么吓人？康镇坤笑着问许丽姗他该怎么回答沙总？许丽姗一边倒茶一边说，这好讲，警察嘛，总是有人怕的。

　　"这是我们家警察，保安，兼纪委书记。"康镇坤笑道，"沙总你那是小意思，我怕她才怕得厉害。"

　　沙海河办事效率很高，不是那种长屁股会泡的，跟上两次一样，十来分钟他就走人。走前康镇坤敲儿子卧室的门喊许丽姗，说沙总告辞了。许丽姗出门陪丈夫送客，也就送到自家的防盗门外，什么话都没多说。

沙海河送了一小箱饮料，包装纸箱扁长，有如方便面包装箱。他告诉康镇坤，这饮料好得很，用的原料是撒哈拉大沙漠里产的一种野果，绿色食品，加工过程很精致，没有添加防腐剂和化学物品，对身体非常好，特别有益少儿发育成长，请康主任家人自己品尝，别送人了。康镇坤听他说得如此郑重其事，好奇了，客一送走就去开箱查验，说这个"三点水"搞什么鬼？难道是《西游记》里的人参果？唐僧取经到了印度，没到过非洲嘛。看他说的，弄一盒给康平试试。

不是人参果，也不是什么绿色饮料。是钱，一共二十捆，二十万元。

许丽姗急了，说快打电话！这家伙没跑远。康镇坤把钱塞回包装箱，说别急，我来处理，明天我叫他到办公室。

第二天他告诉许丽姗，东西退还沙海河了。这饮料虽然绿色，毕竟度数太高，酒量再大也喝不下去，一两滴足以大小便失禁，无须拉链门，全得糊在裤裆里。

许丽姗说这种事可不敢开玩笑。她追问，直到确认东西已经让沙海河拿走，才感叹说，此刻她还觉得心跳。

康镇坤说："你也真是，没数过钱吗？别这么紧张，会得心脏病的。"

许丽姗说她最怕最不想见的就是这种钱。看一眼就心神不宁，居然敢这么弄过来！怎么总会有这种事这种人呢？

康镇坤笑，说看来真是不能让许丽姗多听多知道。许丽姗这是天生的纯正，跟她父母有关。老岳父在任上肯定是个好官，正直清廉，让子女耳濡目染。客观上也有条件，许丽姗那种家境，所见多明亮，自然目不斜视，不贪不图，还富有同情心，"祝愿你幸福平安"。不像他，从小见多不怪。只不过如今情况有些不同，一样为官，与老岳父他们在位时已经大不一样，乱七八糟的事多了许多。像他当个主任，手中有一小点儿权，上上下下都得应付，碰上沙海河这样的人这种事免不了的。不要紧，兵来将挡就是，对付得了。

许丽姗说："镇坤，你可千万把持住自己。咱们这样很好了，咱们不需要更多东西，不要去自找害怕。"

康镇坤大笑，说你看看，说你是警察兼纪委书记，真是一点儿不错。家有你这样的好老婆，敢犯错误吗？能犯错误吗？

此后沙海河再没来过，许丽姗也再没听康镇坤讲过这位"三点水"。直到出事的前一个夜晚，康镇坤突然回家，才说起开发商沙海河进去了，已经近半个月。

原来这个人没有消失，灾星总在猝不及防间降临。

五

调查人员追问过程。他们说，根据他们掌握的情况，许丽姗当时在场。

许丽姗说不错，她在场。沙海河来的时候，她给他和康镇坤各沏了一杯茶。而后她就离开，到小卧室陪儿子做作业。康镇坤的公务和相关交往她从不掺和，康镇坤不让她掺和，她自己也不想掺和。

"你不知道他给你们送钱？"

许丽姗想起那个纸包装箱，来自非洲撒哈拉大沙漠的绿色饮料。

她说她不知道什么钱，她没见过沙海河的钱。

"那么你没见过他送给你们的东西？"

她说没有。有一回沙海河带着东西上门来，她没问那是什么，让他带回去了。

他们说这事他们知道，一共有两次。

看来沙海河都招了，包括"步步高"和香烟信封。

调查人员穷追不舍，问许丽姗是否还记得一个饮料箱？沙海河亲自送上门的？许丽姗说她没喝过沙海河送的饮料。他们家只喝茶，没有喝饮料的习惯。

他们说不要扯到那里，这样不好。许丽姗应当记住自己不只是康镇坤的妻子，还是警务人员，国家公务员，应当知道自己的身份，知道什么是正确的态度。应当配合办案，实事求是，如实回答问题。不要以为不说他们就不知道，那些事涉案人员都已经交代，他们找她只是加以核实，因为当时她在场，她知情。

许丽姗很平静，她说谢谢提醒。她知道自己在工作岗位是执法部门人员，在这里不是。她得接受他们的提问并配合工作。她要明确说明她没拿开发商沙海河的钱，康镇坤也不会拿，他们家没有哪一分钱是这个人的。不管沙海河用什么办法实施贿赂，康镇坤一发现肯定会千方百计退还，这一点她坚信不疑。她想说一句题外话：因为所从事工作的缘故，她一向认真学习法律，清楚法律赋予她以及她丈夫的权力。她相信办案人员的法律和政策水平很高，一定会依法办案。

他们说很好，还得相信一条，天网恢恢，疏而不漏。胆敢违法乱纪者，必受法纪的惩处，不要心存幻想，以为自己有办法逃避。

彼此都是话中有话，气氛不好。

他们问沙海河是哪一天上门送钱的？许丽姗坚持不改口，说她不知道什么钱，至于上门时间她有点儿印象，是一个周末，春天时节，天气不太热，具体日期记不清了。

他们拿出一个记事本，黑色仿皮的封面，正是那天许丽姗从儿子卧室的衣柜下边找出来的物件，康镇坤的记事本。他们翻出其中一面，指着上边一行文字让许丽姗看："晚八点半，沙来访，饮料。"

"是你丈夫写的？"

她说应当是，这是他的本子，也是他的字体。他的事多，怕忘记了，时常记日志。他很忙，时间不多，因此记得很简略，内容常常只有他自己明白，别人不懂。

他们问这写的饮料怎么回事？她让客人喝饮料吗？她说已经说过了，她给客人沏茶。当然用宽泛的概念，茶也是饮料。

办案人员请她在笔录记录上签字，她把记录仔细看了一遍，确认无误，在上边签下自己的名字。那时她心头隐隐发酸。

她没想到有朝一日自己要面对这类讯问。这些人也许清楚她没说实话。

她完全可以据实解说，因为他们没拿沙海河的钱，沙海河把二十万元装在一个饮料箱送上门，第二天康镇坤把一饮料箱钱带走，在办公室退还给他。情况就是这样，她有把握。但是她觉得不踏实，办案人员追究饮料箱肯定不是没事找事。会不会沙海河只说送钱，而否认退还？谁是送钱的证人呢？许丽姗，她在场。谁是还钱的证人呢？没有。许丽姗只能证实沙海河送贿，无法证实丈夫退赃。如此证言对康镇坤不利。因此她干脆自称不知情，不谈具体情况，只强调如果沙海河企图行贿，康镇坤肯定会想办法退还。具体怎么送怎么退，如有必要康镇坤自会跟他们说清楚。一些具体情况她确不了解，没必要多说，以免节外生枝。

她心里很难受。连康平都知道好孩子要诚实，妈妈许丽姗怎么能不明白？她不知道自己这算什么行为。

那些日子里外界一片声浪。康镇坤在本市不是普通中层官员，一级地方机构主官牵扯很多，比一般的局长、处长地位重要，一旦犯案四处震荡。机关内外有各种传闻，大量触及案情，传说的数字有如天文概念。所有说法都涉及开发商沙海河，说这"三点水"当年在市区，如今在新港区拿到大片优良地块，于开发和转手中牟得暴利。这是公开的秘密。人们还说沙海河身后有一批官员，直接出面的是康镇坤。一些传闻由此延及案件的背景，提到省里市里若干官员，包括王市长。此刻这位领导已经不在本市市长任上，他在近一年前调离，走得不近，交流到外省任职去了。外界传说因为王走了，所以才会查康。王最看重康，有他护着哪有办法查。反过来说，查康其实是为了查王，这个王虽然调走，该倒霉还得倒霉。类似传闻无根无据，却总说得活灵活现。时下许多官员案水落石出之前都这样，无不传闻汹涌。许丽姗不管外边说些什么，她只认一条，就是康镇坤案发前夜特地交代的，不听不信。如果听了信了，她只有崩溃。

没多久她达到了极限。

还是办案人员请她去协助办案，让她说明有关情况。他们说经过多方了解，知道许丽姗在单位里表现可圈可点，在审查康镇坤一案中，目前尚未发现她个人有严重经济问题。因此他们对她一直比较客气，充分尊重。但是他们认为许丽姗只想着自己是康镇坤的妻子，不能正确对待本案，未能积极协助办案，存在认识误区和思想障碍。他们决定提供一些情况，帮助她认清问题，做出正确选择。

他们出示了几张照片。许丽姗顿时发蒙，眼前一片空白。

康镇坤与一个青年女子在一起，肩膀紧挨着，坐在一只竹排上。两人面对镜头，伸手比一个"V"字，大笑，表情丰富，容貌生动。照片背景是山，林木葱郁，竹排漂行在溪水里。青年女子很年轻很漂亮，留长发，穿背带裙，风姿绰约，似乎眼熟。

办案人员说这是在福建的武夷山，时间是两年前的十月份。许丽姗记得那时候康镇坤去过哪里？说过什么吗？许丽姗摇头，什么都说不出来。她不像康镇坤有一个记事本记录日程，以及"饮料"之类，她也不太用心去记康镇坤的日常活动。康镇坤是个负责官员，事情极多，出差是家常便饭，她哪有那么多心思去记去管。

"你不认识这个女子？"

许丽姗注视许久，忽然想起来了。她见过这个人，或者说是见过她的照片，在家里，自己家的相册上有这个女人，画面是她拿着一个话筒在说话，身边站着康镇坤。

这是省电视台的一个女记者，康镇坤说人家不叫记者，叫"编导"。几年前该年轻编导带着几个人采访康镇坤，那时他还在区里当常务副区长。家里那张照片是采访时拍的工作照。后来省电视台播了这位女编导制作的一个专题片，该编导在片中对康镇坤以及他所主持的城建工作赞美有加，采访时跟他靠得很紧。许丽姗看了还有些吃醋，对康镇坤说这女的挺妖。

康镇坤说人家喝的是洋酒，加冰块的。那东西时尚，味儿怪。其实洋酒不怎么样，还是自家家藏的酒好，习惯，有数，实在，可靠。

办案人员说，这位女编导已因涉案受审。她在省城有一幢别墅。康镇坤已经承认她是他的情妇，他资助她购买别墅，其中一些钱是沙海河给的。

他们给许丽姗看了另一张照片，照片上是一户人家的客厅，厅中一个红木托架托着一块石头，呈红色，宝塔形，层层上拱，顶端浑圆。

他们说这块石头来自泰国，名字叫"步步高"。

"这是在哪儿？"许丽姗脱口问道。

在省城，该女编导的别墅里。

办案人员说，他们提及的这些事许丽姗可能有所耳闻，也可能知之甚少或者根本不知情。当年沙海河用饮料箱给康镇坤送钱，隔天上午康镇坤在办公室把钱退还给他，真退了吗？没有。这些钱最后全都到了省城，送到了这位女编导的手里。类似事情还有，许丽姗知道吗？以他们分析，她不知道的事情还很多。他们认为目前没必要多披露。他们告诉她，是希望她认清康镇坤，能实事求是提供情况，配合办案。康镇坤跟沙海河之间的事情她不可能一点儿都不知道。康镇坤都说过些什么？他们怎么认识的？是不是有谁给康镇坤打过电话把他们拉扯在一起？有什么权钱交易？

许丽姗一言不发。

末了她说，她想回去。今天她什么都不想回答。

当晚彻夜不眠。凌晨她在床上发抖，那时筋疲力尽，她觉

326

得自己已经崩溃，害怕已达极点。这时候别说擦地板，连起床的力气都没有了。天色大亮时她听到厅里有响动，儿子康平推开门说了句话："妈妈我要上学。"

她咬牙起身，给康平塞一块面包，用自行车送他到学校去。

看着儿子从自行车后架上跳下来跑向校门，她在那一刻下了决心。

她决定不听，不信，等。康镇坤最终会给她一个解释。办案人员说的那些情况可能出于办案需要，不一定完全确切。他们提供的照片不会是电脑拼接的吧？他们没对康镇坤逼供信吗？也许他们的每一句话都是真的，但是无论如何许丽姗不愿相信。

她不能崩溃。

没多久许丽姗再遭重击：哥哥许勇因涉案被拘受审。

康镇坤出事后，许丽姗不愿坐等，千方百计了解案情，试图帮他一把。她知道康镇坤的案子是省里直接抓的，沙海河的东华集团总部也在省里，从省城可能可以了解一些情况。她是公职人员，得上班，还得管个孩子，没法跑远，只能请哥哥许勇出马帮忙。许勇当年认定康镇坤不好，曾暴打他一场，无奈康镇坤还是当了妹夫。后来妹夫、大舅子间一直心存疙瘩，关系很一般。但是哥哥就是哥哥，他对许丽姗一向最好，妹夫出事，他不能不为之奔走，说到底还是为了自己的妹妹。许勇从部队复员回家后，原安排在物资供销公司工作，当年公司很红火，一般人难以进去。没料几年后情况大变，物资的分配迅速转由市场调节，物资系统各公司职能和效益迅速萎缩，经过几轮改革转制，最后公司停业，职工们拿了些补偿金，各自谋生。许勇和他妻子原在同一家公司，公司停业后生活一度非常困难。后来在双方家人的帮助下，他们租下了一块店面，经营一家小型超市，售卖杂货，景况渐渐好转。许勇当小老板，身份和时间限制少，可以自己支配。他在省城有一个用得着的熟人，就是当年曾打算发展为妹夫的那位战友，这人在正团级别上转业，安排在省政府管理局，认识的人多。康镇坤出事后，许勇立刻就想到他，说这个人很有办法，老战友了，关系最好，肯定能帮上忙。

　　结果事情搞坏了。许勇这位战友很热心，帮许勇联系了省里相关部门的一位处长，通过该处长了解到一些内部情况，得知康镇坤的案子属重点查办案，案子始发自沙海河，涉案人不少，有的级别高于康镇坤。处长答应帮忙，想办法找一下负责办案的人，争取施加一点儿影响。许勇给了他一个袋子，内装现金十万元，说找人帮忙总得买条烟请一桌饭，这些钱先用，不够的话再筹集。

因为一些情况，这笔钱最后由该处长上交给了有关部门。许勇企图以金钱干扰查案，性质挺严重，正撞到风头上，案发被拘。他把责任全部揽在自己身上，只说是自己跑到省城，想帮妹夫一把，与许丽姗没有关系。

但是许丽姗也没逃过。办案人员怀疑许勇的资金来源，搜查了他的小超市，在里边发现了一个小本，密密麻麻记有一些物品的名称和数量，多为烟、茶、酒一类，记得很清楚。某月某日，中华烟三条，两条软包，一条硬包；五粮液酒两瓶，一瓶53度，一瓶38度，等等，后边附有标价，一笔一笔极尽其详。这些小账怎么回事？账中物品从哪儿来？做什么用？深入一查，原来不是从天上掉下来的，是许勇从许丽姗那里拿来，然后在他小超市的柜台上出售的。许丽姗既不是批发商又不是生产商，她哪来的这么些东西？毫无疑问这是她和康镇坤收受的礼品。康镇坤身居要职，手中握有一定权力，找他办事的人多，暂时无事却想预先拉关系的人更多。这些人千方百计求见，不管是上门还是上办公室，顺手拿一条烟两瓶酒，是常有的事。根据不同的情况，其中一些礼物被康镇坤夫妇当场拒退，有如沙海河最初受到的礼遇，另外有一些礼尚往来，被他们转送走了，还有很小的一部分被他们用掉，剩下的就滞留下来，成了他们的收藏品。这种收藏品不属细软，挺占地方，有的还有保质期，过期就如垃圾，如何处理挺让人头痛。许丽姗如康镇坤所笑是"吝啬加记性好"，热水器用电尚且想方设法节省，屋里的东西哪舍得扔，有限的住宅空间也不能浪费，让没用的物品堆积如山。

怎么办呢？现成的处理渠道就是许勇的杂货小超市。许勇经营小店是有风险的，租金不低，资金周转不易，许丽姗有心帮哥哥一把，东西交给他，如何处置悉听尊便，她是一分钱不要，跟自己的亲哥哥不能小气。许勇却不想如此不明不白，特别是这人个性很强，跟康镇坤并不对路，不愿让妹夫看轻了，因此他悄悄记账，一五一十，一清二楚，不需要时留在账上店里，需要时准备如数奉还。

现在这些数字乱棒一般一起打在许丽姗的头上，几乎立时把她打蒙。她没想到平时不太经意的物件累积起来竟相当吓人：四五百元一条的烟，数以千计一瓶的洋酒，还有茶叶，凡账上有的，都按现行标价算，粗粗一估近十万元。许丽姗无法否认它们的存在，更无法一一说明其来源。她知道，这些数字最后将加入康镇坤的案卷里。

许丽姗把家里的防盗门锁上，带着儿子离开"官园"，住回了娘家。双亲接连经受打击，面容枯槁，都苍老了十分。许丽姗打起精神强作欢颜，照料父母的饮食起居，帮老人一遍遍擦拭地板。她说爸爸、妈妈别操心，镇坤出事的前一夜特地回家过，当时他就说了，他没有事的。告诉二老不用着急，一切都会过去。

老人说是吗？他是那么说的？

许丽姗说当时他显得很轻松，还说要唱歌呢。她对他有信心，这人一向说到做到。

恍然如梦，许丽姗好像又听到了门铃响声。仿佛回到当年，一位年轻中学老师仔细梳了头发，把自己收拾得清清楚楚，拿着一张旧报纸按响了她家的门铃。

这个人现在在哪里？他还可以让她相信吗？他们一起走过了这么多年，怎么会在不知不觉间走到那里去了？为什么他们好不容易摆脱了困窘，又得不断经历恐惧？她一直那般小心，竭力防范，怎么还是免不了落到这个地步，在双亲面前强词掩饰？为什么是她，而不是别人？这样对她公平吗？当年自己不听家人劝告，背着一个小包抹着眼泪走出家门，难道她是自作自受，相信了一个不能相信的人，从一开始就错了？

她咬紧牙关，欲哭无泪。这时候不能哭，二老和康平承受不了的。她自己也承受不了。她不能崩溃，有些东西她无论如何不能接受。

拒绝害怕，坚信到底。她需要一个解释，康镇坤允诺过。

六

事情其实早有迹象，那天的情况她记得很清楚。

大年初一，康镇坤说咱们赶个早吧，到外边走走。以往要么待在屋里等人家上门给咱小领导拜年，要么咱们上门给人家大领导拜年，今年都免了，咱们另行安排。

康镇坤这么说有些缘由。这些年过年，大年初一他们俩一起出门，第一个去的肯定是王市长家。王对康有知遇之恩，一路关照，他们自当感恩。今年有变化，王调到外省任职了，家也搬了，只靠电话拜年，不再需要上门了。

除夕夜，他们在许丽姗的家里围炉过年，吃火锅。当晚把儿子康平留在外公、外婆那里，跟许勇的儿子一起，两个小男孩做伴玩。康镇坤和许丽姗回家休息，凌晨五点起床，康镇坤的轿车已经守候在楼下。

康镇坤说迎新年这种事有讲究，不同地方讲究不同。有的讲究零点，就是中央电视台春晚那种方式，零点之前倒计时，主持人率全国人民一起手舞足蹈，欢呼雀跃，"五、四、三、二、一"——钟声敲响，万炮齐鸣，这就是新年了。但是有的地方不讲究深夜零点，讲究天亮，太阳出来的那个时辰，这时放炮，一炮大吉。

许丽姗说不对啊，要是阴天怎么办？看不到太阳出来的。康镇坤便笑，说碰上你这种钻牛角尖的警察真没办法，都得死翘翘。你就不允许变通一下？大约五点半嘛，经研究决定，那个时候放炮就行了。咱们不是公鸡，太阳出不出来不归咱们管。

这个大年初一凌晨，他们驱车二十余公里，去了海边的一个寺庙，叫青林岩。这座庙坐落于临海一座小山上，寺旁林木葱郁，一条溪流绕行山脚，有几分世外桃源模样。这寺庙地处康镇坤的新港辖区，在附近颇有名声，香火很旺。据说该庙新年第一炮能给人带来好运。康镇坤说咱们去试一试吧。

许丽姗很惊讶，说咱们又不是小孩，放什么炮呢？康镇坤说小孩哪有资格，人家讲规矩，这门炮有身份的。

原来是人家请他去的。年前他安排一项工程，把通往寺庙的道路铺上水泥，为善男信女做点儿好事，也将该寺辟为旅游点开发。工程完工后，村里和庙里人说感谢领导，新年第一门炮留给康主任放，好不好呢？康主任欣然应允。

"咱们也图个吉祥。"他对许丽姗说。

那天赶到寺庙时，天色初亮。寺庙外已经停着好几部车辆，是附近村庄里几个大户人家开来的，其中有开面粉厂的，有经营加油站的，还有村长，都是一些地方闻人。大家静静站在庙门外，恭候康主任到来。庙后边小山坡上立着几根柱子，远远可见有鞭炮一挂一挂垂吊着，本年度迎新年放炮筹备已经就绪。

康镇坤招一招手，把司机喊过来。他说他要在庙门外跟这些人说说话，让司机在前边走，领许丽姗进庙去。

"打火机有吧?"他问司机。

司机说带着呢。

他说："一会儿你示范一下，教她怎么打火。"

许丽姗不觉一怔，说干吗呢? 康镇坤摆摆手说："不干吗，这一炮你点。你是警察，那声音吓不着你。"

他开玩笑，说许丽姗这一炮可千万千万点好，不说全世界人民今年的幸福生活在许丽姗手上，至少丈夫康镇坤和儿子康平的幸福生活都在她的手上。"祝愿你幸福平安"，今年就看这门炮。

许丽姗说别吓人! 康镇坤笑，说行了别紧张，听他的，快去，这样好些。

许丽姗没再说话。她想康镇坤可能是顾及影响，不落话柄，毕竟这是到庙里点炮，不是在办公楼前剪彩。点就点吧，受康主任委托，当一次代表，没什么大不了的。

那一炮点得很顺利，炮声又脆又响，听起来特别红火。

返回的路上，康镇坤感叹，说他觉得这个世界六七十亿人口，只有一个人最可靠，就是老婆。今天早晨到山里来，一路上他忽然心里挺不安，总是觉得可能有问题，所以他让许丽姗上，眼下他对自己不敢太相信，但是知道可以相信老婆。

康镇坤担心什么呢？很奇怪的。他不是如许丽姗所猜想，怕大年初一跑到寺庙亲自放炮，让人传来传去影响不好。他不怕这个，怕的是意外碰上一门哑炮，或者一挂炮响一半突然熄火了，弄得乘兴而来，败兴而归，让外边四处传说，为人耻笑，联想纷纭。他说去年他们开发区有座大楼奠基，请了领导们来剪彩，九把剪刀，九个剪彩嘉宾。动手时旁人都很顺利，一刀下去红绸尽断。偏偏有一个不行，没剪断绸布，手中剪刀居然散了架。事后到处笑话，说坏了，天要灭他，看着吧。没多久这人果然事发，就他们开发区给抓走的那位副主任。

"我要是跟着一炮放不响，可不兆头大坏，谁知道会传说成啥样呢。"他说。

许丽姗立时感觉不安："镇坤，你碰上什么事了吗？"

他嘿嘿笑，还那一套，叫"扑通"。他说有一个医院急诊室来了四个病人，其中两个断了腿，一个断了胳膊，还有一个更严重，腰椎断了。医生很惊讶，问他们怎么搞的？他们说一样，都是"扑通"。原来该四人当晚一起喝酒，桌上几瓶酒底朝天了，第一个人站起来，说没醉，咱们再去搞一瓶。这人爬上窗台走出去，扑通一声掉到楼下去了。第二个人说这家伙怎么搞的？光听到扑通，没见到酒？看看去。爬上窗户跟着也扑通了。第三个人比较清醒，他说坏了他们走错地方了，我去把他们叫回来。于是又下去了，扑通。第四个人一看全走光了，很生气，说你们不敢喝算了，一个接一个扑通扑通，干吗呢？不喝了，回家。跟着再上窗台，一个跟头扑通完了。

康镇坤说咱们放过炮了，响声震天，没问题，吉祥如意。兆头很好的，今年咱们不怕"扑通"，幸福平安。

许丽姗看着他，许久无言。她知道他心里一定有什么事，如此笑嘻嘻讲酒段子开玩笑，他心里一定很沉重，甚至恐惧。大年初一赶大早进庙放炮，事到临头不想点火，这很异常，不像他平时的样子。车上有司机，不便多说，她没再追着他问。她了解他，这人一向对她报喜不报忧，天大事情非到扛不住了才会讲，总说是不让她额外操心，他怎么就不明白越是这样她是越发不安呢？

他们离开青林岩后没有立刻回家，车拐了个弯，到南亭，探望康镇坤的父亲和弟弟。康镇坤说，自从母亲死后，没有哪个大年初一去过，今年也破个例吧。

于是上门。探望者和被探望者的感觉都一样，特别意外。

康镇坤是在跟许丽姗婚后才跟父亲重新相认的。当年康镇坤跟许丽姗交往时，非常不愿意谈及自己的家庭情况，但也不掩饰，点点滴滴说过一些。他告诉许丽姗南亭那个人不是他的生父，他母亲早死，至死没说过谁是他的生身父亲。母亲饱受丈夫虐待，他那个赌徒养父发起酒疯有如禽兽。他说，小时候养父毒打他和母亲时，他只能硬着头皮承受，不住发抖，"作恐惧状"。当时就一个念头，就是等长大了，有力气了，他一定亲手打死这家伙。

谁想最后他把这个人认回来了，因为许丽姗。

那一年，康镇坤还在开放办当科长，有一天单位有事，很晚才下班，回家一看有人坐在厅旁饭桌边吃面，却是他弟弟。康镇坤不认养父，跟弟弟却有联系，因为异父同母，两人有血缘关系。康镇坤的弟弟个矮，生性懦弱，跟他一点儿不像，但是从小跟在哥哥屁股后边，也没少挨父亲的拳头，康镇坤对他颇怀手足之情。那天弟弟从南亭跑来，苦苦守候，明摆了有事，但是康镇坤发问，他又支支吾吾说不出来。康镇坤一看明白了，问："他出事了？"弟弟这才承认，说他父亲也就是康镇坤的养父摔了一跤，竟没爬起来，已经住进卫生院，现在昏迷不醒。医生说是中风，相当严重。

"又喝了是不是?"康镇坤问。

弟弟说是的,出事前一晚,其父不知从哪儿弄的钱,跑到外头小酒馆,喝醉了。隔天好像没事,以为跟以往一样过去了,没什么大不了的。哪想就在晚间发病,上厕所小便,摔在便池上就不省人事了。

康镇坤给了弟弟一点儿钱,让他看着办。

弟弟走后,许丽姗说了句话:"你回去看看不好吗?"

康镇坤说许丽姗知道的,早年间他恨不得杀了那人。

许丽姗说他可能快死了。不管怎样,他养过康镇坤。

当晚康镇坤一夜不眠。第二天,他一声不吭去了南亭。晚间回来,他告诉许丽姗说去看了那个人。看来稳住了,死不了,但是瘫了,可能得卧床至死。

"从此告别酒和扑克,手脚也废了。"他说,"老天爷真会安排。"

他说多年不见,如此重逢让他感慨很多。现在他很希望这个人能够活长一点,他想让他多看几眼。不说看康镇坤是不是出人头地,至少看康镇坤怎么当的丈夫和父亲。老婆和儿子是拿来打的吗?

"这叫参照系。"他说。

后来康镇坤就不定期到乡下看看养父和弟弟一家,并予以

338

帮助，往日恩怨渐渐淡化。许丽姗和孩子也曾跟着一起去过。康镇坤的养父中风后日渐枯槁，形同骷髅，不能动弹，几乎说不出话，喉咙里只能"唔唔唔"发出些含糊的声响，生命力却极其顽强，这几年一直撑了下来。康镇坤重认父亲，外界意外地颇有反响，所谓一阔脸就变，六亲不认，人们多不认同。康镇坤不一般，出人头地，以德报怨，这个官不错。康镇坤一提起这事就讲许丽姗，说自己是有了老婆，才又有了父亲。一个男性领导干部第一等的要务，就是找个好老婆。

那天是大年初一，时间宝贵，他们在南亭没法久待。在养父的病床前，康镇坤目不转睛地看，却一言不发，病人说不出话，但是睁着眼睛。两人相视无言，然后离开。

康镇坤发表感慨。他说当年刚给提起来那时，有一天上边来了位重要领导，陪客人喝酒时他豁出去了，发挥出众。领导很满意，说小康酒量不错，座中一位同僚酸溜溜说了一句："他有家传。"他只觉浑身的血和酒全都冲到头上，恨不得当场杀人。还好王市长在，他忍住了。第二天平静下来，他回想人家那句话，竟然很有体会。

"这家伙很损，"他笑，"但是抓住了要害。"

他说他跟瘫痪在床上的那个老人没有血缘关系，但是确实命定的大有关联。他为什么有那么多的酒段子？因为本能地过敏，从骨髓里，跟这人有关。其实这个人虽然好酒，酒量却小，稍微来点儿就不行了，哪像其养子与生俱来的水平，根本就不是一个种。这些年他康镇坤如此努力，做事，争得领导信任，上升，掌握一定权力，为什么？也因为心里总有这个人，渴望让这人瞧瞧曾饱受其怒骂暴打的这个"野种"究竟是怎么回事。包括无论如何要找一个好老婆，养一个好儿子，都有这方面的缘故。但是所谓的"家传"还不止这个，眼下想来更有其深。他养父年轻时是个赌徒，会玩扑克，赌徒的心理状态很复杂，渴望暴富不惜孤注一掷，很敢冒险的。特别是心存侥幸。这种事挺有风险的，能干吗？赌一把吧。赌赢了就什么都有了。人家敢赌我怎么不敢？人家能拿我怎么不拿？人家能干我怎么不能干？赌一把，没事的。

"我是不是真的得自家传了？"他笑道，"押宝，孤注一掷，跟定某一个人。不能干，有风险的，管他，赌一把，没事的。人家敢，我怎么不敢？人家拿，我怎么不拿？人家干，我怎么不干？"

"镇坤你说什么？"

"说到底我还是比较有成就感的，我是说比我养父强。"他还笑，"至少儿子是自己的，老婆没挨过打。"

许丽姗圆睁眼睛看着丈夫，心里莫可名状，有一种异样，还有恐惧。

"告诉我出什么事了?"她叫。

康镇坤说人为什么会感到害怕?原因很多,不太一样。有的人因情感而害怕,有的人因欲望而恐惧。

七

康镇坤一案终于进入了司法程序。

许丽姗去医院检查,得到一份严重神经官能症的证明,向单位请了病假,不再上班。她四处找人,想尽办法,能找的人一一找过,以求得到帮助。只留一个人她不敢惊动,就是已经离开本市的王市长。不是因为人家已经远离管不上了,是因为康镇坤有过特别交代。康镇坤出事前夜回家时,说过如果他出了事,不要乱找,绝对不要找"那位领导",他们俩都知道说的是谁,就这位。康镇坤如此交代肯定有缘故,或者是康镇坤自己已经找过了,回天无力。或者是这种时候表现出彼此间的特殊关联会导致严重后果,不仅于事无补,反而大有麻烦,总之是不能找。

许丽姗心里很明白。

所做的努力一一无果之后,许丽姗把自己的亲朋好友分别又找了一遍,这回是筹钱。她说他们讲康镇坤贪污受贿数百万计，事到临头除了康平储钱罐里的几个硬币，家里什么钱都拿不出来，只能求亲友帮忙。她决定到北京去一趟，给康镇坤找律师。她要请最好的律师，不管花多少钱。钱用在这里是正当的，法律允许的。

聘请律师的事情颇费周折。她碰上的几乎所有京城名律听了情况后都摇头不止，说这个官司恐怕没有胜算。许丽姗不屈不挠一个一个找，末了一位张律师愿意接手，这位律师鼎鼎大名，谈起案子极有分寸。

他说我们目标很难定高，只能尽可能争取好一点儿的结果。他的意思是要具体分析康镇坤受到的各项指控，寻找其中的错漏和问题，想尽办法，从证据不足、认定不准等方面入手，争取剔除若干项，例如把出售、收受礼品得款从案中剔除，这样减少总案值，可望减轻法律的惩处。

许丽姗说康镇坤不该被判罪的，他没有问题。

律师说，从现有的资料看，他自己承认了不少事情。

许丽姗说他肯定有不得已，有隐情。听说他们不让他睡觉，搞刑讯逼供。他还可能是当了替罪羊，为某些人承担了罪责。还有一种可能是诬陷，他升得快，管的事多，难免树敌。他承认的所有事情背后肯定都有缘故，不管是金钱、女人什么的，都一样。无论他承认过什么，可以在法庭上翻供，可以据实陈述，还自己一个清白。

"我觉得你相信他，可能比他自己还相信。"律师说。

许丽姗无言。好一会儿她说是的，是相信他，也是相信自己，得让自己相信。她不能相信是自己错了。她最怕的就是这个。这段时日里她总是回想以往，起于"轻轻地捧着你的脸"，一直到前些时候康镇坤深夜回家，告诉她可能出事了，历历在目。感情这么深，最后关头他最放不下的还是妻子和儿子。这人怎么可能欺骗她？他怎么可能错了呢？

"他会亲口否认强加给他的罪状。"她说，"我只想听这个。"

律师尽力了。事情最终没有像许丽姗愿意接受的那样。

她参加了法院的公开审理。她在法庭上情绪失控，当庭大喊大叫，扰乱法庭正常秩序，被法警带离了会场。

那天康镇坤在法庭上表现正常，对公诉人起诉的各事项未予置疑。许丽姗在旁听席上起身大喊，要康镇坤振作起来，翻供，不要害怕。

"告诉法官他们打你！他们不让你睡觉！他们逼供信！"她喊道，"把你的衣服脱下来，给大家看你身上的伤！"

法官向许丽姗发出警告。

"把隐情都说出来！"她不管不顾继续喊叫，"谁要你办什么！谁应当负责！你不要当替死鬼！"

许丽姗被带出了法庭。

康镇坤当堂陈述。他说他的妻子可能为谣传所误，刚才情绪比较冲动。他愿意在法庭上说明，自己受审查期间，办案人员能够依法办案，并无打骂和逼供信等情节。也没有其他隐情，他自己的事情自己负责。

他被判有罪，认定的数额为三十万元。考虑了表现等情况，判定刑期为十五年。

直到这个时候许丽姗还是无法接受，坚决拒绝，顽强得近乎偏执，有如当年她不听劝阻背着一个小包独自离家，类同私奔那般凄凉而决然。事情怎么会变成现在这个样子？事情不应当是这样的。她不应当得到这样的结果。

康镇坤被押送服刑地时，许丽姗专程到看守所为丈夫送行。两人相视，久久无言。

康镇坤说他对不起妻子和孩子，事到如今也没有办法了。如果许丽姗提出，他愿意签字离婚，放弃所有一切。

许丽姗说："这样就能跑掉吗？"

他说他知道许丽姗什么意思。当初结婚时他说过，他一定要让许丽姗幸福。如果他没做到，或者背弃对他如此信赖，为他如此牺牲如此付出的妻子，他就不是人。让许丽姗把他一枪崩掉算了，这是人民警察为民除害。

"你是不是打算等那一天？"他问。

许丽姗说是的，她已经准备了一颗子弹。她会等他十五年，这期间她会定期到监狱去看他，她希望他能得到改判，或者减刑。不管他在监狱里坐多少年，在此期间他一定得把要说的话想清楚。她愿意相信他。她知道他一定有话要说的，法庭上也许不便说，现在也许不能说，那时候总可以说了吧？她不想听他唱歌，也别再拿酒段子搪塞她，别让她绝望。她不要悔恨和害怕。

"你说过后给我一个解释。"她说，"到时候我要听你怎么解释。"

康镇坤痛哭流涕……

图书在版编目（CIP）数据

恭请牢记／杨少衡著．— 北京：作家出版社，2017.2
（名家小说集）
ISBN 978-7-5063-9380-5

Ⅰ．①恭… Ⅱ．①杨… Ⅲ．①中篇小说－小说集－中国－
当代②短篇小说－小说集－中国－当代 Ⅳ.①I247.7

中国版本图书馆 CIP 数据核字（2017）第 042138 号

恭请牢记

作　　者：杨少衡
策 划 人：杨晓升
责任编辑：张　平
装帧设计：薛冰焰
出版发行：作家出版社
社　　址：北京农展馆南里 10 号　　　邮　　编：100125
电话传真：86-10-65930756（出版发行部）
　　　　　86-10-65004079（总编室）
　　　　　86-10-65015116（邮购部）
E-mail：zuojia@zuojia.net.cn
http：//www.haozuojia.com（作家在线）
印　　刷：北京盛兰兄弟印刷装订有限公司
成品尺寸：130×185
字　　数：150 千
印　　张：11
版　　次：2017 年 7 月第 1 版
印　　次：2017 年 7 月第 1 次印刷
ISBN 978-7-5063-9380-5
定　　价：48.00 元